秘密间谍

[英]约瑟夫·康拉德◎著

陈锦慧◎译

海南出版社

·海口·

图书在版编目（CIP）数据

秘密间谍 /（英）约瑟夫·康拉德
(Joseph Conrad) 著；陈锦慧译．-- 海口：海南出版社，2019.3

书名原文：The Secret Agent

ISBN 978-7-5443-8558-9

Ⅰ．①秘… Ⅱ．①约… ②陈… Ⅲ．①长篇小说－英国－现代 Ⅳ．① I561.45

中国版本图书馆 CIP 数据核字 (2019) 第 013994 号

秘密间谍

作　　者：[英] 约瑟夫·康拉德
译　　者：陈锦慧
监　　制：冉子健
责任编辑：张　雪
策划编辑：朱庭萱
责任印制：杨　程
印刷装订：河北盛世彩捷印刷有限公司
读者服务：武　铠　郄亚楠
出版发行：海南出版社
总社地址：海口市金盘开发区建设三横路 2 号　邮编：570216
北京地址：北京市朝阳区黄厂路 3 号院 7 号楼 102 室
电　　话：0898-66830929　010-87336670
电子邮箱：hnbook@263.net
经　　销：全国新华书店经销
出版日期：2019 年 3 月第 1 版　2019 年 3 月第 1 次印刷
开　　本：880mm × 1230mm　1/32
印　　张：7.25
字　　数：188 千
书　　号：ISBN 978-7-5443-8558-9
定　　价：39.80 元

导 读

事物的真相

《秘密间谍》是康拉德丰实的写作生涯中极不典型的作品——这是他少数并非以欧洲之外地区为场景的小说。

波兰裔的康拉德出生于 1857 年，母亲、父亲在他年幼时相继过世，他自 17 岁起，便开始在商船上工作：青春盛年的大半时间，康拉德若非在海上度过，便是在海外的港口城市工作。时值 19 世纪后半叶，他随着不同的欧洲商船（尤以英国商船为主）远渡重洋，从澳洲、远东到南亚，从中南美洲到非洲大陆，无数次的出海，恰恰勾勒出当时欧洲帝国势力征服全球的轨迹。当他三十一二岁之际开始尝试写作，这些海外经验便成了笔下最实在的素材。从最为人熟知的中篇小说《黑暗的心》（*Heart of Darkness*）到《吉姆爷》（*Lord Jim*）、《诺斯特罗莫》（*Nostromo*）等重要长篇小说，乃至于他多数的创作，都以他在世界角落的见闻为蓝本。

《秘密间谍》则是少见的例外。

《秘密间谍》将镜头拉回伦敦，内容上则环绕 19 世纪末欧洲各类政治意识形态在思想及行动上的角力。

小说所设定的背景时间为 1887 年[①]，维多利亚女王登基 50 周年，大英帝国盛景空前。但那也是英国内部纷争四起的年代：财富分配不均，失业率居高不下，对爱尔兰的高压统治也日益引发民怨。1887 年 11 月，伦敦便曾发生大规模的民众抗议活动，而政府采取的回应方式是以现代化的警力强势镇压。

这个历史时空也彰显了当时社会上不同的政治理念尚有机会相互争逐。例如，社会不公，使得社会主义、马克思主义有一定的拥护者，甚至无政府主义组织在当时都是合法的，也能在社会空间中维持一定能见度，出版书刊，争取发言。而各式纷陈的政治选择，构织了《秘密间谍》的内容肌理：小说中，我们看见不同的（男性）角色分别有机会长篇大论，各自发抒在政治光谱上或左或右，或自认比左更左的殊异立场。唯一例外的恐怕是主角维洛克，而他的不愿表态，与他选择担任双面间谍，互为表里。

与《秘密间谍》紧密相关的另一个时间点，则是小说情节的核心——格林尼治公园爆炸案——所参照的真实历史事件。

1894 年 2 月 15 日，格林尼治公园皇家天文台附近，法国籍无政府主义者布尔丹（Martial Bourdin）手持的炸药突然爆裂，没有伤及无辜，却炸死了自己。康拉德在 1920 年《秘密间谍》重印本的自序中，自陈小说的灵感确是 1894 年的爆炸案。其时，英国大众传媒颇有煽情八卦风气，各报对爆炸案投注了高度关切，甚至在毫无证据的情况下推敲出阴谋论，直指这是锁定天文台的恐怖主义行动，只不过布尔丹的行动有所闪失，误炸了自己。简言之，这在当时是起爆炸性新闻事件，但事件的来龙去脉，事实上至今无解。

---

① 这是根据公认最具权威的剑桥大学出版社钦定本的编辑的说法，然也有学者争论，小说背景应为 1886 年，其中症结点在于，当女主角温妮说“我已经结婚 7 年了”，究竟应被视为严格精算的“满 7 年”，还是可视为笼统的说法。之所以特别提出这个细节，是借此说明，康拉德在国外学界是门显学，连细枝末节都可成为学术讨论内容。

1894 年对康拉德本人恰巧是个关键的时间坐标。那年 1 月，他决定取消与一家商船的工作合约，也就此终结了他将近 20 年的海上生涯；2 月 10 日，他的舅舅过世（舅舅是康拉德成为孤儿后的监护人，亦是主导他选择船员工作的重要人物）；这年，也是康拉德第一本小说被出版社接受的时间。换言之，这正是他人生重大的转折点，他对写作开始认真实践。

《秘密间谍》撰写于 1906 年与 1907 年间，正式出版于 1907 年。当时，前述几部后来堪称他代表作的小说皆已问世，虽然康拉德尚未得到足够的肯定，但他曾透露，1906 年前后，他对于“事物的真相”极度敏感，却总受到外在世界平庸、肤浅价值的干扰，深感孤立。那是个他称为他“站定不动”、亟思改变的阶段。

假使康拉德此刻正在寻索下一部小说题材，回望的是 1894 年（以及穿过 1894 年上溯的 19 世纪 80 年代末期），这个动作，除了让他得以反思日不落帝国时期英国的社会现况，更是他对自身创作志业初始点的一次回顾。

也因此，《秘密间谍》应被理解为康拉德希冀解决自己对“事物的真相”探求的过程。有趣的是他所拣选的，却是曾被戏称为“布尔丹乌龙事件”这起看似如此靠近却又难以译码的新闻案例。而他处理的方式，不是试图忠实仿制历史上的布尔丹事件，而是借由一个表面形似的情节，暴露出小说不同人物对故事中爆炸案缘由似是而非的各自表述，也就此暴露不同政治信仰各自的执迷。

这其中，有主张历史是由生产、经济活动所推动的唯物主义者（“假释使徒”米凯利斯）；有坚信无产阶级革命即将到来的社会主义者（自称为“恐怖分子”的扬特）；也有打着客观科学名号，以假医学分析“中产阶级堕落劣行”者（绰号“医生”的奥斯朋）；还有身上随时携带炸药，随时准备以身试法，以行动摧毁社会教条规范者（人称“教授”的炸药制造者）。此外，更有维洛克背后的金主——

逼迫他制造惊天动地事件以唤醒中产阶级的俄罗斯官员（弗拉迪米尔）；以及同情小偷却无法怜悯无政府主义者的伦敦警探（西特），对法律有一定的信心，却需要收买维洛克这样政治态度模糊的人，为他提供国际情报。

康拉德在《秘密间谍》中毫不避讳地对这些政治论述者的盲昧提出批判，而他批判的方式是从人物造型下手。康拉德从不害怕动用刻板印象，因为他有能力将刻板印象予以复杂化。而在《秘密间谍》中，他刻意采用19世纪末流行的面相学（奥斯朋即是这种伪科学的信奉者），让角色的外观透露他们的心性。因此，读者应留意小说中每位人物的外表形貌甚至衣着打扮：维洛克、米凯利斯都被塑造成臃肿、苍白的胖子，符合他们不事生产、寄生社会的个性；西特则本有坚毅信念，但脸上肥肉让他的矛盾性格露了馅。

维洛克的小舅子，智能不足的史蒂维，是小说中难得面容清秀的男性，也的确不时展现对他人真诚的情感。然而姐夫的私心，终究导致了弱势者史蒂维的悲剧。而如果小说表面上的微言大义多半聚焦于维洛克和革命分子这些欠缺自觉的男性人物，小说底蕴却是不断将重心拉往两位女性人物。康拉德曾说过，维洛克的岳母，温妮的母亲，是小说中唯一有道德自省力者。他也曾指出，这部小说事实上是部温妮的个人历史。

后者这样的说法，或有夸大之嫌，但若从小说篇幅编排来看，后半部确实将视角转往温妮，渐次铺陈出她下嫁其貌不扬的维洛克背后的妥协（也因此，除了维洛克的双面政治奉承值得注意，温妮的表面顺从与内心算计，也有某种双面性）。而小说后半部的情节高潮以及结尾，更是全力锁定温妮的心理转折。

《秘密间谍》事实上还有另一个主角：伦敦。如上所述，这是康拉德难得以伦敦为主场的故事，然他笔下的英国首都，不是繁华升平，而是拥挤（大伦敦地区有400万人）、失序（都市规划糟糕到门牌号码漫无章法），个人独特性被压抑，却也没有任何能带来正面意义的集体性。康拉德在回想创作始末（即他那段“站定不动”的阶段）时曾提到，他在构思小说的过程中，突然之间，一个巨大的城市的影像浮现在脑海：“一个人口甚至超过一些大洲、大陆的恐怖城市……那里，有足够空间包纳任何故事，有足够深度接收各种激情，有足够多样性容许各式场景，也有足够的黑暗埋葬500万条生命。”①

《秘密间谍》除了在严肃文学史上占有一席之地，亦是当代英国大众传媒热衷的题材。英国国家广播公司（BBC）自1967年以来，已四度将小说改编为影集。而英国媒体也总爱顺势将BBC每次的改编串联至不同年代的国际政局危机时刻，主要原因自是书中的恐怖主义元素——媒体总喜欢标举《秘密间谍》如何遥遥预示了后世人的生活日常。

《秘密间谍》确实是欧美小说中最早开始探讨恐怖主义的作品之一，不过《秘密间谍》首先在回应的仍是维多利亚时期英国的景况。炸药发明于1866年，随后不久便开始被用在政治运动中，光是19世纪80年代的伦敦便出现过十数起炸药攻击。其次，小说中所提出的恐怖主义信念具有某种特殊性，倒未必能与我们这个时代多以伊斯兰圣战或反美、反西方为诉求的恐攻直接类比。《秘密间谍》中的恐怖主义传声筒，是俄罗斯驻英外交官弗拉迪米尔，是他建议维洛克将攻击目标锁定在格林尼治天文台，以制造一种纯然的攻击、毫无理由的亵渎。他以为，科学正是当时几乎带有宗教地位的流行物件，攻击科学，便能达到前述的纯粹性，至于天文台（那里有个标示格林尼治标准时间的时钟），便是当时科学神物化的象征。

---

① “400万”是小说中提到的数字，据学者指出，这是符合19世纪80年代末期的人口统计的（伦敦中心的人口则为200万）。“500万”这句则出现于康拉德1920年自序，应是指当时的人口。

这是十分精准的观察。19 世纪 80 年代，世界各国纷纷开始倡议将时间标准化；1884 年在美国华盛顿举行的国际会议，更是确认了国际时区制度，以英国自 18 世纪中叶便建立的格林尼治本初子午线作为基准。

时间的标准化，意味着生活秩序的标准化、工作节奏的统一，最终得利者，是那些需要工人按表操课、付出高效能劳力的资本家。于是，攻击天文台，表面上是在打击科学，骨子里是在控诉资本制度对于人类生活的全面性掌控。

康拉德小说高妙之处便在于，这样一个犀利的观点，却是由一个动机猥琐的小人来提陈。小说家对于政治现实的论断、对人性的好恶，也因之难以黑白分明。《秘密间谍》一方面说了一个戏剧张力十足的故事，另一方面也抛给读者一道关于作者道德暧昧性的难解之题。

台大外文系副教授　陈春燕

参考资料:

[1] Conrad, Joseph. The Secret Agent: A Simple Tale. Ed. Bruce Harkness and S. W. Reid. Cambridge: Cambridge University Press, 1990.

[2] Dickinson, Rod, and Tom McCarthy. Greenwich Degree Zero. 2006. <http://www.roddickinson.net/pages/greenwich/project-greenwich.php>.

[3] Harkness, Bruce, and S. W. Reid. "Introduction." The Secret Agent: A Simple Tale. By Joseph Conrad. Cambridge: Cambridge University Press, 1990. xxiii–xli.

[4] Mulry, David. "Popular Accounts of the Greenwich Bombing and

Conrad's 'The Secret Agent'". Rocky Mountain Review of Language and Literature 54.2 (2000): 43–64.
[5] Peters, John G., ed. A Historical Guide to Joseph Conrad. Oxford: Oxford University Press, 2010.
[6] Simmons, Allan H., ed. Joseph Conrad in Context. Cambridge: Cambridge University Press, 2009.
[7] Tennant, Roger. "Introduction." The Secret Agent: A Simple Tale. By Joseph Conrad. Oxford: Oxford University Press, 1983. vii–xx.
[9] Watt, Ian, ed. Conrad. The Secret Agent: A Casebook. London: Macmillan, 1973.

谨以这个十九世纪的小故事

诚挚献给

H. G. 威尔斯[①]

他为基普斯作传

为后世写史

① 赫伯特·乔治·威尔斯（Herbert George Wells，1866—1946），英国知名作家，也是社会学者及历史学家。他创作的科幻小说阐述科技发展为人类带来的便利与威胁。基普斯（Kipps）是他的长篇小说《基普斯：一个简单灵魂的故事》（*Kipps: The Story of a Simple Soul*）的主角。

1

这天上午维洛克先生出门去了，名义上由小舅子看店。店里生意向来清淡，白天里更是门可罗雀，所以问题不大。维洛克其实不大在乎他这家做做样子的店铺，何况妻子会盯着小舅子。

这是间肮脏老旧的砖房，店面窄小，屋子本身也不大。伦敦大规模改建前，到处可见这种房子。店铺方方正正，前窗镶着几片小玻璃。白天店门紧闭，入夜后会拉开一道缝，谨慎中带点鬼祟。橱窗里陈列的商品如下：几张歌舞女郎清凉照；包装看起来像专利成药的不知名商品；糊上封口的黄色薄纸袋，上面标有“2”与“6”粗黑字体；几本法国旧漫画挂在绳子上，像在晾干；一个灰扑扑的蓝色瓷碗、一只黑木盒、几瓶不掉色墨水和橡皮图章；几本看似不可告人的书籍；一些明显年代久远、印刷品质低劣的小报，上面印着诸如《火炬》和《鸣锣》之类的煽动性刊名。窗子里那两盏煤气灯总是调得很暗，可能是为了省煤气，或者体贴顾客。

上门的顾客有些年纪很轻，这些人会先在窗外流连徘徊，再一溜烟钻进店里。还有一些则是有点年纪的男人，一般看来都不是有钱人。有些成年男人会把外套衣领拉高，遮住上唇的髭须，下半身的裤脚多半沾了泥。他们的长裤挺破旧，质料也不算高档，可想而知，两条裤管里的腿脚只怕也乏善可陈。他们两手深深插在外套口袋里，侧身闪进店里，仿佛担心触动铃铛。铃铛以弯曲的钢丝悬在门上，闪躲不易。虽说已经裂得无可救药，可是，每到夜晚，只需轻轻碰触，就会在顾客背后放肆无礼地大鸣大放。

内厅的维洛克听见当啷声，会匆匆地从上了漆的柜台后方那扇布满灰尘的玻璃门走出来。他的眼皮天生厚重下垂，仿佛已经和衣躺在床上发懒一整天。换作是别人，一定会觉得这样的外表对生意没好处，毕竟店铺经营的成功与否，取决于店主是不是有足够的个人魅力与亲切感。可是维洛克很清楚这家店的本质，不会为自己的外表美观与否伤神。他把一些明显漫天开价的商品卖给来客，目光坚定，神态傲慢，像要吓阻某种恶意威胁。他卖的东西可能是看起来空无一物的小纸盒，或封得妥妥帖帖的黄色薄纸袋，或书名颇有看头的破旧平装书。偶尔会有个菜鸟客人买走发黄褪色的歌舞女郎照片，好像照片里的人儿依然生气勃勃、青春洋溢似的。

有时候当啷声唤来的是维洛克太太。她相当年轻，胸围丰满、臀部浑圆，身上的马甲勒得死紧。她把头发梳理得一丝不苟，眼神像她丈夫一般坚定，站在堡垒似的柜台内侧，有种高深莫测的满不在乎。年纪较轻的男人发现交易对象是个女人，会突然手足无措，憋着一肚子气说他要买瓶墨水。市价 6 便士的墨水在这里要价 1 先令 6 便士。等他走到店外，就偷偷把墨水扔进水沟。

夜间访客通常把衣领高高竖起、帽檐低低下压，熟门熟路地跟温妮点点头，简单问候一声，掀起柜台末端的挡板走进客厅。客厅衔接走道和陡峭的楼梯，店铺是这栋屋子唯一的出入口。维洛克在这房子里销售暧昧商品、执行保护社会的任务，也扮演顾家好男人。他非常享受居家生活，说他是个好男人一点也不为过。他不需要向外追求心灵、精神或肉体层面的满足，只要待在家里，有妻子的体贴照料、岳母的恭敬尊重，他就觉得身心安泰。

他岳母身材矮胖，大大的脸庞肤色偏褐，说起话来总是咻咻喘气。她的黑色假发上戴着顶白帽子，双腿肿胀，行动不便。她自称有法国血统，也许真是如此。她丈夫生前是个平凡无奇的酒铺老板，丈夫过世后，她在沃克斯豪尔桥路附近的某处广场当起女房东，把附带家具的房间出租给男房客。那个广场有过繁华岁月，至今还属于豪宅林立的贝尔格莱维亚区。地点的优势有利于公寓招租，只是，房客未必来自上流社会。尽管如此，她女儿温妮仍旧帮忙打点里外。老太太自吹自擂的法国血统在温妮身上也有迹可循，清楚显现在她那头极为整齐有型的柔亮秀发。温妮的魅力不只如此，她韶华正盛、身材丰满、脸蛋清透水亮，还有一股让人摸不透的含蓄。她的矜持不至于吓得房客不敢跟她说话，往往房客聊得口沫横飞，她则是冷静中不失亲切。维洛克肯定也是这样拜倒在她石榴裙下的。维洛克经常会租个房间住上一段时日，想来就来，想走就走。他通常从欧洲大陆过来，就像流行感冒一样，差别在于，他来的时候报纸不会大肆宣扬。每次来访，作息无比规律：在床上吃早餐，而后舒舒服服地窝到日正当中，甚至更晚。只要一出门，他就好像迷了路，找不回他在贝尔格莱维亚这个临时住处。他总是晚出早归——凌晨三四点的大清早回来，十点钟起床时，会疲倦却不失礼节地跟送早餐来的温妮说说笑。他的嗓音沙哑，像是激动地连续说了几小时话；浮肿眼皮底下那双凸眼深情款款地乜斜着，床单直拉到下巴，滑顺的深色八字胡底下那两片厚唇说得出各种甜言蜜语。

温妮的妈妈觉得维洛克是个挺有教养的绅士。这位老太太以她多年来出入各式“生意场所”的经验，认定那些光顾高级酒吧的男客才是理想的绅士典范。维洛克几乎达到了这种标准：说真的，他就是那样的绅士。

“妈，我们当然会接收你那些家具。”温妮这么说。

出租公寓即将吹起熄灯号。好像没有经营下去的必要，因为维洛克忙不过来，也干扰到他的另一门生意，他倒是没说那是什么生意。

跟温妮订婚后，他不辞劳苦地赶在中午前起床，下楼到早餐室讨行动不便的未来岳母欢心。他会摸摸猫、拨拨炉火，吃顿午餐。他离开这个稍嫌窒闷的舒适环境时明显依依不舍，却仍然在外面逗留到三更半夜。他也没像所有风度翩翩的绅士一样，带女伴上戏院看戏。他晚上没空。他曾经告诉温妮，他的工作在某种程度上涉及政治，提醒她要善待他那些政治界的朋友。温妮用她不可捉摸的眼神直盯着他说，她当然会。

温妮的妈妈不知道女婿跟女儿说了多少工作上的事。小两口结婚后把她连同家具一起带过去，她没想到女婿的店竟然如此不堪。从贝尔格莱维亚广场搬到索霍区这处窄巷，她的腿疾恶化，肿得不成样。不过，她从此不必再为家计发愁。女婿善良的天性带给她无比的安全感，女儿的未来显然有了着落，就连儿子史蒂维都不需要她操心。她不得不承认儿子是个沉重包袱，可怜的史蒂维。但她知道温妮一心疼爱这个弟弟，也知道女婿生性宽容大方，所以那可怜的孩子总算在这个险恶世界找到了安稳靠山。女儿女婿膝下无子，她内心深处也许不算太遗憾。女婿好像也一点都不在意，温妮可以把母爱发挥在弟弟身上，对可怜的史蒂维而言，这或许不是什么坏事。

毕竟史蒂维这孩子的事挺棘手。他心志脆弱，长相是挺帅气，只可惜下唇总是茫然地往下掉。史蒂维的下唇虽然老是不讨喜地张着，也总算在我们英明的义务教育体制下学会了读书写字。无奈他连跑腿小弟的差事都做不来。他会忘记要传递的口信；执行任务时很容易受流浪猫狗吸引，偏离正途，钻进窄小巷弄，误闯花街柳巷；偶尔街头上演某种闹剧，他会看得目瞪口呆，耽误老板交代的正事；有时跑在街上的马突然倒地不起，那种痛苦激烈的画面会吓得人群中的他惊声尖叫，惹恼四周津津有味欣赏奇观的群众。等认真执勤的好心警探带他离开现场，可怜的史蒂维已经忘记家里的地址，至少一时之间想不起来。如果别人问话的口气太严厉，他会结巴得几乎喘不过气。他脑筋转不过来时，就死命地眯眼。幸亏他从没发过急症，这点倒是足堪安慰。小时候，爸爸如果不耐烦对他发脾气，他会跑到姐姐温妮的短裙后面躲起来。

然而，史蒂维也会做出类似恶作剧的鲁莽行为。14 岁时，他爸爸有个朋友代理国外保鲜乳，让他进公司当个打杂小弟。某个起雾的午后，他趁主管外出，在公司楼梯间施放烟火，一口气连续引燃凶猛的火箭炮、暴怒的轮转焰火和震天响的爆竹，险些引发不堪设想的灾难。整栋建筑陷入恐慌，职员们眼神狂乱、咳声连连，在烟雾弥漫的走道上窜逃。一些上了年纪的生意人和他们原本戴在头上的丝帽分道扬镳，各自滚下楼梯。史蒂维做这件事好像不是为了给自己找乐子，谁也不知道他为什么有这神来一笔。等到事过境迁，温妮才从他嘴里打听出一点模糊难解的蛛丝马迹。原来那栋大楼里另外两个打杂小弟跟他说了些不公不义或阶级压迫的故事，听得他义愤填膺，才做出那件荒唐事。当然，他爸爸的朋友担心危及自己的生意，立刻将他辞退。经过那次不平则鸣的辉煌事迹，史蒂维就在公寓地下室厨房帮妈妈洗碗碟，也为租客擦靴子。房客偶尔会给他 1 先令小费，其中又以维洛克最慷慨大方，但这样的工作显然没有前途。总的来说，无论收入或前景，都不如人意。因此，温妮宣布跟维洛克订婚时，她母亲叹了一口气，视线瞄向厨房洗碗槽，纳闷儿着可怜的史蒂维该何去何从。

维洛克显然有意把史蒂维连同岳母和家具一并接收。那些家具是岳母的全部家当，维洛克以他宽厚仁慈的心照单全收，适宜地摆放在整栋房子里。温妮妈妈的行动范围却局限在二楼后侧那两个房间，不走运的史蒂维就住其中的一间。到这时，他小小的下巴已经冒出细软胡须，像一层金黄薄雾，模糊了他下巴的鲜明轮廓。他对姐姐怀着一股死忠的敬爱与服从，帮姐姐做各种家务事。姐夫觉得史蒂维有点事做也好。空闲时史蒂维会拿着铅笔和圆规，在纸上没完没了地画圆圈。他勠力以赴地做这个消遣，手肘摊开搁在餐桌上，几乎整个人趴在上面。他姐姐温妮就在店铺后侧的客厅，时不时隔着敞开的门投来关爱的眼神。

2

那天上午十点半维洛克走出家门往西边去时，他的房子、家庭与生意的现况就是如此。他很少这么早出门，整个人散发出晨雾般的清新。他的蓝色大衣敞着衣襟；脚下的靴子擦得亮晶晶；脸颊刮得干干净净，似乎带点光泽；就连厚重的眼皮也在一夜酣睡后显得神采奕奕，不时警醒地东瞄西瞅。他隔着公园栏栅看见男男女女骑着马走在海德公园骑马道上：一对对伴侣并肩慢跑；也有人安详地骑着马悠闲漫步；有的三五成群闲逛，也有看似不好亲近的独行侠；有些女性单骑奔驰，远远跟在后头的马夫的帽子上别着徽章，紧身外套系了皮带。马车“嗒嗒嗒”地驶过，多数是双驾篷车，偶尔驶过一部维多利亚式敞篷四轮马车，车里铺着某种皮草，收折起的敞篷上方露出女人的脸孔与帽子。伦敦特有的太阳向下盯视，为这一切增添了光彩。这太阳倒是没什么缺点，只是像颗充血眼球，始终如一地挂在海德公园东南角上方不远不近的空中，警醒而仁善地照看大地。在这片漫射光芒中，无论墙壁、树木、动物或人，都没有影子，维洛克脚下的地面则呈现古朴的金黄色泽。他朝西边走去，穿过这座没有影子、洒满淡金粉末的城镇。房舍屋顶、墙壁角落、马车镶板、马匹毛色和维洛克宽阔背部的外套，都闪耀着红褐与古铜微光，显得黯淡陈旧。维洛克丝毫没察觉到自己变“旧”了，隔着公园栏栅，以赞赏的目光观看这城镇的富庶繁华。这些人全都需要保护，富庶繁华的首要条件就是安全。他们需要保护，他们的马匹、马车、房屋和仆役也需要保护；生活在这个国家中心点和这座城市中心点，他们财富的来源需要保护；这种有利于他们纯净悠闲生活的社会秩序需要保护，要排除脏污劳动阶级的肤浅艳羡。必定要的，若非维洛克天生厌恶任何不必要的举动，这时他就会心满意足地搓搓双手。他的懒散对健康无益，却非常适合他。他几乎懒到义无反顾，或者该说义无反顾地懒。他父母一生勤勉操劳，他却矢志怠惰度日。这种现象着实深奥难解，就像某个男人钟情众多女性之中的某一个，毫无道理可言。他甚至懒到不适合当蛊惑人心的政客、工人演说家或工人领袖，这些事太麻烦。他要的是更完美无缺的舒适，或许他只是不相信人类的一切努力会有任何成效。这种类型的懒惰需要，也隐含某种程度的聪明才智。维洛克不笨不傻，他想到社会秩序可能受到威胁时，如果不是因为眨眼太费力，也许会对自己眨眨眼以示怀疑。他那双又大又凸的眼珠子不太适应眨眼这种动作，反倒比较适合睡眠时庄严肃穆地闭合起来。

含蓄自抑、臃肿痴肥的维洛克就这样往前走，没有随着脑中的思绪志得意满地搓搓手或半信半疑地眨眨眼。他擦得晶亮的靴子重重踩踏路面。他通常把自己打扮成生活优渥的技工，从裱框师到锁匠都有可能，像做着小生意的雇主。但他身上也散发出一种难以形容的气质，任何技工不管做工时如何要诈动手脚，都不会沾染这种习气：那是仰赖人类的劣行、愚蠢或原始恐惧为生的人的共通特质；是赌场、妓院从业者的道德虚无主义；还有私家侦探和调查员、酒贩，以及——我得提出——电疗腰带销售商和专利药发明人。不过，我对专利药发明人这点持保留态度，毕竟我不曾深入研究过。天晓得，专利药发明人说不定面貌穷凶极恶。即使真是如此，我也不觉得惊讶。我要强调的是，维洛克一点也不凶恶。

繁忙大马路上一部部双座马车几近无声地往前迅速流动，间或夹杂晃荡嘈杂的公共马车和辘辘响的运货篷车。维洛克还没走到骑士桥就向左转，离开喧嚣的主干道。他的帽子略略后倾，底下的头发梳得油亮体面，因为他要到大使馆谈公事。稳如岩石（偏软的石头）的维洛克此时走在某条街道上，这条街从各方面看都可以说有点隐蔽。它的宽度、长度与空旷感有种无生物的沉稳本质，像永生不死的物质。唯一让人联想到生命必死的，是某位医生的马车，独自肃穆地停在路边。前方屋舍擦得晶亮的门环遥遥可见，洁净的窗子闪耀着深沉的不透明光泽。四下阒然，一辆牛奶车咣啷咣啷地从前方远处驶过；肉贩的伙计高坐在鲜红车轮上方，鲁莽地转过街角呼啸而去，像古希腊奥林匹克竞赛大会上大无畏的战车手。一只面有愧色的猫从石板底下冒出来，在维洛克跟前奔跑一阵子，又钻进另一处地下室。有个粗壮警探从灯柱后侧冲出来，表情淡漠，仿佛也属于无生物族群，看都不看维洛克一眼。维洛克再向左转，走在黄色墙壁旁的街道上。那面墙壁基于某种费解的原因，写着“切舍姆广场 1 号”黑色字迹。切舍姆广场离这里至少 60 米远，见多识广的维洛克才不会被伦敦诡谲的门牌号码给骗了。他没有一点讶异或愤怒，继续勇往直前。秉持一板一眼的坚持不懈，他来到了切舍姆广场，举步迈向斜对角的 10 号。这是一扇可供马车出入的气派大门，两侧是洁净的高墙，墙的两端各有一栋房子，其中一栋合情合理地标示着“9 号”，另一栋则是“37 号”。所幸某个专责追踪伦敦无主房屋的单位，极有效率地在“37 号”一楼窗户上方放置了一块牌匾，声明这栋屋子隶属附近颇为知名的波特希尔街。至于为什么没有人要求国会行使权力（只要一条简短的法规就够了），下令这些建筑各自回归原位，恐怕是官方行政的诸多谜团之一。维洛克不会为这种事伤神，他的任务是保护社会组织，不是让它更完善，更不必批评挑错。

时间实在太早，大使馆门房匆匆奔出传达室，忙着把左手穿进制服袖子。他穿着红色背心和及膝短裤，神色慌张。维洛克察觉到从侧翼冲过去的门房，拿出盖有大使馆徽章的信封退敌，兀自往前走。他也对前来开门的男仆出示同一份信物，男仆见状后退一步，让他进入门厅。

高高的壁炉里火焰烧得正旺，有个老男人背对壁炉站立，他穿着一袭正式礼服，脖子上挂了条链子，双手拿着报纸，摊开在平静严厉的脸庞前。他的视线离开报纸往上看，身子没有移动。另一名穿着褐色长裤、燕尾服边缘装饰黄色细绳的仆人走到维洛克身边，听他低声报上姓名后，静静地向后转，迈步往前走，没有回头看一眼。维洛克就这样被带着走向通道，来到铺了地毯的宏伟楼梯左侧。男仆突然指着一个不算大的房间，示意维洛克进去，而后关上门离去。房间里有一张书桌和几把椅子，维洛克单独留在里面，伫立原地环顾四周，一手拿着帽子和手杖，另一只胖手滑过油亮发丝。

另一扇门悄无声息地打开了。维洛克的目光投射过去，先看见黑色衣裳、光秃脑门，以及垂在布满皱纹的双手两侧的长须。刚走进来，这人把一叠文件捧在眼前，一面翻看，一面快步走向书桌。他是大使馆秘书、枢密院大臣乌尔姆特，深度近视。乌尔姆特将文件放上桌，露出其貌不扬的苍白面容：深灰色头发又细又长，被厚重浓密的眉毛挡在脸颊两侧；扁塌的鼻梁上戴着黑框夹鼻眼镜。他似乎被突然出现的维洛克吓了一跳，两丛巨眉底下那双视力不佳的眼睛，隔着镜片可怜巴巴地眨个不停。

乌尔姆特没有任何形式的问候。维洛克也没有，他当然知所进退。不过，他的肩膀和背部轮廓稍有变化，显示他宽大外套底下的脊椎略略前弯，传达了含蓄的敬意。

“这里有几份你的报告。”乌尔姆特的声音出乎意料地疲倦温和，食指用力地按在那些报告上。他暂时打住，维洛克已经认出自己的笔迹，屏息静待。“我们不太满意本地警方的态度。”乌尔姆特似乎用脑过度，显得疲累不堪。

维洛克看似耸了耸肩，其实他一动也没动。这天早上出门到现在，他的两片嘴唇第一次开启。

“每个国家的警察都不一样。”他颇富哲理地说。看见乌尔姆特的眼睛仍然眨呀眨地望着他，不得不补充一句，“容我解释，我对这里的警察没有约束力。”

“我们期待的……”擅长文书的乌尔姆特说，“是发生某种能刺激他们提高警觉的具体事件。这是你的职责，对吧？”

维洛克没有回答，只是不自主地叹了一口气，又连忙挤出开心的表情。乌尔姆特狐疑地眨着眼，仿佛室内的阴暗光线影响了他的视力。他含糊地重复着。

“警方必须提高警觉，治安官必须雷厉风行。这里的司法审判太仁慈，也没有任何镇压措施，实在是整个欧洲的耻辱。我们目前最乐见的，就是突显社会的动荡，这种动荡毫无疑问一直在酝酿中。”

“毫无疑问，毫无疑问，”维洛克以演说家般的低沉嗓音恭敬地打断乌尔姆特，他说话的声音跟先前大不相同，乌尔姆特显得格外惊讶，“而且到了危险地步。我过去这一年来的报告已经充分描述了。”

“你过去这一年来的报告……”乌尔姆特用温和冷静的语气说，“我看了，一点都看不出你写这些报告的用意是什么。”

空气哀伤地凝结了半晌。维洛克仿佛吞掉了自己的舌头，乌尔姆特则是定定地望着桌上的报告。最后，他轻轻推了那些报告一下。

“你在报告里揭露的现象，正是我们雇用你的先决条件。我们目前需要的不是撰写报告，而是让大家注意到一个明确、重大，甚至骇人听闻的事实。”

“我当然会尽心竭力去促成。”维洛克沙哑的语调流露出一股坚定，只是，书桌另一边那双闪亮镜片后方的眼睛眨呀眨地，盯得他心烦意乱。他突然静默，展现绝对的忠诚。乌尔姆特在大使馆的地位尽管不算重要，却认真尽责，效率十足。这时他好像灵光一闪。

“你挺胖的。”他说。

这话其实出自单纯的念头，说出时稍有犹豫，显示说话的人惯于处理文书工作，不擅长人际往来。维洛克觉得受到人身攻击，有点受伤。他后退一步。

“咦？您这话什么意思？”他恨恨地质问对方。

奉命跟维洛克洽谈的乌尔姆特好像觉得自己无法胜任。

“我觉得你最好去见弗拉迪米尔先生。没错，你确实应该见见他。请你在这里等着。”说完，他又快步走出去。

维洛克立刻伸手顺了顺头发。他额头冒了几滴汗，噘起的嘴唇“咻”地呼出一口气，像要吹凉舀起的热汤。他一动不动地站在原处，仿佛四周布满陷阱，直到穿着褐色制服的仆人悄然现身。

他走过只点着一盏煤气灯的通道，爬上迂回曲折的楼梯，来到明亮可喜的二楼走廊。男仆打开一扇门，站到一旁，维洛克的脚踩上厚地毯。这房间十分宽敞，有三扇窗子。有个年轻男人坐在巨大桃花心木书桌前的大扶手椅上，偌大的脸庞上，胡子刮得一干二净，用法语对拿着报告往外走的乌尔姆特说：

“先生，你说得没错，这家伙确实很肥。”

第一秘书弗拉迪米尔在社交场合是出了名的幽默风趣、讨人喜欢，走到哪里都人气鼎盛。他擅长用滑稽手法把八竿子打不着的观点串联一气，在谈话中展现这种才能时，他会上身前倾，高举左手，仿佛用拇指与食指演示他的趣味论点。与此同时，他素净的圆脸却挂着欢乐又困惑的表情。

但他盯着维洛克的眼神里既没有欢乐也没有困惑。他整个人靠在椅背上，两边手肘往外张开，跷起二郎腿，光滑红润的脸庞像成长速度异乎寻常的婴儿，明显一句废话也不想听。

“你听得懂法语吧？”他说。

维洛克沙哑地说出肯定答复。他胖大的身躯微微前倾，站在房间正中央的地毯上，一只手抓着手杖和帽子，另一只手无力地垂在身侧。他从喉咙深处发出模糊语词，表明他曾经在法国炮兵队服役。弗拉迪米尔露出不屑神态，乖僻地说起字正腔圆的地道英语。

“啊！那是当然。说说看，你偷他们改良过的新式野战炮炮尾栓设计图，判了几年？”

“在堡垒里严密监禁 5 年。”维洛克答得有点出乎意料，却不带任何情绪。

“判得不重嘛。”弗拉迪米尔说，“总之，这是你粗心大意被逮捕的代价。你当初怎么会想到要去做那种事？”

维洛克口沫横飞地聊起当时年轻气盛，不可救药地迷恋某个差劲的……

“啊哈！为了女人。”弗拉迪米尔屈尊俯就地打岔，口气轻松，却不亲切，高姿态里流露出一股冷酷无情。“你替大使馆工作多久了？”他问。

“从已故斯图特·沃滕海姆男爵时代就开始了。”维洛克顺从地答道。他悲伤地嘟起嘴，哀悼已逝的男爵。弗拉迪米尔秘书不为所动地端详他丰富的表情变化。

“啊！那时就开始了。那么你有什么话说？”他尖锐地问。

维洛克诧异地回答对方，他没什么特别的话要说。他收到一封信，要他过来……说到这里，他连忙把手伸进大衣口袋，看见弗拉迪米尔挖苦嘲弄的眼神，决定让信留在口袋里。

“呸！”弗拉迪米尔说，“你怎么会这么不在状态？你连干这行该有的体格都没有。就凭你这个养不活自己的无产阶级，门儿都没有！何况你还是个走投无路的社会主义者，或无政府主义者，哪一种？”

“无政府主义者。”维洛克用麻木的语调回答。

“瞎扯！”弗拉迪米尔以同样的音量说道，“你把乌尔姆特老小子给吓坏了。你连个白痴都骗不过。那些人确实是白痴无误，但我觉得你更不可救药。那么你是因为偷了法国人的大炮设计图，才开始为我们工作的。你甚至失手被逮，一定给我国政府惹了不少麻烦。你好像不太聪明。”

维洛克试图用他沙哑的嗓音为自己辩解。

“我刚刚说过了，当时我不可救药地迷恋某个差劲的……”

弗拉迪米尔白白胖胖的大手举在空中：“是啊，你年轻时代那段不幸的恋情。她拿了钱，还向警方告密领赏，是吗？”

维洛克的神情转为忧伤，整个人暂时泄了气，显示事实很遗憾正是如此。弗拉迪米尔拍了一下搁在膝盖上的脚踝，他脚上穿着深蓝色丝质男袜。

“我就说吧，你实在不聪明，也许你太容易动感情。”

维洛克用低沉嘶哑的声音嘟嘟囔囔地说，他如今已经不是涉世未深的小伙子了。

“哼，那种毛病到老都改不了。”弗拉迪米尔不怀好意地说，“不对！你太胖了，不会有那种问题。如果你很容易动感情，不可能胖成这样。我来告诉你我怎么想：你是个懒惰的家伙。你领大使馆薪水多久了？”

“11 年。”维洛克生了一阵闷气后答道，“斯图特·沃滕海姆男爵阁下还在担任巴黎大使时，我就奉派到伦敦执行几项任务。之后男爵阁下指示我定居伦敦。我是英格兰人。”

“哦！是吗？”

“土生土长的大英帝国子民。”维洛克冷冷地说，“但先父是法国人，所以……”

“不需要解释太多。”弗拉迪米尔打断他，“我敢说，你原本大有机会变成法国军队的将领，或英国国会成员，那么你对我们大使馆也许会有一点用处。”

这些假想听得维洛克露出淡淡微笑，弗拉迪米尔仍旧一派冷静严肃。

“不过，我刚说了，你是个懒虫，没有善用你的机会。在斯图特·沃滕海姆男爵时代，这个大使馆有太多蠢蛋。就是因为那些人，才让你这种人误以为可以白拿间谍费。我有责任澄清这种误解，让你知道间谍费不是那么回事，它不是慈善基金。我专程叫你来就是为了这件事。”

弗拉迪米尔看见维洛克刻意装出不解的表情，嘲讽地笑了笑。

“我知道你完全明白我的意思。看来你还有点小聪明，可以胜任。我们需要的是行动……行动。”

弗拉迪米尔重复最后两个字时，把白皙的食指放在书桌边缘。维洛克嗓音不再沙哑，他暴露在天鹅绒大衣领子上那截粗大后颈涨得通红，嘴唇先是一阵颤抖，然后大大张开。

“如果您能行行好看看我的档案……”他用演说家般洪亮而清晰的低音大声说，“会发现3个月前我才提出警告，就是罗曼尔德大公爵出访巴黎那次。大使馆发电报通知法国警方，因此……”

“啧啧！”弗拉迪米尔皱起眉头，面露不悦，“法国警方根本不需要你的消息。别那样大吼，你那么大声做什么？”

维洛克为自己的失态道歉，态度无比谦逊。他说，他的嗓音特别适合在户外集会或大型演讲厅里的工人聚会上发言，多年来已经为他树立了忠实可靠好同志的形象，算是他的长处，让人对他的理念有信心。“那些团体领导人经常会在关键时刻要求我上台说话。”维洛克志得意满。他又说，不管现场有多么吵闹，他的声音绝不会被淹没。他突然决定示范一下。

“请包涵。”说着，他视线向下，笨重而敏捷地走到房间另一头的落地窗。他似乎控制不住一股冲动，伸手拉开一道小缝。弗拉迪米尔吃了一惊，从扶手椅深处跳起来，站在维洛克背后往外看。底下大使馆庭院对面，离敞开的大门很远处，有个警探背对大使馆站着，正悠哉悠哉地观看一部豪华婴儿车载着豪门宝宝，气势十足地横越广场。

“警探！”维洛克没有特别使劲儿喊，几乎像在说悄悄话。弗拉迪米尔看见警探猛地转身，仿佛被尖锐物品戳中，不禁哈哈大笑。维洛克轻轻关上窗子，回到房间正中央。

“有这样的嗓门，”这时维洛克换回沙哑的交谈模式，“我很容易取得信任。我当然也懂得谈话技巧。”

弗拉迪米尔对着壁炉架上的镜子调整领结，顺道观察镜里的维洛克。

“我相信你很熟悉社会革命口号，”他鄙夷地说，“vox et①……你没学过拉丁语吧？”

“没有。”维洛克大声说，“你也不认为我会懂拉丁语。我是广大群众的一员，除了少数几百个连自己都照顾不好的低能儿，谁懂拉丁语？”

接下来大约半分钟，弗拉迪米尔继续盯着镜子里那个长满肥肉、胖大臃肿的身影。他也看见自己刮得干干净净的圆脸，气色红润；两片灵巧薄唇，正适合说出让他成为上流社会宠儿的如珠妙语。他转身走向房间中央，神态无比果决，以至于他古雅的老派领结似乎竖立起来，有种无法形容的威胁感。他走得又急又猛，维洛克用眼角斜瞄一眼，内心一阵哆嗦。

“啊哈！你也敢放肆。”弗拉迪米尔说。这时他发出某种奇特喉音，不像英语，更不像欧洲语言，就连熟悉大都市贫民窟的维洛克都深感惊讶。“你好大胆子！我就跟你打开天窗说亮话，声音不管用，我们不需要你的嗓门。我们要的不是声音，我们要事件，惊天动地的事件。该死的家伙！”他对着维洛克的脸痛快淋漓地骂了一声。

---

① 此处弗拉迪米尔原本要说拉丁文 vox et praeterea nihil，意思是：除了声音，什么都没有。

“别用那种极北地区的未开化的举止对待我。”维洛克低头看着地毯，粗哑地自我防卫。弗拉迪米尔尖锐领结上方的嘴唇露出嘲弄的微笑，改说法语。

“你是个专责策动的间谍，挑起争端就是你的职责。根据大使馆的纪录，过去 3 年来你光拿钱不做事。”

“光拿钱不做事！”维洛克叫嚷道，他不动如山，视线没抬起来，语气也显得心口如一，“我好几次阻止了……”

“这个国家有句俗话说，‘预防胜于治疗’。”弗拉迪米尔打断他的话，一屁股坐回扶手椅里，“这句话大致说来蠢得可以，因为预防永无止境。不过这是民族性，这个国家不喜欢定局。你可别太像英格兰人，特别是在这件事情上，别太荒唐。麻烦已经来了，我们不要预防，我们要治疗。”

他停下来，面向书桌，翻了翻桌上的文件，改用谈公事的口吻说话，始终没有抬头看维洛克。

“你一定知道在米兰召开的国际会议吧？”

维洛克粗声粗气地解释，他习惯每天读报。对于下一个问题，他的回答是：当然，他读得懂报纸上的内容。弗拉迪米尔听了，对面前正在浏览的一份份文件浅浅一笑，喃喃说道：“只要报纸上写的不是拉丁文。”

“或中文。”维洛克冷冷补了一句。

“唔。你某些革命伙伴写出来的东西不知所云，跟读中文没两样……”他轻蔑地扔下一份灰色印刷品，“这些传单是什么东西？标题是《F.P.》，还画着交叉的锤子、笔和火炬？‘F.P.’代表什么？”维洛克走向那张气派书桌。

“无产阶级未来（The Future of the Proletariat），是一个组织。”他庞然地站在扶手椅旁，“原则上不走无政府主义路线，但欢迎各式各样的革命理念。”

“你也参加了？”

“副会长之一。”维洛克说得煞有介事。弗拉迪米尔抬起头来看他。

“那么你该觉得惭愧。”他毫不留情地说，“你的组织就只会在这种恶烂纸张上印些天花乱坠的预言吗？你们为什么不做点别的？这样吧，刚好我这里有个任务。我们打开天窗说亮话，天下没有白吃的午餐。斯图特·沃滕海姆的美好时代结束了，不做事就别想拿钱。”

维洛克只觉一股怪异的虚弱感从两条胖腿直往上蹿。他后退一步，大声擤了擤鼻涕。

事实上，他吓到了，暗自心惊。伦敦的昏黄阳光奋力穿透迷雾，向第一秘书的私人办公室投进一抹微温的光辉。静默中，维洛克听见窗玻璃传来细微的嗡嗡声，是他今年遇见的第一只苍蝇。苍蝇比燕子更能准确预告春天的到来。精力充沛的小苍蝇横冲直撞，惹得这个懒散习性面临挑战的大块头男人心烦意乱。

谈话中断的过程中，弗拉迪米尔打量维洛克的容貌和身材，在心里用连串话语尽情奚落：这家伙实在粗俗笨重，无知到放肆的地步，活脱脱就是一个上门收款的水管工人[①]。弗拉迪米尔对美式幽默稍有涉猎，认为这个阶层的技工都怠惰无能，只会招摇撞骗。

那么这就是那位名气响亮、备受器重的地下工作人员。他身份太隐秘，在已故斯图特·沃滕海姆男爵的正式、非正式与机密信函里，一律使用希腊文第 4 个字母 Δ（delta）作为他的代号。大名鼎鼎的干员“Δ”提出的示警不容忽视，往往足以改变皇族、国王或大公爵出访的行程与时间，甚至干脆取消！竟是这家伙！弗拉迪米尔心里得意非凡：一来他暗笑自己幼稚，竟然对这个结果感到惊讶；更重要的是世人景仰悼念的斯图特·沃滕海姆男爵闹了这么个笑话。当年男爵受

① 查尔斯·华纳（Charles Dudley Warner，1829—1900），美国作家，写过一篇短文《水电工》，以反讽手法描述计时收费的水电工如何拖拖拉拉消磨时间。

到国君宠爱，奉命担任大使，部分外交官员很不以为然。男爵面容严肃，为人悲观轻信，对于社会改革忧心如焚。他认为自己出任大使是天意，是为了目睹恐怖的民主动乱如何终结外交制度，整个世界只怕都在劫难逃。他在职期间撰写了不少杞人忧天的悲伤文书，一直是外交办公室茶余饭后的笑料。据说，他临终时对前往探视的国君兼好友说："不幸的欧洲！你终将被道德沦丧的后代拖累，走向败亡。"随便哪个谎话连篇的无赖都能骗倒他。想到这里，弗拉迪米尔对着维洛克似有若无地一笑。

"你该缅怀斯图特·沃滕海姆男爵。"弗拉迪米尔突然说。

维洛克低垂的脸庞露出不悦，显得严肃又疲惫。

"容我向您说明，"他说，"我今天过来，是因为接到一封措辞强硬的信函。今天以前的 11 年间，我只来过这里两次，来的时间绝不会是上午 11 点。这样把我叫来很不明智，我的行踪可能会暴露，那可不是开玩笑的。"

弗拉迪米尔耸耸肩。

"那会毁了我的秘密身份。"维洛克愤怒地说。

"那是你的问题。"弗拉迪米尔喃喃回应，口气里带点残酷，"如果你身份暴露，我们就不会再雇用你。没错，马上断绝关系。你会……"他顿住，因为一时词穷皱起眉头，又立刻展开笑颜，露出一口齐整洁白的牙齿。"你会被炒鱿鱼。"他恶狠狠地说。

维洛克又觉得一股虚弱感往下直蹿双腿，只得凝聚全部的意志力来对抗。曾经有个可怜虫用以下这句话贴切地描述这种感觉："我的心沉到靴子里[①]。"维洛克意识到那份无力感，勇敢地抬起头。

弗拉迪米尔沉着面对维洛克毫不掩饰的质疑目光。

"我们的目的是给米兰的国际会议一点刺激。"他爽朗地说，"这

---

① 原文为 My heart went down into my boots，英语俚语，意指悲伤或担忧的心情。

次会议对打击政治犯罪的跨国行动好像没有提出具体的有效措施。英格兰踟蹰不前，这个国家对个人自由的宽容，已经到了荒谬的地步。最叫人无法忍受的是，你那些同伙竟然都过来……”

“这么一来，他们都在我眼皮子底下。”维洛克粗鲁地抢话。

“把他们通通抓起来扔进牢里才是明智之举。英国必须跟上国际步伐，这个国家的中产阶级低能弱智，人家想害他们流落街头、饿死在臭水沟里，他们却忙着帮人家一把。幸好他们手上还握有政权，只要再多点脑子，就可以保护自己。我说中产阶级是一群呆瓜，你应该不反对吧？”

维洛克用嘶哑的声音表示赞同：

“确实是。”

“他们缺乏想象力，傻头傻脑自命不凡，愚昧无知。这时候他们最需要的，就是狠狠的一场惊吓。这也是你那些同伙派上用场的紧要时刻。我叫你来，就是为了给你指引明路。”

弗拉迪米尔开始发表高见，态度倨傲又不屑，却又暴露出他对革命分子真正的目标、思维和手段一无所知，听得默不作声的维洛克惊愕连连。弗拉迪米尔混淆了原因与结果，几乎到了不可原谅的地步；把最高尚的宣传家看成冲动行事的投弹手；幻想出不切实际的念头；一会儿把社会革命组织说成纪律严明的军队，领袖的话语就是金科玉律，一会儿又描述成深山峡谷的山寨里最穷凶极恶的土匪。维洛克一度张嘴想反驳，弗拉迪米尔举起浑圆饱满的白皙手掌制止他。很快，维洛克震惊得连抗议的念头都没有了。他听得心惊胆颤、动弹不得，表面看起来倒像高度专注、无暇他顾。

“要在这个国家发起连串暴行，”弗拉迪米尔继续平静地说，“不能光是在这里计划，那样没用，他们不会在乎。你那些同伙就算放火烧掉半个欧洲大陆，都没办法鼓动这里的舆论出声要求立法镇压暴动。这里的人不会管自家后院以外的事。”

维洛克干咳一声，却鼓不起勇气搭腔。

“这些暴行未必需要造成严重伤亡，”弗拉迪米尔像在发表学术论文，“却一定得够震撼、够惊悚，要立竿见影。比方说，以建筑物为目标。维洛克先生，眼下中产阶级最时兴的潮流是什么？”

维洛克摊开双手，肩膀微微一耸。

“你连脑筋都懒得动。”弗拉迪米尔不留情面，“注意听我说。当前最受关注的话题不是皇室也不是宗教，不需要攻击皇宫和教堂。维洛克先生，你听明白了吗？”

维洛克用轻佻语调发泄他的气馁与鄙夷。

“一清二楚。那么大使馆如何？对各国使馆发动连串攻击？”他一吐为快。只是，在弗拉迪米尔冰冷锐利的目光注视下，他又像泄了气的皮球。

“看来你还挺爱说笑。”弗拉迪米尔漫不经心地说，“那很好，你在社会主义大会发表的演说会比较生动有趣。但这里不是大会堂，你最好仔细听我说，对你有益无害。我们找你来，是要你制造真实事件，而不是听你说些风马牛不相及的空话。我这么费心指导你，你最好把握机会好好学习，对你只有好处。目前最神圣不可侵犯的潮流是科学。你怎么不让你的同伙去对付那些面无表情、目空一切的科学家？你们的‘无产阶级未来’向前迈进时，不是应当先扫除这些障碍吗？”

维洛克沉默不语。他不敢张嘴，以免发出无奈的叹息。

“这就是你们该做的事。以皇室成员或国家元首为目标，某方面来说确实足以造成轰动，可惜效果已经不如从前。如今各国领袖都已经接受这种事，几乎习以为常，毕竟有那么多总统死于暗杀。我们再来探讨对教会的攻击：乍看之下是很触目惊心，其实只有肤浅之辈会以为这种行动能够收效。不管滋事的人挥舞着多么极端的革命或无政府主义大旗，总会有些傻子为这类暴动冠上宗教色彩，从而抹杀我们希望这个行动所引发的警惕效果。同理可证，在餐厅或戏院制造流血事件，一样很难让人联想到政治狂热，最多被解读为穷人的愤怒，或阶级矛盾的报复行为。这些都是老套，就算拿来当无政府主义革命的教材，也不再有启发性。每家报社都有许多现成词汇，三两下就能让风波平息。

“我来告诉你我对炸弹攻击的看法，也就是过去 11 年来你假装自己所持的见解，我会尽量用你听得懂的话表达。你要攻击的那个阶级敏锐度时效太短，在他们眼中，财富坚不可摧。他们即使心生怜悯或恐惧，都只是昙花一现。如今想用炸弹攻击激起公愤，一定得超越复仇或恐怖行动的范畴。必须是纯然的破坏：必得如此，也只能如此，不能让人联想到其他意图。你们这些无政府主义者应该清楚地树起鲜明旗帜，揭示你们颠覆社会的决心。只是，怎样才能万无一失地让中产阶级接收到这个叫人毛骨悚然的荒谬讯息？那就是问题所在。答案就是，把炸弹投向人们通常不会投注太多情感的目标。当然，你可以选择艺术，炸毁国家美术馆的确会掀起一点涟漪，却不够严重。中产阶级从来不在乎艺术，炸美术馆等于砸破某人家里的几片玻璃。但如果你真想惊动那人，至少要掀开他家屋顶。当然会引发一些抗议。可是谁会抗议？不过就是艺术家、批评家之类的，都是些无足轻重的角色，谁会在乎他们说些什么。

“知识，也就是科学，就不一样了。任何有固定收入的白痴都相信知识，他不明白为什么，却知道知识很重要，那是神圣不可侵犯的潮流。那些该死的教授，骨子里都是激进分子，要让他们明白，他们那不可一世的学术高塔也得夷平，也要让路给‘无产阶级未来’。这些知识分子呆瓜的怒吼肯定可以宣扬米兰国际会议的宗旨。他们会给媒体写文章，不会有人质疑他们的动机，因为表面上没有明显利害关系。基于某种神秘理由，中产阶级相信科学是他们财富的来源，他们的私心会因此惊醒。确实如此，这种荒谬行动对他们产生的冲击，会比挤满他们同路人的街头或戏院所制造的流血事件更深远。对于一般的流血事件，他们多半可以用一句‘哦，不过就是阶级对立’轻轻带过。但如果是这种令人百思不解，难以言喻，几乎无法想象，甚至是疯狂的无厘头破坏行为呢？疯狂本身就够吓人的了，因为你没办法用威胁、劝说或收买等手段加以安抚。再者，我是个文明人，就算大屠杀可以获致最完美结果，我也绝不会指示你去做。话说回来，大屠杀没办法达到我要的效果。我们身边多的是谋杀事件，几乎已经司空见惯。这次行动一定要以知识为对象，也就是科学。不过，不是任何一门科学都适合。这次攻击一定要像无端的亵渎，要不可理喻到匪夷所思的地步。既然你选择以炸弹作为手段，如果能把炸弹直接投向纯数学，肯定非常骇人听闻，可惜那是不可能的。我一直在教导你，在向你说明你该怎样更有效地发挥自己的功能，提供你一些实用点子。对你而言，最重要的是如何活用我的教导。不过，打从我们开始谈话，我就留意到问题的实践方面。你觉得目标锁定天文学如何？”

维洛克已经一动不动地在扶手椅旁站了老半天，几乎虚脱昏迷，整个人不省人事，偶尔轻微抽搐，就像睡在地毯上的狗做了噩梦。他重复弗拉迪米尔的话时，听起来也像狗的不安嗥叫。

“天文学。”

他刚才聚精会神地在聆听弗拉迪米尔连珠炮似的尖锐话语，这时还没走出五里雾。那一长串申论超出他的理解，让他大动肝火。他既愤怒又难以置信，心情五味杂陈。他突然灵光一闪，觉得这只是对方精心设计的玩笑。弗拉迪米尔笑得露出一口白牙，圆圆的脸蛋意气风发地歪在竖直的领结上方，两颊挂着一对酒窝。此时，他又比出他在高级知识分子社交场合说俏皮话时备受上流仕女喜爱的手势：上身前倾，白皙的手高高举起，仿佛优雅地把他精妙的建议捏在拇指与食指之间。

“没有比这更合适的学科了。这样的暴行正好结合了人类最关切的事项与最惊悚的愚行。无产阶级竟会对天文学心怀不满！我敢说新闻记者再怎么聪明，也没办法说服社会大众接受这点。绝不会把这种事跟挨饿扯在一起，对吧？这么做还有其他好处：整个文明世界都知道格林尼治天文台的存在，就连查令十字车站地下室的擦鞋童或多或少都听说过那地方。听明白了吗？”

在上流社会里，弗拉迪米尔以都会风格的幽默表情著称，此时他却笑意盈盈，有种犬儒式的自鸣得意。他平时以机智谈吐千方百计讨好的那些聪慧女士如果见到了，只怕会花容失色。“没错，”他脸上挂着轻蔑笑容，“炸掉本初子午线[①]肯定可以激起众怒。”

“这事有点难度。”维洛克嘀咕道，他觉得这样的回应最安全。

“怎么回事？你手底下不是有大批人手？不都是一时之选吧？恐怖分子老头扬特也在这里，我几乎每天都能看到他穿着披风在皮卡迪利闲荡。还有米凯利斯，那个假释使徒，可别告诉我你不知道他的下落。如果你真不知道，我可以告诉你。”弗拉迪米尔语带威胁地说，“如果你以为大使馆只有你一个间谍，你可就错了。”

维洛克听见这突如其来的警告，双脚不安地轻轻挪移。

“还有洛桑来的那一票，不是吗？你们不是一听说米兰国际会议的事，就成群结队跑过来？这真是个莫名其妙的国家。”

“要花不少钱。”维洛克直觉反应。

“这招不管用。”弗拉迪米尔用出奇准确的英国口音反驳，“你照常支领月薪，在看见成果以前，一毛钱都别想多拿。如果没有任何动静，再过不久你就连月薪都没有了。你名义上从事什么职业？你靠什么维生？”

“我开店。”维洛克说。

---

① 本初子午线（prime meridian），即零度经线，通过伦敦格林尼治天文台，两边各为东、西经线，在 180° 交会。

“开店！卖什么？”

“文具、报纸。我太太……”

“你的谁？”弗拉迪米尔用他的中亚喉音打岔。

“我太太。”维洛克轻轻抬高音量，“我已婚。”

“这可真是旷世奇谈。”弗拉迪米尔的震惊毫不虚假，“已婚！而你声称自己是个无政府主义者！哪来这种乱七八糟的事？我猜那只是你的掩护。谁都知道无政府主义者不结婚，他们不能结婚，否则根本就是变节。”

“我太太不是无政府主义者。”维洛克不悦地嘟囔，“再者，那不关你的事。”

“当然关我的事。”弗拉迪米尔厉声说道，“我开始觉得你根本不适任。你一结婚，组织里的人就不再信任你。你非得结婚吗？那么这是你的道义责任是吗？不管是哪一种责任，都会影响你的工作表现。”

维洛克鼓起腮帮子，猛力呼出一口气，如此而已。他带来的耐性已经消耗殆尽。弗拉迪米尔忽然变得无礼、冷漠又决绝。

“你可以走了。”他说，“给你一个月时间，一定要发动炸弹攻击。国际会议目前休会，在会议重新开始前，一定要在这里弄出点事来，否则你跟大使馆的关系到此为止。”

他变色龙似的语调又转换了。“多想想我说的话，维……维洛克先生。”他摆出施恩的态度，顺道举起手挥向门口，“锁定本初子午线。你不如我了解中产阶级，他们的感知能力已经迟钝。本初子午线，再没有比那更恰当、更简单的目标了。”

他站起来面对壁炉架上的镜子，灵敏的双唇滑稽地抽搐，镜中的维洛克戴着帽子、拿着手杖，踩着笨重步伐倒退着走了出去。门关上了。

穿长裤的男仆突然出现在走廊，领着维洛克走另一条路，从庭院角落的小门离开。站在大门旁的门房完全无视他的离去。维洛克循着上午的路线往回走，宛如置身梦中——怒气腾腾的梦。他彻底与现实世界脱离，以至于虽然他终将一死的躯壳依然缓步当车地走在大街上，他无可奈何必将不朽的灵魂却发现自己瞬间回到店门口，仿佛被一阵强风从西边吹送到东边。他直接走到柜台内侧，坐上木椅。没人来打扰他的清静：史蒂维穿着绿色粗呢围裙，在楼上扫地掸灰尘，像游戏般专注又认真；厨房里的温妮听见破铃铛响起，走到客厅玻璃门，掀起门帘一角，瞥了阴暗的店铺一眼，看见她丈夫庞大模糊的身影坐在那里，帽子前缘掀到头顶上方，马上又转身回到炉子旁。一个多小时后，她帮弟弟脱掉围裙，用命令式口气要他去洗洗手脸。这种口气她已经用了大约15年，也就是从她停止帮他洗手脸开始。她利用上菜的空当匆匆瞥了弟弟一眼，因为史蒂维已经洗完手脸走到餐桌旁，伸出双手等待检查，自信之中藏着一丝永难抹灭的焦虑。过去他们父亲的怒气是这项仪式最有效的约束力，如今维洛克性情太温和，就连紧张不安的史蒂维都很难相信他会生气。于是温妮编造了一套理论，说是餐桌上如果有人手脸不干净，维洛克会非常难过与震惊。父亲的过世带给温妮最大的安慰是她从此不必再为可怜的史蒂维担心害怕。看见史蒂维受伤害，她会不忍心，会激动发怒。小时候她经常为了保护弟弟对抗父亲，两眼喷出怒火。如今光看她外表，谁都猜不到她也会大发雷霆。

她把菜都端上客厅餐桌，走到楼梯口大喊一声："妈！"再打开通往店铺的门，轻唤一声："阿道夫！"维洛克还是原来的姿势，显然整整一个半小时没动了。他沉重地站起来，穿着大衣戴着帽子走到餐桌旁坐下，闷不吭声。这间屋子所在的肮脏街道鲜少接触阳光，客厅外的阴暗店铺陈列各种劣质暧昧商品，住在里面的维洛克原本就不多话，只是，这天他明显心事重重，引起太太和岳母的关注。她们也静静坐着，紧紧盯住可怜的史蒂维，以免他忽然喋喋不休说起话来。史蒂维隔着餐桌坐在维洛克对面，乖巧又安静，只是傻傻地望着姐夫。温妮和妈妈平时想方设法避免史蒂维做出任何惹维洛克生气的事，日子过得忐忑不安。打从她们口中的“那孩子”出生后，母女俩几乎没过过一天太平日子。史蒂维过世的爸爸因为生出这么个特殊孩子，引以为耻，动不动就对他拳打脚踢。老先生情感细腻，儿子带给他的痛苦可想而知。老先生死了以后，母女俩又得担心史蒂维吵到那些单身房客：那些房客本来就是一群怪胎，经常为一点小事耿耿于怀。当然，她们还得担心他的将来。过去温妮妈妈住在贝尔格莱维亚那栋破烂房子的地下室时，经常想象儿子沦落济贫院医务室的画面。“乖女儿，如果你没找到这么好的丈夫……”她经常对温妮说，“我真不知道那可怜的孩子会变成什么模样。”

维洛克对待史蒂维，就像不特别喜欢动物的丈夫看待妻子心爱的猫咪，善意与敷衍并存。温妮和妈妈都认为，维洛克能做到这样已经仁至义尽了，老太太对他尤其感恩戴德。老太太平时极少跟人打交道，生性多疑，初期偶尔会不安地问温妮：“亲爱的，你觉得女婿会不会开始讨厌史蒂维了。”对此，温妮的回应总是把头轻轻一甩。有一次她有点不耐烦地回嘴：“他得先讨厌我。”接下来谁也没说话。这个深奥的回答听得老太太摸不着头脑，她双脚搁在凳子上，认真思索背后的含义。她始终想不通温妮为什么嫁给维洛克——这当然是个理智的抉择，对大家都好，可是女儿应该会想找个年龄相当的对象。女儿曾经跟一个性情稳定的年轻人交往，是邻街肉贩的独生子，在家里帮爸爸做生意，温妮跟他出门总是开开心心的。没错，那孩子确实还得靠父亲庇荫，可那家肉铺生意不赖，前景看好。年轻人带温妮出去看过几场戏。老太太开始担心女儿要出嫁（毕竟她一个人带着史蒂维，要怎么打理那栋大房子），这段恋情却无疾而终，温妮变得像个行尸走肉。也许是天意吧，维洛克刚好搬进一楼前面的那间房，母女俩再也没提起过那个年轻屠夫。这一定是天意。

3

"……理想化只会让生命更穷困。美化生命，只会抹灭生命复杂的本质，会摧毁生命。小子，这种事留给道德家就好了。历史是人类创造的，但凭借的不是头脑。在历史的进程中，人类大脑里的想法无足轻重。历史由工具和生产——也就是经济条件的影响力——主导、决定。资本主义创造了社会主义，而资本主义为了保护资产制定的法律，又创造了无政府主义。谁也不知道未来社会组织会以何种形态呈现，那又何必耽溺于预言家的幻想？那些幻想最多只能告诉你预言家脑子里在想什么，不具备任何客观价值。小子，这种娱乐留给道德家就好了。"

假释使徒米凯利斯用平稳的语气说着话，那声音喘咻咻的，仿佛被他胸口那层脂肪压得奄奄一息。他从干净卫生的监狱出来时，整个人圆滚滚的像浴缸，肚腹高高隆起，苍白到几近透明的脸颊异常膨胀，仿佛他蹲坐阴暗潮湿苦牢的那 15 年间，监狱里那些专责惩奸除恶的官吏只用发胖食物填塞他的胃。出狱后他的浑身肥肉一盎司都没减少。据说有个财力雄厚的老夫人一连三季送他到捷克的马里恩巴德温泉疗养。他曾经差点在那里碰上某个皇室成员，可惜警方命令他 12 小时内离开。他的苦难并没有因此结束，因为警方从此禁止他进入温泉区。不过他已经认命了。

他浑圆的手肘没有关节，看上去就像布偶的手。他双手搁在椅背上，上半身微微前倾，悬在肥短的巨腿上方，把一口痰吐进壁炉格栅里。

“没错！我有大把时间可以思考。”他语调依然持平，“社会给了我充足的时间冥想。”

壁炉另一边有张马毛扶手椅，平时多半是温妮母亲的宝座，这时卡尔·扬特坐在那里咯咯傻笑，没有牙齿的嘴巴里黑森森的很吓人。自称恐怖分子的扬特已经老迈秃头，雪白的山羊胡子无力地垂落在下巴上，失去光彩的眼神仍然隐含惊人的阴狠劲儿。他忍痛起身时，一只瘦骨嶙峋又痛风肿胀变形的手往前伸出去，像极了垂死杀手鼓起全身仅剩的力气刺出最后一刀。一根粗大枴杖在他另一只手底下摇晃不已。

“我经常梦想……”他咬牙切齿地说，“有这么一群人，他们意志坚决，不挑剔方法或手段；体格健壮，当得起毁灭者的称号；不受啃蚀这个世界的那种悲观认命的看法的影响；不同情地球上的任何事物，包括他们自己；随时可以抛头颅洒热血，只为了替全人类服务。那就是我乐见的。”

他光秃秃的脑袋瓜子不住晃动，那把白色山羊胡子也滑稽地震动起来。他说的话听在陌生人耳里恐怕模糊难辨，因为嗓子干了，少了牙齿的牙龈似乎总是挡到舌尖，昔日的狂热已经油尽灯枯，就像年老力衰的好色之徒雄风不再。坐在房间另一头沙发一角的维洛克发自肺腑地咕哝两声，表示赞同。

扬特细瘦脖子上方的脑袋缓缓向两侧转动。

“这样的男人我却找不出 3 个来，都怪你们那可恶的悲观主义！”他朝米凯利斯咆哮。米凯利斯如同垫枕似的双腿原本跷着，这时放了下来，两脚突然滑进椅子底下，传达内心的愤怒。

悲观主义！荒谬至极！他发出怒吼，声称这种指控简直天理不容。他说他一点也不悲观，因为他已经预见私有财产制基于本质上的谬误，不可避免地必将画上休止符。资产阶级非但要面对觉醒的无产阶级，还得跟自己人斗争。没错，冲突与战争是私有财产制的必然命运，它也终将败亡。啊！他不需要激动的情绪来坚定信念，不需要口若悬河，没有愤怒，不需要想象飘扬的鲜红旗帜或象征复仇的火红太阳在衰亡社会另一端升起。他不需要！他夸口说，他的乐观来自冷静的判断。没错，乐观……

他吃力地喘着气说到这里，再吸一两口气后，又说：

“如果我不是乐观主义者，难道在牢里那15年我找不到东西割自己喉咙？最低限度，我还有牢房的墙壁可以撞头。”

急促的呼吸让他的声音不再激扬，不再劲道十足。他苍白的大脸像鼓胀的囊袋，动也不动，没有一丝震颤。可是，那双眯成细缝，像在凝视什么的蓝色眼眸依然闪现自信的精明，专注得近乎痴狂，八成就像他入夜后坐在牢房里沉思时一样。扬特仍然站在米凯利斯面前，他褪色的绿披风的一片前襟潇洒地甩到背后。亚历山大·奥斯朋同志坐在壁炉正前方，他读过医学院，是“无产阶级未来”传单的主要写手。他伸直结实的双腿，鞋跟朝上对着炉栅里的火焰。一头浓密的黄色鬈发，红润的雀斑脸上长着典型黑人的扁塌鼻子和厚凸嘴唇，一双杏眼在高高的颧骨上方倦怠地斜视。他穿着灰色法兰绒衬衫，黑色蚕丝领带末端露在整齐扣起的哔叽外套下缘。他脑袋靠向椅背，露出大半截脖子，举起长长的木烟嘴塞进嘴里，对着天花板喷出阵阵烟雾。

米凯利斯重回原来的思路，也就是他在黑牢里反复琢磨的观点。这些观点促成他被捕，又在狱中慢慢茁壮，变成清晰可见的信念。他习惯跟自己说话，无论旁人同情或敌视，他都无动于衷，甚至直接无视他们的存在。会有这样的习惯，是因为过去成天独自对着牢房那四面白墙呢喃些乐观话语。那间牢房就在河边隐蔽的庞大砖造建筑里，阴森死寂邪恶丑陋，像专为不见容于社会的人打造的超大停尸间。

他不擅长讨论，倒不是因为争辩会撼动他的信念，而是因为别人的声音令他痛苦不安，会扰乱他的思绪。毕竟多年来那些思绪被禁锢在比干涸沙漠更荒芜的孤寂心灵中，不曾与活人的声音对阵，不曾受到批评或认可。

此刻没人打断他，他再次阐述那些有如恩典般令他无法抗拒、彻底臣服的信念：展露在物质层面的生命奥秘；铺写过去、打造未来的当前经济状态；引领人类心灵发展与激情冲动的所有历史与思想根源……

奥斯朋发出刺耳笑声，米凯利斯舌头突然打结，长篇大论遽然中断，略微激动的眼神变得困惑游移。他缓缓闭目沉思，仿佛在重拾溃散的思绪。现场一片静默，餐桌上方悬着两盏煤气灯，壁炉里也燃着熊熊烈火，维洛克店铺后侧这间小客厅变得闷热异常。维洛克庞大的肥胖身躯百般不情愿地从沙发起身，打开通往厨房的门，好让空气对流，看见天真的史蒂维乖巧安静地坐在松木桌旁，画着一个又一个圆圈。他画了数不清的圆圈，同心的、相交的、扑朔迷离的、眼花缭乱的圆圈。庞杂繁复的弧线、整齐划一的形状和混乱的交错线条，像在勾勒混沌的宇宙，是尝试描绘非凡奥秘的痴狂艺术。史蒂维始终没有转头，他全神贯注地画着，背部微微抖动，脑袋底下的纤细脖子深深弯曲，几乎一折就断。

维洛克不悦地闷哼一声，重新坐回沙发上。奥斯朋站起来，在低矮天花板下，穿着一袭破旧蓝色哔叽西装的他显得特别高大。他抖抖双脚，甩掉久坐不动的僵硬感，走下两级阶梯，漫步进入厨房，站在史蒂维背后观看。他又走回来，莫测高深地说：“好极了。特征明显，完美的典型。”

“什么好极了？”重回角落沙发的维洛克问道。

奥斯朋把头往厨房的方向一点，有点高傲地草草解释：“这种心智退化症的典型。我指的是他画的东西。”

"那么你认为那孩子低能？"维洛克喃喃问道。

奥斯朋绰号"医生"，读过医学院却没拿到学位，之后游走各劳工组织，以社会主义者的保健概念为主题发表演说；写过一份名为《中产阶级的堕落劣行》的类医学研究报告，以廉价小册子发行，刚出炉就被警方查扣。他也是带点神秘色彩的红色委员会特别代表，跟扬特和米凯利斯共同负责委员会的文宣工作。这时他望着偷偷跟两名大使馆馆员晤谈过的维洛克，眼神里满是叫人难以忍受、无可救药的自负，就像学识丰富的人看着识字不多的俗物。

"科学界应该会这样称呼他。整体来说是很标准的心智退化。看他耳垂就知道了，如果你读过龙勃罗梭[①]……"

心情郁闷的维洛克大字形躺在沙发上，直勾勾地盯着背心的纽扣，脸颊微微泛红。最近以来，即使只是拐弯抹角提及"科学"这个不具冒犯意味、定义不明确的词，弗拉迪米尔那令人气愤的身影就会鲜活地出现在他眼前，清晰得异乎寻常。这种堪称科学奇迹的现象让维洛克畏惧又愤怒，几乎想狠狠咒骂发泄一番。但他保持沉默，紧接着出声的是有话直说的扬特。

"龙勃罗梭是个白痴。"

面对如此亵渎，奥斯朋震惊之余，只是用凶恶的眼神茫然瞪着对方。扬特失了光彩的双眸藏在高凸额头的阴影底下，显得更黑暗了。他含糊地说着话，舌尖每秒卡在双唇间一次，仿佛他怒不可遏地咬嚼舌头。

"你见过这样的白痴吗？他觉得囚犯就是罪人。很简单，对吧？那么，那些把他关起来的人呢？那些逼他进去的人？没错，逼他进去。这个白痴只是看看一群不幸家伙的耳朵和牙齿，就在这个到处都

---

① 龙勃罗梭（Cesare Lombroso，1836—1909），意大利犯罪学家，主张罪犯与精神病患有其明显生理特征。

是痴肥蠢蛋的世界无往不利。他知道什么是犯罪吗？耳朵和牙齿可以辨识罪犯，是吗？那么更能辨识罪犯的法律呢？不就是那些吃撑了的人发明出来保护自己、对付挨饿的人的烙印工具吗？热腾腾地烧灼在他们可鄙的皮肤上。你在这里难道听不见、闻不到人们的皮肤被烧得滋滋响？罪犯就是这样来的，方便你那些龙勃罗梭写出那些蠢东西。”

他的手杖握把和双腿激动得剧烈颤抖，披风下的躯干维持一贯的桀骜神态。他仿佛努力嗅闻冷酷社会的腐败空气，竖起耳朵聆听它的残暴声响，这种姿态传达出一股强烈暗示。风中残烛的他一生轰轰烈烈：年轻时是个伟大表演家，在讲台上、秘密集会中和私人访谈里唱作俱佳。在这场对抗社会的斗争中，他连一根小指头都没有动过。他不是个冲锋陷阵的人，甚至没办法用伶牙俐齿的滔滔雄辩在喧腾扰攘的氛围中鼓动群众情绪。他有意无意地走另一条路，变成更无耻、更恶毒的煽动者，利用无知导致的盲目羡慕与骄傲自满、贫穷引发的苦难与悲惨，以及由义愤、怜悯与反感构筑的高尚假象，激起邪恶的冲动。他身上仍然残存这种邪恶天赋的余韵，像旧毒药瓶里致命药剂的气味。可惜瓶子如今已经空了，没用了，随时可以扔进失去利用价值的废物堆里。

假释使徒米凯利斯紧闭的嘴唇淡淡笑着，他面团似的月亮形的脸往下垂，郁郁寡欢地表示认同。他自己曾经沦为阶下囚，皮肤曾经被那标示罪犯身份的炽铁烧灼。绰号“医生”的奥斯朋从震惊中回过神来。

“你不懂。”他鄙夷地说，却又立刻打住，因为扬特慢慢转过头来，深陷的眼窝里漆黑死沉的眼珠子盲目地盯着，仿佛听音辨位锁定目标。奥斯朋肩膀微微一耸，不再多说。

史蒂维习惯旁若无人地四处走动，这时已经离开松木桌，准备带着画画的纸张上床。他走到客厅门口，碰巧赶上扬特天马行空的幻想，那张画满圆圈的纸从他手中滑落。他定定地看着恐怖分子扬特，仿佛因为过度惊恐与害怕疼痛，吓得动弹不得。他很清楚烧红的铁块碰触皮肤有多么痛，怖畏的眼睛喷出怒火：肯定疼得不得了。他目瞪口呆。

米凯利斯双眼眨也不眨地望着火堆，这才找回接续先前思路所需的孤立感。他又开始发表乐观言论，他看见资本主义制度本身夹带着竞争毒药，注定一出生就毁灭在自己的摇篮里。大资本家吞并小资本家，生产力与生产工具大量集中，改善工业化进程。这股疯狂的自我扩张，将会提升苦难的无产阶级，让他们做好万全准备，将来顺理成章接手。米凯利斯说出关键字眼："耐心。"他清澈的蓝色眼眸散发圣洁的真诚，往上盯着维洛克家客厅的天花板。站在门口的史蒂维心情平静了，恢复了原本的愚钝。

奥斯朋气得脸孔扭曲。

"那就什么都没必要做了……反正一点用处都没有。"

"我没那个意思。"米凯利斯柔声说道。这回他心中的真理影像鲜明，没被陌生嗓音击溃。他低头盯着发红的煤炭。必须为将来做好准备，他不否认社会的剧变可能会通过革命手段达成，但革命的宣传是需要高度良知的棘手任务。它是在教导普通老百姓当世界的主人，必须像教育国王一样严谨。我们无法预知经济的改变会对人类的幸福、伦理、智力与历史造成什么影响，所以提出革命宗旨时要格外谨慎，步步为营。因为历史是用工具打造的，不是理念建构出来的。任何事都会随着经济条件而改变，包括艺术、哲学、爱情、美德，乃至真理！

炉栅里的煤炭轻轻爆裂，塌了下来。米凯利斯这个孤寂牢房里充满幻想的隐士猛然起身。他的身材圆得像膨胀的气球，此时他张开肥短双臂，仿佛可悲而绝望地想把重新生成的宇宙拥入怀里。他激动得气喘吁吁。

"未来跟过去一样确定……奴役、封建、个人主义、集体主义。

这是不变的定律，不是空泛的预言。”

奥斯朋两片厚唇轻蔑地噘起，他五官的黑人特征更明显了。

“胡扯。”他语气还算平静，“根本没有定律，没有必然。革命宣传去死吧！只要人民的知识正确，他们知道些什么一点都不重要。对我们来说，最重要的是群众的情感状态。没有情感，就没有行动。”

他停顿片刻，又谦虚而坚定地说：“我现在是以科学角度在跟你说话，科学，明白吗？维洛克，你有什么看法？”

“没有。”维洛克在沙发上咆哮。他被“科学”这两个可恨字眼激怒，喃喃咒骂一声“该死”。

恐怖分子扬特气急败坏地嚷嚷：“你们知道我怎么看现阶段经济状态的本质吗？我认为那是人吃人，就是这么回事。他们用人民颤抖的肌肉和温暖的鲜血喂养自己的贪婪，如此而已。”

史蒂维听见这恐怖的比喻，“咕噜”一声咽下口水，颓然瘫坐在厨房门阶上，仿佛吞下的是速效毒药。

米凯利斯似乎什么都没听见，双唇好像从此不再开启，肥厚的双颊没有一丝颤抖。他困惑的眼神找到他的硬质圆帽，拿起来戴在圆圆的脑袋上。他和善地搀扶扬特的手臂，在扬特尖削的肘关节下方，他胖嘟嘟的身子仿佛飘浮在椅子之间。扬特戴着黑色墨西哥毛毡帽，帽子的阴影遮蔽了他凹凸不平的枯槁面容。此时他迟疑地举起爪子般的手，神气活现地把帽子往斜里一推。他动作特别慢，每走一步，手杖就猛敲地板一下。送他离开可不是件容易的事，因为他不时停下脚步，仿佛陷入沉思，直到米凯利斯轻推，他才会再往前走。身强体壮的奥斯朋走在他们后面，两手插在口袋里，无所事事地打呵欠。他头上的无边便帽顶端是漆皮料子，戴在后脑勺上，盖住他茂密的黄发，像个刚经历过惊涛骇浪、忽然感到百无聊赖的挪威水手。维洛克送客人出门，没戴帽子，厚重大衣的衣襟敞开着，视线投向地面。

他用稍加节制的蛮力关了门，转动钥匙，拉上门闩。他对这群朋友很不满意。在弗拉迪米尔的炸弹攻击策略里，这些人毫无用武之地。在革命活动里，维洛克一直扮演观察角色，不管在自己家或在大型集会，他都不是主动做事的人。他必须慎重行事。他已经40多岁，生平最在意的闲适与安全感受到威胁，当然会愤慨。他嗤之以鼻地自问，扬特、米凯利斯和奥斯朋这伙人有什么可期待的？

他正要扭熄店铺正中央的煤气灯，却停了下来，再度坠入思绪的深渊。他跟这些人有着相同习气，因此轻易做出判断：一群懒人。这个扬特，靠一个老眼昏花的婆子照顾。多年前，扬特从朋友身边拐走这女人，后来三番两次想甩开她，不管她死活。也算这苟延残喘的家伙走运，那女人一次次回来，否则如今他早晨到格林公园散步健身，谁来扶他下公共马车？等那个百折不挠的凶婆子一命呜呼，自以为是的扬特气数也就尽了。米凯利斯的乐观态度也让维洛克很不满，这家伙攀上个有钱老太婆，那老太婆最近送他到她在乡下的别墅静养，他可以连续几天气定神闲、悠游自在地在林荫小径游荡。至于奥斯朋，这个要饭的活在世上的最大目标，就是找个手头上有点存款的傻女人。维洛克基本上跟这伙人是一丘之貉，内心却根据某些细微差异，在彼此之间画出淡淡的界线。他对这点差异格外自满，因为他内心深处还是很在意世俗的体面与尊重的。只不过，他更讨厌任何形式的劳力工作，这是他与拥有某种社会地位的绝大多数革命者共通的毛病。毕竟，谁都不会嫌弃那个地位所带来的优势和机会，只是讨厌自己必须为那些优势和机会付出价值相当的道德、自律和劳力。大多数革命者都是纪律与劳累的敌人。也有一些自然派，他们认为社会强行索取的代价简直匪夷所思、令人作呕、苛刻不公、制造烦忧、打压羞辱、蛮横无理、忍无可忍。这些是激进人士。剩余的那些反社会分子多半脱离不了虚荣——这是所有崇高或卑劣假象的根源，是诗人、改革者、江湖术士、预言家、煽动者的共同特质。

维洛克沉思了整整一分钟，却没想出个所以然来，也许他办不到。总之，他没时间。他突然痛苦万分地想到弗拉迪米尔，对于这个人，他基于某种微妙的心理倾向，倒是可以下个正确判断：那家伙是个危险人物。他内心油然生起一股羡慕之情：米凯利斯那些人都可以清闲度日，他们不认识弗拉迪米尔，而且都有个女人可以依靠，他却有个女人要养……

这时，由于简单的联想，维洛克发现自己迟早都得上床睡觉，何不现在就去……马上去。他叹息一声。以他的年纪和个性，上床睡觉原本是非常愉快的事，今天却不是那么回事。他害怕失眠，他觉得自己已经沦为失眠这个恶魔的掌中物了。他举起手，关掉头顶上方亮晃晃的煤气灯。

明亮的灯光穿过客厅门，洒在柜台内侧，维洛克一眼就看清楚收款机里的银币数量：少得可怜。打从开店营业到现在，他第一次以商业眼光评估这间店的价值，结果不尽如人意。他开这家店原本就不是为了赚钱。他当初会选择做这门生意，是因为直觉认为这种见不得光的交易赚起钱来比较轻松。再者，这种生意也不至于背离他的领域——警察会密切关注的领域。相反，他开这家店等于公开承认自己属于那个圈子。也由于他某些不为人知的人际关系，他了解警界，却又不在乎他们，开这样的店对他反而是明显优势。只是，店里的收入不足以养家活口。

他把钱箱从抽屉里拿出来，转身走向客厅，这才注意到史蒂维还在楼下。

他到底在这里做什么？维洛克心想。又为什么做出那么奇怪的举动？他狐疑地看着小舅子，却没有开口询问。他平时跟史蒂维的对话仅止于每天早上吃过早饭后喃喃一声“我的靴子”，就连这四个字也只是传达他的需要，而非命令或要求。此时他惊讶地发现，他不知道该跟史蒂维说些什么。他站在客厅中央默默望向厨房。即使他真的说话，也不确定史蒂维会做何反应。这事未免奇怪，因为他忽然想到，他也得养活这家伙。这是他有史以来第一次从这个角度看待史蒂维的存在。

他肯定不知道该怎么跟这孩子说话。他看着他在厨房手舞足蹈、喃喃自语，像笼子里的动物狂野地绕着桌子来回逡巡。他试探地问了一声："你不是该上床了？"没有得到任何回应。他不再探究史蒂维的古怪行为，径自拿着钱箱疲惫地走过客厅。他爬楼梯时感到浑身困乏，那纯粹是心理因素使然，但他仍然感到忧心，暗自希望不是得了什么病。他在漆黑的楼梯口停下来，想仔细分析那种感受，黑暗中持续传来阵阵轻微鼾声，扰乱他的心绪。那声音发自他岳母房间，又是一个要养活的人，他边想边走进房间。

温妮已经睡了，床边桌上的油灯（楼上没有煤气灯）火力全开。光线透过灯罩投射下来，灿然落在白色枕头上。枕头被温妮的脑袋压得下陷。睡熟了的温妮闭着双眼，深色头发编成几条辫子。她听见有人喊她，醒了过来，睁开眼睛看见丈夫站在床前。

"温妮！温妮！"

她没有立刻起身，只是静静躺着，看着维洛克手上的钱箱。等她听明白史蒂维"在楼下蹦蹦跳跳"，突然一跃而起，坐在床沿。她穿着宽松的素净棉布长袖睡衣，领子和袖口的纽扣密实地扣着，双脚从睡衣下摆伸出来，在地毯上摸索着找拖鞋。她抬头看丈夫的脸。

"我不知道该怎么处理。"维洛克不耐烦地说，"楼下开着灯，把他留在那里好像不太好。"

她没说话，只是快步走出去，顺手带上房门。

维洛克把钱箱放在床头柜上，开始宽衣。大衣、外套、背心，一件件抛到椅子上。他穿着袜子在房里走来走去，双手紧张地在颈部拨弄，胖大身影来回经过妻子衣柜门上的长形穿衣镜。他让吊带滑下肩膀，猛力拉起百叶窗，把额头贴在冰冷的窗子上。薄薄的窗玻璃外是酷寒、黑暗、潮湿、冷漠的砖块、石板和石材组成的庞然大物，都是些不可爱也不友善的东西。

维洛克感受到外在世界潜藏的敌意，那种威胁感太强烈，几乎引发实质疼痛。没有什么工作比当警察的秘密间谍更让人受挫的。就像骑着马走在没有人烟也没有水源的旷野，胯下的坐骑突然暴毙。维洛克会想到这个比喻，是因为他一生骑过各式各样的军马，这时刚好有那种摇摇欲坠的感觉。他的前景就跟此刻他前额贴着的这块玻璃外的夜色一样漆黑。突然间，弗拉迪米尔那张干净、机智的脸孔浮现眼前，周遭散发着他红润脸色的微光，像某种粉红色印章，盖在窗外致命的黑暗中。

那个微微发亮的残缺影像具体得叫人毛骨悚然，他吓得一面后退，一面放下百叶窗，发出"哒啦啦"巨响。他害怕看见更多那种幻象，一颗心忐忑不安，看见妻子重新走进卧室，若无其事地躺回床上，他忽然感到孤独又绝望。温妮很讶异他竟然还没上床。

"我不太舒服。"他一面说，一面伸手抹汗湿的额头。

"头晕吗？"

"嗯。觉得不对劲儿。"

扮演人妻已经驾轻就熟的温妮一派镇定，自信满满地指出病因，也提供解决之道。维洛克依然站在房间中央，垂头丧气地摇摇头。

"你站在那里会感冒。"

维洛克费力地脱掉外衣，钻进被窝。底下静谧的窄巷传来有节奏的脚步声，慢慢接近，又不疾不徐、冷静沉着地消失，仿佛那个路人打算在这个漫长夜晚数着一根又一根灯柱，直走到地老天荒。楼梯口的老时钟昏昏欲睡的嘀嗒声变得清晰可闻。

温妮仰躺着，盯着天花板，说道："今天进账不多。"

同样仰躺着的维洛克清了清喉咙，像是要说什么重要的事情，却只问："楼下煤气灯关了吗？"

"关了。"温妮认真尽责地回答，时钟嘀嗒三响后，又说，"史蒂维今晚特别躁动。”

维洛克一点都不在乎史蒂维躁不躁动，但他了无睡意，害怕独自面对熄灯后的黑暗与寂静，所以他告诉温妮他要史蒂维去睡觉，史蒂维没理会。温妮立刻落入陷阱，开始向丈夫详细解释史蒂维的行为绝非“傲慢”，只是“情绪激动”。她信誓旦旦地说，整个伦敦再也找不到像史蒂维这么肯做事、这么乖巧的男孩了。只要别人不来扰乱他的心情，他就是个最亲切的孩子，特别肯讨好人，也能做很多事。温妮转身面对丈夫，支着手肘撑起上半身，焦虑地看着丈夫，要他相信史蒂维对这个家大有贡献。由于小时候不忍心看弟弟受苦，她对弟弟产生了病态的保护欲，此时这股强烈情感让她蜡黄的脸颊泛起红晕，阴暗眼皮底下的大眼睛放出光彩，整个人年轻了，看起来不但比过去的温妮年轻，也比贝尔格莱维亚旧宅时代那个在男士房客面前冷若冰霜的温妮更热情。维洛克自己心事重重，对温妮的话置若罔闻，仿佛她的声音跟他之间隔着一堵厚墙。但温妮的神情让他回过神来。

温妮似有若无的情意流露，让他的心情跟着波动。他喜欢这个女人，只是，这份情感徒增他内心的悲苦。她话声停顿时，他不自在地挪了挪身子，说道：

“我这几天总觉得身体不舒服。”

他或许有意用这句话当开场白，对妻子和盘托出。可惜温妮重新躺下，盯着天花板说：“那孩子听见了太多不该听的话。我不知道那些人今晚会过来，否则一定让他提早上床。他听见什么吃人肉、喝人血的事，整个人发了疯似的。说那种话有什么意思呢？”

她语气里有点愤怒的鄙夷。维洛克这下子总算有反应了。

“去问扬特。”他说得咬牙切齿。

温妮严正地宣告，扬特是个“恶心的糟老头”，她不讳言她喜欢米凯利斯，倒是没提及体格健壮的奥斯朋。她在奥斯朋面前总是板着一张脸，心里始终有点疙瘩。她又聊起多年来让她担心害怕的弟弟。

“他不适合听那些奇奇怪怪的话。他没有判断力，什么都当真，变得歇斯底里。”

维洛克默不作声。

“刚才我下楼时，他恶狠狠地瞪着我，像是不认识我，心脏跳得又快又猛。他控制不住情绪。我叫醒妈妈，要她陪着他，直到他睡着。那不是他的错，只要不受刺激，他不会给人惹一点麻烦。”

维洛克没有回应。

“真希望当初他没去上学。”温妮突然又说，“他老是拿橱窗里的报纸看，看得脸红脖子粗。那些报纸一个月卖不到 10 份，只是放在橱窗里占空间。奥斯朋每星期又会带来一叠《无产阶级未来》，一份要卖半分钱。整叠卖半分钱我也不买，都是些没营养的内容，根本卖不出去。前些天史蒂维拿了一份，里面有篇报道说有个德国军官扯下新兵的半只耳朵，却没有受到惩罚，真是个野蛮人！那天下午我拿史蒂维一点办法都没有。那篇报道真叫人大动肝火，印那样的文章到底有什么意义？我们又不是德国人的奴隶，真是谢天谢地。那根本不关我们的事，对吧？”

维洛克依然沉默。

“我想尽办法才抢下他手里那把雕刻刀。”温妮有点困了，“他扯着嗓门吼叫，边跺脚边大哭。他受不了任何残暴行为，如果他见到那个军官，一定会拿刀捅他，像杀猪一样，真的。有些人根本不值得同情。”她停顿良久，定住不动的双眼宛如陷入沉思，越来越朦胧。“亲爱的，舒服点了吗？”她的声音听起来细微又遥远，“要不要关灯？”

维洛克无比沮丧，他知道自己失眠又怕黑，担心得说不出话来，浑身乏力，却还是强打精神。

“嗯，关了吧。”他用空洞的语调说。

4

这个地下室大约有30张小桌子，铺着红底白图案桌巾。大多数桌子排成一列，跟暗褐色护墙板成直角摆放。青铜吊灯上有许多圆球，从微微上拱的低矮天花板垂吊下来。四面无窗，墙上涂满壁画，描绘中世纪狩猎与户外狂欢：穿着绿色无袖紧身短上衣的恶棍挥舞猎刀，或手高举溢满泡沫的大啤酒杯。

“如果我没弄错，你应该知道这起离奇事件的内幕。”壮硕的奥斯朋狂野的眼神透着兴奋。他上身前倾，手肘摊开撑在桌面，两脚缩进椅子底下。

一架钢琴摆在近门处，左右两侧各有一盆棕榈树。此时钢琴突然自动弹奏出华尔兹舞曲，技巧无比精湛，叮叮咚咚的琴音震耳欲聋。等它终于又突然停止，坐在奥斯朋对面那个衣衫褴褛、面前摆着厚重玻璃杯的瘦小眼镜男说话了，平静的语调像在闲谈。

“原则上，我们不能打听彼此知道或不知道某件事。”

“当然不行。”奥斯朋低声表示认同，“原则上如此。”

他双手托着红润脸庞，继续紧盯对方。邋遢眼镜男从容端起啤酒灌了一口，再把杯子放回桌上。他那对大耳朵在头颅两侧遥遥相对，头骨看似脆弱，奥斯朋几乎能用拇指和食指捏碎。他圆凸的前额宛如压在眼镜框上；扁平双颊看似油腻不健康；唇边蓄着稀疏的深色小胡子。这人尽管其貌不扬、悲惨寒碜，却散发出一股无人能及的自信，两相对照之下，不免唐突滑稽。他说话简短，是个十足的闷葫芦。

奥斯朋又低声说：

“你今天有没有到外面走走？”

“没，我一早上都没下床。”那人说，“怎么了？”

“哦！没事。”奥斯朋目不转睛地看着对方，一颗心却在颤抖。他显然想探听点什么，见到小个子一脸漠然，迟迟不敢开口。每次跟这个同志说话（这种情况少之又少），人高马大的奥斯朋就会自觉卑微，甚至连身高似乎都矮对方一截。但他终究还是提出另一个问题：“你走路来的吗？”

“不，搭公共马车。”小个子不假思索地答。他住得比较远，在伊斯灵顿一条破落街道上，路面到处散落干草和废纸，放学时总有年龄大小不等的学童叽叽喳喳地奔跑打闹。他租了间带家具的单身雅房，里面有座特别显眼的超大橱柜。房东是两名独身老妇，算是家庭裁缝师，客户多半是富贵人家的女仆。他用一只大挂锁锁住橱柜，除此之外，算是个模范房客，不找麻烦，几乎也不需要任何服务。他倒是有个怪僻，坚持他在家时才让人进去打扫，一离开就锁房门，甚至顺手带走钥匙。

奥斯朋想象那副圆形黑框眼镜在公共马车上沿着街道前进，自信的光芒照耀两旁的房屋墙壁，或落在人行道浑然不觉的人潮头顶。他幻想那些墙壁倾斜崩塌，人们看见那对镜片时仓皇逃命，唇角不禁露出似有若无的变态笑容。那些人如果知道！会掀起多大恐慌！他好奇地问道：“在这里坐很久了吗？”

“大约一小时，或更久。”小个子不以为意地答，又喝一口深色啤酒。他每一个动作——抓起酒杯、啜饮一口、放下酒杯、双臂抱胸——都散发出坚决与确信。相较之下，上身前倾、眼神专注、双唇凸出的奥斯朋更显得焦急迟疑。

“一小时。”他说，“那你可能还不知道我刚才在街上听说的消息，对吧？”

小个子微微摇头。他显然一点也不好奇，奥斯朋只好补充说他是在酒馆外头听到的，有个报童在他面前嚷嚷着那件大新闻，他万万没想到会发生那种事，所以格外震惊烦乱。他吓得口干舌燥，只好走进酒馆润润喉。“没想到会在这里碰见你。”他继续压低声音嘀咕着，两边手肘搁在桌上。

“我偶尔会过来。”小个子仍旧冷漠得恼人。

“这事可太巧了，你竟然什么都没听说。”大块头奥斯朋说话时，紧张得眼皮眨呀眨的。“你竟然没听说。”他意在言外地重复一次。在这个平静的瘦小男人面前，大个子奥斯朋显然不敢造次，似乎有种难以置信又无法言喻的胆怯。小个子又举起玻璃杯，喝一口，而后直率又自信地放下。就这样。

奥斯朋等不到只字词组或表情手势，只得装出满不在乎的模样。

“你那些东西，”他把嗓音又压低了些，“不管谁来要你都给吗？”

“我的做法是，只要身边还有，从不拒绝。”小个子坚定地答道。

“也是原则？”奥斯朋问。

“是原则。”

“你觉得这么做妥当吗？”

那副圆形大眼镜在小个子焦黄的脸庞上显得自信满满，此时直视奥斯朋，像一对不眠不休闪耀着冰冷火焰的球体。

“非常妥当，向来如此，任何情况下都是。我有什么好怕的？我为什么不给？为什么要多考虑？”

奥斯朋戒慎恐惧地倒抽一口气。

“你是说，如果条子来要你手上的货，你也会给？”

小个子淡淡一笑。

“叫他们来试试，到时候你就会知道答案。”他说，“他们知道我，我也认识他们每一个。他们不会靠近我，他们不敢。”

他两片薄唇紧紧闭上。奥斯朋锲而不舍。

“他们可以派别人来，比如设个陷阱坑你。明白吗？先骗到你的东西，再拿来当证据逮捕你。”

“什么证据？顶多也就是无照贩卖炸药。”这算是轻蔑的玩笑，但那张病恹恹的瘦削脸庞却没有丝毫变化，口气也同样漫不经心，“我不认为有哪个警探会想逮捕我，应该没有人想申请逮捕证，就算最尽职的都不会，一个都没有。”

“为什么？”

“因为他们很清楚我身边永远带着那玩意儿，随时随地都有。”他轻轻碰触外套前襟，“装在厚玻璃瓶里。”

“我也是这么听说的。”奥斯朋的口气带点惊异，“但我不确定……”

“他们也知道。”小个子毫不迟疑地打岔。他靠向椅背，椅背高出他的脑袋。“我永远不会被捕。他们胜算不大。想对付我这样的人，得要有纯粹的、赤裸裸的、不求名利的奉献精神。”他的嘴唇再度不可一世地闭上。奥斯朋按捺住一股不耐烦。

“或鲁莽，或无知。”他回嘴道，“他们只需要找个替死鬼出面，那人不知道你口袋里的东西足以炸烂你自己和方圆 60 米内的一切。”

“我从没说过我不会被炸死，”小个子反驳，“我只说我不会被捕。何况，实际执行起来没那么容易。”

“呸！”奥斯朋不以为然，“别太肯定。万一你走在街上，突然有五六个人从背后突袭呢？你双手被制伏，什么事都做不了，不是吗？”

“你错了。我天黑后几乎不出门。”小个子无动于衷，“即使出门，时间也不会太晚。我走在路上，右手一定握住长裤口袋里的橡皮球。只要捏这个球，就可以启动玻璃瓶里的引信。它跟瞬间启动相机快门的气压装置原理相同。那条管子连到……”

他迅速拉开外套，让奥斯朋瞄一眼藏在里面的橡皮管。那管子看上去像条细长的褐色昆虫，从他背心的袖口伸出来，再弯进他外套内侧的上口袋。他的衣服由某种不起眼的褐色布料制成，已经十分破旧，污渍斑斑，褶缝处堆积灰尘，扣眼也破破烂烂。“引信是半机械半化学原理。”他不以为意地解释。

“所以它会瞬间启动？”奥斯朋微微打了个寒颤。

“差得远了。”小个子不讳言。他显然不太愿意承认这点，嘴唇忧伤地一撇：“我按下橡皮球以后，要等 20 秒才会爆炸。”

“咻！”奥斯朋震惊地吹了一声口哨，“20 秒！太惊悚了！你受得了吗？我一定会疯掉……”

“疯掉也无妨。当然，这是这种特别装置的弱点，是我个人专用的。我们最大的问题是很难掌握爆炸方式。我想要设计一款可以根据各种外在条件自动调节的引信，甚至可以因应突发性变化。一种可以弹性调整，又极度精准的装置。真正的智慧引信。”

“20 秒。”奥斯朋喃喃重复，“哇！那么……”

他们此时置身知名的西勒诺斯餐厅地下室的啤酒屋。小个子略略环顾四周，那对镜片的光芒似乎评估了啤酒屋面积。

“这里面没有一个人逃得掉。”他宣布评估结果，“楼梯上正要离开的那对男女也一样。”

楼梯旁那架钢琴放肆又狂热地奏着玛祖卡舞曲，铿铿锵锵好不热闹，仿佛某个粗鲁无礼的鬼魂正在炫技。琴键神秘地陷落又腾起，之后完全静止。奥斯朋一度想象这个灯火通明的酒馆变成恐怖黑洞，烟雾弥漫，遍地瓦砾，尸块横陈。他仿佛亲眼见到了残破与伤亡，再度打了个寒颤。小个子男人见状，平静自若地说：

“到了关键时刻，决定生死的往往是人的性格。在这世界上，性格像我这么坚定的人寥寥可数。”

“真想不通你怎么能忍受。”奥斯朋不满地说。

“性格的力量。”小个子语气依旧平和。这个明显弱不禁风的人竟说出这么笃定的话，壮硕的奥斯朋不禁咬咬下唇。“性格的力量。”小个子故作冷静地重复一次，“我拥有致命武器，只不过，你也知道那个武器本身没有一点保护作用。真正发挥作用的是，那些人相信我敢使用这个武器。那是他们的认知，不可动摇。所以我才会是危险人物。”

“那些人之中也有性格坚毅的人。”奥斯朋低声唱反调。

“也许吧。但那显然是强度的问题，毕竟我没被他们吓住，所以他们气势比我弱。他们只能如此，他们的性格建立在传统道德上，脱离不了社会秩序；我的性格完全摆脱世俗教条，他们却被各种常规束缚。他们依靠的是生命，在这方面，生命是个历史现象，有种种限制与考量，错综复杂，各方面都不堪一击；而我仰赖的是死亡，死亡没有弱点，没人能攻击它。我明显占上风。”

“你这样解释流于虚幻，”奥斯朋盯着那对镜片的冷光，“前不久我才听扬特发表过类似论调。”

“扬特，”小个子不屑地说，“国际红色委员会代表，只会藏头露尾，装腔作势。你们总共有3个代表，对吧？其他两个我就不评论了，因为其中一个就是你。你们说的话不值一提。你们都是革命宣传的可敬人物，却跟任何正派小贩或新闻记者一样，没有独立思考能力。只是，问题不在这里，而在于你们没有一点个性。”

奥斯朋忍不住心头火起。

“那么你认为我们该怎么做？”他压低声音抗议，“你自己追求的又是什么？”

“完美引信。”小个子斩钉截铁地答，“你为什么扮鬼脸？看吧，你甚至连这种决定性言论都听不进去。”

“我没扮鬼脸。”被激怒的奥斯朋粗鲁地咆哮。

“你们这些革命分子……”小个子又从容不迫地说，“都是社会制度的奴隶。社会制度怕你们，你们是跟挺身而出维护这套制度的警察一样的奴隶。你们想要革它的命，更加证明这点。它掌控你们的思想，这是当然，但它也掌控你们的行动。所以你们的思想和行动都左摇右摆，不知所终。”他停顿下来，气定神闲，仿佛从此噤口不语，却又马上说：“你们跟那些专责对付你们的人不相上下，比如警察。前几天我在托特纳姆考特路巧遇西特督察长，他直盯着我看，我没理会他。我何必看他？他脑子里的盘算太多：他的上级长官、他的名声、法院、他的薪水和媒体，多不胜数。我只想着我的完美引信。我一点都不在乎他。他就像……我想不出来有什么微不足道的东西可以拿来比喻他，大概只有扬特吧。他们是一丘之貉，恐怖分子和警察半斤八两。革命和法治是同一场游戏里相抗衡的力量，都是不同形式的懒散，基本上异曲同工。他要他的花招，你们这些革命宣传者也是。但我不要花招，我一天工作 14 小时，经常三餐不继。我的实验偶尔得花大钱，那时我就要挨饿一两天。你在看我的啤酒，没错，我已经喝两杯了，马上还会再点一杯。今天是个小小假日，我一个人庆祝。有何不可？我有胆量独自工作，孤孤单单，没有任何同伴。我已经单独工作很多年了。”

奥斯朋的脸涨成猪肝红。

“为了设计完美引信，是吗？”他不屑地说，音量极低。

“没错。”小个子说，“那是绝佳定义。你们委员会和代表团那么多人，却没有一个能精准定义你们的行动。我才是真正的宣传家。”

“这件事我们不谈。”奥斯朋似乎不想再讨论个人议题，“看来我可能要破坏你的假期了。今天早上有个男人在格林尼治公园被炸死了。”

“你怎么知道？”

“街上的报童从下午 2 点开始叫嚷这件事。我买了报纸，走进来，看见你坐在这里。报纸还在我口袋。”

他拿出报纸，一大张玫瑰色纸，仿佛为自己表达乐观信念时的激昂感到羞赧。他快速浏览。

“啊，在这里！格林尼治公园爆炸案，内容不多。上午 11 点 30 分，有雾。罗姆尼路和公园街都感受到爆炸威力。一棵树底下的地面炸出大洞，里面都是破碎树根和断裂树枝。有个男人被炸得粉碎，大小尸块散落一地。就这样。其他都是一般的废话。据说，显然有个白痴想炸掉天文台。唔，实在说不通。”

他又默默看了一会儿报纸，才递给小个子男人。小个子心不在焉地瞄了几眼，就不发一语地放下。

奥斯朋先开口，他仍然气愤难平。

“你应该发现了，是一个男人的尸块。也就是说——把自己给炸死了。你想得到会有这种事吗？我可想不到。我万万想不到会有人在这里策划这种事，在这个国家。以目前的情况看来，这根本就是犯罪。”

小个子冷淡又轻蔑地挑了挑他稀疏的黑色眉毛。

“犯罪！那是什么东西？究竟何谓犯罪？你这话什么意思？”

“那么我该怎么说？我总得用现成字眼。”奥斯朋不耐烦地说，“我的意思是，这件事对我们在这个国家的处境有很不好的影响。对你来说，这不算犯罪吗？我敢说最近一定有人跟你拿炸药。”

他紧盯对方，小个子却不为所动，脑袋瓜子缓缓低下又抬起。

“果然！”奥斯朋激动地低声叫道，“你真的就这样随手给人，不管什么傻瓜来要都给？”

“没错！不管你怎么想，这该死的社会不是靠纸张和印刷建立起来的，我也不认为纸张和印刷凑合起来就能瓦解它。没错，只要有人上门来要，我就会双手奉上，不管是男人、女人或呆子。我知道你心里在想什么，我不接受红色委员会摆布。就算你们一个个全被赶出去，或被捕，甚至被杀头，我也不会皱一下眉头。个人命运一点都不重要。”

他说得一派轻松，不愠不火，甚至没有一点感情。奥斯朋听得七窍生烟，却故作镇定。

“如果这里的警察有点本事，就会用他们的左轮手枪把你打成蜂窝，或大白天从背后敲你脑袋。”

小个子显然早就考虑过这点，依然淡定自信。

“说得对。”他毫不迟疑表示赞同，“可是那么一来，他们就得面对他们自己的体制。你懂了吗？那需要不寻常的胆识，不同凡响的胆识。”

奥斯朋眨巴着眼。

“如果你把实验室设在美国，下场应该就是那样。美国人可没那么多繁文缛节。”

“你说得或许没错，但我不太可能去美国。”小个子不否认，“美国人比较有个性，而且倾向无政府主义。那里是我们这种人的天堂，非常适合我们发展。那个国家骨子里就带点破坏性，无法无天就是他们的集体性格。他们或许会开枪射杀我们，可是……”

“你太天马行空，超出我的理解范围。”奥斯朋闷闷不乐地说。

“我讲究逻辑。”小个子反驳，“逻辑有很多种，这是文明的那种。美国还可以，危险的是英国，因为英国的法治充满理想主义色彩。英国社会偏见无所不在，这对我们的工作极为不利。你把英格兰说成我们唯一的避难所！这更糟糕，苟且偷安！我们要避难所做什么？你们在这里高谈阔论、印传单、密谋，却什么都不做。我敢说扬特那类人非常乐在其中。”

他微微耸肩，从容不迫地说：“我们的目标应该是打破那种对法治的迷信与崇拜。我最高兴的莫过于，西特和他那些同路人取得公众认可，光天化日之下开枪击毙我们。那时我们的战斗就赢了一半，旧时代的伦理就会在它自己的殿堂里崩解。那才是你们努力的目标，可惜你们这些革命分子永远弄不懂这点。你们计划未来，满脑子幻想着根据现状建构的经济制度，事实上社会需要的是清空一切、重新开始，建立全新的生命观。只要清除掉障碍，这种未来会自动到来。因此，如果我炸药数量足够，我会把它们堆在街头巷尾。因为我没有，只好尽我的能力制造出可靠的引信。”

这席话把奥斯朋搞得头昏脑涨，像在汪洋大海中泅泳。他听见最后两个字，仿佛抓到救命的浮木。

“对了，你的引信。我敢说就是你的引信引爆，把公园那个人炸得稀巴烂。”

奥斯朋对面那张苍白的坚定脸庞闪过一抹黯淡的苦恼。

“我的困难点在于，各种类型的引信没办法一一实测。但最终还是得测试，再者……”

奥斯朋打断他：“那家伙会是谁呢？我们这些在伦敦的人没有一点线索。你能不能描述一下跟你拿货的那个人？”

小个子的眼镜像探照灯似的投向奥斯朋。

“描述他……”他缓缓复述，“现在应该不会有人反对了。我可以用 3 个字描述他……维洛克。”

奥斯朋在好奇心的驱使下，略略抬高臀部靠上前去聆听，这下子“咚”地落座，像是脸上挨了一拳。

“维洛克！不可能！”

沉着稳健的小个子轻轻点一下头。

“就是他没错。这么一来，你就不能再说我把东西随便交给任何找上门来的呆瓜。据我所知，他生前是你们组织里的重要成员。”

“没错。”奥斯朋说，“重要。不，未必。他是消息中心，通常负责接待外地来的同志。用处很大，重要性未必高，是个没想法的人。过去他经常在会议上发言，应该是在法国时。口才一般，倒是挺受拉托雷、莫泽那些老一辈的器重。他展现出的唯一才能就是很擅长避开警方的注意。比方说在这里，警察好像并没有密切监视他。他跟一般人一样结婚成家，我猜那家店也是用他太太的钱开的，收入好像不错。”

奥斯朋突然停下来，自言自语地说："不知道那女人接下来会怎样。"而后陷入沉思。

小个子男人毫不在意地等着。他身份隐秘，认识他的人都只知道他绰号"教授"。之所以会有这样的头衔，是因为他曾经在某所技术学院担任化学课助教。他因为不公平待遇问题跟上司发生争执，后来又到染料工厂实验室任职，同样遭到恶劣至极的不公平待遇。他曾经吃苦受罪，也努力奋斗力争上游，因此过度高估了自己的本事。不管社会怎么样对待他，他都觉得受委屈，毕竟社会公不公平，很大程度上取决于个人的耐性。教授是有才华，可惜欠缺适应社会所需的重要美德，那就是顺服。

"是个没大脑的家伙。"奥斯朋大声宣告，不再纠结于维洛克的新寡妻子和那家店何去何从，"个性庸庸碌碌。教授你实在应该多跟同志们打交道。"他用责备的口气说："他跟你说了什么吗？有没有透露他的动机？我上一次见他是一个月前，很难想象他已经死了。"

"他说是针对某栋建筑物的示威行动。"教授答，"我至少要知道这些讯息，才能准备东西。我告诉他我手边的材料不足以炸毁一整栋大楼，但他诚恳地要我尽力而为。他需要的是可以光明正大提在手上的东西，我正好有个容量一加仑的清漆空桶，就建议他用。他很喜欢这个点子，我可麻烦了，因为我得先把底部切割下来，事后再焊接回去。油漆桶里装着广口厚玻璃瓶，瓶口用软木塞密封，瓶身裹一层湿黏土，里面填装 450 克粉状炸药。引信跟油漆桶的旋转盖连接。那是天才设计，时间与冲击的结合。我跟他解说里面的机制，是一条细细的锡管装着……"

奥斯朋听得恍神了。

"你认为出了什么问题？"他打岔。

"说不上来。也许把上盖旋紧了，启动炸药，却忘了时间。时间设定 20 分钟。另一方面，盖子旋紧后，剧烈震动也会导致炸药瞬间引爆。他或许把时间计算得太紧迫，或者只是桶掉地上。引信本身没有问题，至少这点我很确定。这种装置万无一失，唯一可能的问题就是用的人太笨，匆忙之间忘了启动定时装置。本来我也只担心这种事，可惜，这世上的呆子形形色色，防不胜防。你总不能期待引信可以做到完全防呆。”

他朝服务员挥挥手。奥斯朋呆坐着，眼神涣散，像是绞尽脑汁思考某个重大议题。服务员拿着酒钱离开后，他情绪激动起来，显得十分气恼。

“实在伤脑筋。”他寻思道，“扬特得了支气管炎，已经卧床一星期，说不定再也起不来了。米凯利斯在乡下某个地方享福，有个上流社会出版商花 500 英镑请他写书。这本书肯定一塌糊涂，他在牢里蹲太久，已经没有思考能力。”

教授站了起来，正在扣外套扣子，漠不关心地望望四周。

“你会怎么做？”奥斯朋沮丧地问。他担心受到中央红色委员会的责怪。这个委员会没有固定会址，他甚至不清楚会员有多少。万一因为这件事被牵连，《无产阶级未来》宣传手册再也拿不到微薄补助款，那么维洛克这个莫名其妙的呆瓜可真害惨他了。

“跟极端行动同一阵线是一回事，愚蠢的莽撞又是另一回事。”教授阴阳怪气中带点冷酷，“我不知道维洛克是怎么回事，其中有点蹊跷。总之，他死了，你怎么想是你的事。以目前的情况来说，你们这个激进革命组织唯一的策略就是，声明你们跟这个该死的怪胎没有关系。问题在于，怎样才能让别人相信你们的声明。”

小个子男人扣好大衣准备离开，他并没有比坐着的奥斯朋高，那副眼镜平视奥斯朋的脸。

“你们可以请警方出具行为良好证明，他们知道你们每个人昨天晚上的行踪。如果你们提出要求，也许他们愿意发出官方声明。”

“他们肯定知道我们跟这件事没有关系。”奥斯朋恨恨地说，“他们会怎么说又是另一回事了。”他依然冥思苦想，没有理会站在他身旁那个衣着破烂、面容严肃的矮个子，“我得马上去找米凯利斯，要他在组织的集会里说点真心话。公众对那家伙多少有点同情，很多人听说过他。我也认识几个大报记者。他当然会说出一堆蠢话，可是他有演说天分，总是能打动人心。”

“像裹了蜜糖。”教授插嘴，他声音很低，表情依然冷淡。

心烦意乱的奥斯朋继续跟自己说话，像隐居的人在沉思默想。

“不可理喻的笨蛋！留这个烂摊子给我。我甚至不知道……”

他抿着双唇呆呆坐着。直接到维洛克的店打听消息显然不是好点子，那里可能已经变成警方的陷阱，警方一定会想办法逮几个人。他平顺的革命生涯平白无故受到威胁，因而气愤难平。可是，除非他去跑一趟，否则很难掌握某些切身重要的讯息。话说回来，假使公园那男人如晚报所说，已经被炸得粉身碎骨，那么警方可能还没查出他的身份。如果真是这样，那么警察对维洛克的店的监视行动，就不会比其他知名无政府主义分子出入的场所更严密，大概会像监视西勒诺斯餐厅出入口一样。反正不管他走到哪里，到处都有人监视。只不过……

“现在我该做点什么比较好呢？”他自言自语。

他身边有个粗鲁嗓音平静又不屑地说：

“不管维洛克的女人有多少钱，先勾搭上再说。”

教授扔下这句话，转身就走。奥斯朋被这突如其来的明智建言吓了一跳，微微一怔。他仍然两眼无神地坐着，仿佛屁股已经钉牢在椅子上。那架连琴凳都付之阙如的孤单钢琴勇敢地弹奏出几个和弦，而后开始演奏异国曲调，最后以一曲《苏格兰的蓝铃花》送他离开。他缓步爬上楼梯，越过大厅走到街上，背后那不带感情的乐音渐渐远飏。

餐厅外有一群神情郁闷的报纸小贩，他们不敢占据人行道，挤在排水沟旁推销商品。这是阴冷的早春时节，乌云遮蔽的天空，泥泞不堪的街道，肮脏破烂的衣裳，跟那些被印刷厂油墨污染、废话连篇的潮湿纸张上的耸动消息相互呼应。污泥斑斑的海报像挂毯似的装点着路边石。午后报纸销售畅旺，只是，街上行人来来往往，关心时事的仍属少数，有种普遍性的冷漠。奥斯朋在加入川流不息的人潮之前，匆匆瞥了瞥左右两侧，教授已经不见踪影。

5

教授转进左侧街道，往前走去。他抬头挺胸地走在人群中，几乎周遭每个人都高过他发育不良的身材。说他不失望是骗人的，但那只是一种感觉。这次或其他任何失败，都扰乱不了他坚毅的内心。下一次，或再下一次，肯定能祭出有效的一击，会惊天动地，足以震裂保护这个残暴不公社会那高不可攀的法治城墙。他出身贫寒，外形又极不讨好，阻碍了他伟大天赋的发展。他从小就听说许多男人从社会底层白手起家，最后爬到顶端，终于掌握金钱与权势的故事，内心无限憧憬。他的思想极端，几乎有种苦行般的纯净，不谙社会现实，一心追求权力与声望，却不懂得运用谋略、风度、手腕与财富，唯一凭借的是个人能力。他觉得光凭自己的才华，理所当然就该万事亨通。他父亲是个巡回布道家，属于基督教某个教规严格的隐秘派别，天性敏锐、狂热激越、言论耸动，额头往上倾斜，展现高度自信，深以自己与众不同的正直为荣。教授本身怀抱个人主义，他进大学就读后扩展视野，学术知识取代了秘密教派信仰，传承自父亲的道德信念转变成纯粹的狂热野心。在他心目中，这股野心有种非关宗教的神圣光环，目睹它受挫的同时，他见识到世界的真实面，了解到所谓的道德竟是矫揉造作、腐败堕落、亵渎不敬。即使出发点最无可非议的革命手段，背后隐藏的也是伪装成信条的个人冲动。教授在自己的义愤中找到终极借口，因而能够坦然以破坏来实现个人野心，不必背负沉重的罪恶感。摧毁公众对法治的信心，并非追求他狂热目标的完美方案，但他下意识里认定，要想有效撼动社会秩序的框架，只能靠某种集体或个人暴力。这点认知倒是精准无误，他深信自己背负道德使命，从不怀疑。他以冷酷的反抗执行自己的任务，从而建立自己的威权与优势。这是饱受屈辱的他应得的，它平抚了他的敌意与怨念。说到底，即使最激烈的革命者，也只是在寻找所有人类共同追求的平静：虚荣与欲望得到满足，或者良心不受谴责。

他淹没在人群里，衣着寒酸又矮人一截，却不可一世地幻想着自己的威力，左手放在长裤口袋里，轻轻握住那个橡皮球，那是他灾难性自由的终极保证。不一会儿，他开始厌烦马路上络绎不绝的车辆和人行道上摩肩接踵的男男女女。他走在一条笔直的长街上，周遭的人潮不过是这个城市庞大人口数量的一小部分，但是，他们从四面八方涌来包围着他，无休无止，即使到隐没在成千上万砖造房屋后方的地平线为止，到处都挤满了不计其数的人类。他们像蝗虫般多不胜数，像蚂蚁般勤奋不懈，像自然力般横冲直撞，盲目又专注地往前推进，秩序井然，不受情绪、逻辑，甚至恐惧的干扰。

他最害怕的，就是这种不确定感。人们对恐惧无动于衷！有时他在外面走着走着，如果碰巧从冥想中回到现实，经常会突然对人类产生一股令人生厌又合情合理的不信任。万一没有任何方法可以撼动他们呢？所有渴望直接掌控人性的人都会面临这样的时刻，比如艺术家、政治家、思想家、改革家或圣人。这种情绪状态着实可恼，在孤独的催化下，升华为优越感。这时他想到他的住处，心生狂喜。那个房间隐藏在杂乱的简陋屋舍之中，里面有一座上锁的橱柜，是杰出无政府主义者的僻静住所。为了早点到达搭乘公共马车的地点，他闪身离开车水马龙的大街，转进一条阴暗狭窄的石板小巷。巷子里有一排低矮砖房，布满灰尘的窗子黯淡无光，是终将崩塌的垂死面貌，像等待拆解的空壳子。另一边还残存些许生命迹象：二手家具店洞穴似的店门朝唯一那盏街灯打着哈欠。一条昏暗小径蜿蜒在怪异的衣橱丛林之间，地面长出纷乱纠结的桌脚，小径深处的高大壁镜闪闪发亮，像森林里的湖水。一张忧郁、无家可归的沙发流落在门外，旁边站着两张不成套的椅子。走在这条巷子里的除了教授，只有另一个人。那人身材健壮结实，挺直腰杆从对面走来，大摇大摆的步伐倏地刹住。

“喂！”那人出声招呼，警觉地侧身站定。

教授已经停下脚步，半转身子，肩膀贴近墙壁。他右手轻轻搁在那张被逐出家门的沙发椅背上，左手依然深深埋在长裤口袋里。他面容阴郁，却镇定自若，在圆形粗框眼镜的衬托下，更显严肃。

两人仿佛在热闹大厦里的僻静走道狭路相逢。健壮男人的深色大衣扣得很密实，手拿雨伞，帽子往后斜，露出一大片前额，在阴郁天色里显得异常白净，暗沉眼眶里的两颗眼珠子闪烁出锐利光芒，熟玉米色的八字胡垂落嘴角，末端勾勒出刮得素净的方颚。

“我没找你。”那人唐突地说。

教授寸步不移。这座巨大城镇的杂沓人声已经减弱为隐约模糊的低语。特殊犯罪科的西特督察长变换语调。

“不赶着回家吗？”他语带嘲弄地问。

五短身材、其貌不扬的教授身为担负破坏任务的道德使者，暗地里为拥有个人威势而欣喜若狂，连眼前这个奉命保护被危险笼罩的社会的执法者都得让他三分。教授比罗马暴君卡利古拉幸运，卡利古拉多么希望罗马元老院[①]只有一名元老，以便遂行一己之残暴欲望。他在眼前这个男人身上看见他反抗的一切：法律的约束力、财产、压迫与不公。他志得意满、高傲自负地看着全体敌人，无所畏惧地与之对

① 罗马元老院（Roman Senate），罗马帝国与罗马共和国的咨询议会，初期由 100 个家族的首领组成，后来增加至 300 名。

阵。敌人茫然失措地站在他眼前，仿佛面对令人畏惧的恶兆。这次偶遇确认他凌驾于全体人类之上，令他沾沾自喜。

这确实是一场偶遇。打从这天上午将近 11 点 30 分特别犯罪科接到格林尼治发来的第一封电报起，西特就忙得马不停蹄，心情也怏怏不乐。他不到一星期前才向顶头上司拍胸脯保证，城里的无政府主义者绝不会蠢动，如今却发生这桩暴行，着实叫人恼火。他向长官夸下海口的当下，内心确实毫无怀疑。当时说出那番话后，他对自己的表现满意至极，因为那显然就是长官想听的。他向长官打包票，即使真有不法分子图谋不轨，他的部门一天之内就会收到消息。他之所以那么说，也是因为他自认是部门里的一流专家。他甚至说了些聪明人会选择保留的言语，可惜西特不算太聪明，至少不是真聪明。真正的聪明人会知道，这个矛盾世界充满不确定性，也不会接下他目前的职位。如果他的长官够聪明，也会心生警惕，那么他就升职无望。反之，他却官运亨通，一日九迁。

“长官，他们每个人一天 24 小时的行踪，都在我们掌握之中。我们随时随地都知道他们一个个在做什么。”他如此宣称。那位高官赏他一个笑容。西特觉得，以自己的声望，显然就是该说这样的话，所以特别开心。那位高官听信西特的话，因为那符合他心目中的理想状态。高官的聪明逃脱不了官场那一套，否则他判断事情时也许懂得运用经验，而非一味依靠理论。那时他就会明白，阴谋分子与警方的关系扑朔迷离，偶尔会意外中断，在时间与空间中出现漏洞。某个无政府主义者或许随时随地都在警方掌握之中，却总会在某些时刻突然销声匿迹，失联几小时。在那种时候就会发生某种可悲可叹的事，通常是爆炸案。只是，这位高官太相信自己观察到的太平现象，满意地笑了。西特想到那个笑容，心里特别懊恼。

西特这位办案专家脑子里的烦心事可不止这一桩。另一件事就发生在当天早上，他被召唤到警务处助理处长的私人办公室，竟然没办法掩饰自己的惊讶，回想起来心情够郁闷的。作为成功男人，他很久以前就知道，要有好名声，除了办事成绩，也要有卓越的处世态度。长官拿电报质问他时，他表现出来的态度实在差强人意。他瞪大双眼，惊呼一声："不可能！"当时长官拿着电报大声读出内容，随手扔在桌上，听见他的反应，伸出手指狠狠地戳了戳桌上的电报，害他无言以对。像那样被别人的食指狠戳，感觉真的很不愉快，也很受伤！更严重的是西特那时还当场跟长官铁口直断，事后想想，实在是成事不足败事有余之举。

"有件事我现在就可以向您报告，这事跟我们监控的那群人无关。"

当时他只是尽量展现出优秀侦探该有的魄力，现在他已经明白，故作神秘，有所保留，也许更能保住他的名声。话说回来，他不得不承认，如果让门外汉插手这件事，那他将来要如何在警界立足。无论在警界或任何行业，外行人都是十足的祸患。助理处长的严厉口气实在够让人咬牙切齿的。再者，这天他只吃了早餐，之后就什么都吃不下了。

他收到消息后，立刻到现场展开调查，在公园吞了好些湿冷又不健康的雾气。之后他转进医院，等格林尼治爆炸案调查完毕，他已经胃口尽失。他跟那些医生不同，不习惯近距离观察支离破碎的人类遗体。所以在医院某个房间桌上的防水布掀开的那一刹那，眼前的景象吓得他寒毛直竖。桌面上还铺着另一块防水布，充当桌巾使用，四个角都往上拉，盖住一堆沾染血迹的焦黑碎布，俨然就是食人族盛宴后的残羹冷炙。目睹这样的画面，得要有非比寻常的坚定意志，才不会心生畏怯。西特毕竟是部门里的拔尖警官，他没有退缩，却也整整一分钟止步不前。有个穿制服的辖区警探斜瞄了他一眼，简单扼要地说：

"都在那里了，一块肉都没少。费了好一番工夫。"

他是爆炸后第一个赶到现场的警探，这时他又重提此事。当时他站在威廉王街门卫室的门口跟门卫说话，看见浓雾里强光乍现，像一道闪电，爆炸威力震得他全身发疼。他穿过树林跑向天文台。“使尽吃奶的力拼命跑。”他重复了两次。

西特小心翼翼又惊恐万分地俯在桌子上方查看，任由警探喋喋不休。医院的门房和另一个男人拉下防水布的四个角，退到一旁。西特细细察看那堆像是从废墟和旧货商店搜集来的惊悚混合物。

“你用了铲子。”他看见几颗小石子、细碎的褐色树皮和针尖大小的碎裂木头。

“有个地方不得不用。”淡定的警探答，“我派公园门卫去找了把铁锹。他听见我用铁锹铲地上的东西，把额头贴在一旁的树干上，吐得惨兮兮的。”

西特战战兢兢地俯在桌子上方，奋力压抑住涌上喉头的那股作呕感。尽管理智告诉他，当时的冲击力八成像闪电一样迅速，不管是谁肯定都会瞬间毙命。但强大的破坏力把这具躯体炸成一堆无名碎片，他始终觉得非常残暴无情。人的身体炸得这样粉身碎骨，很难相信这个过程中不会产生剧烈疼痛。西特不是生理学家，更不是形而上学者，他的同情心超越通俗的时间观念，而同情心本身就是一种恐惧。什么瞬间！他想起在报纸媒体读到过，许多漫长的惊悚梦境其实都是清醒前那一瞬间梦见的；也读到过溺水的人在水中载浮载沉时，脑袋最后一次冒出水面的那一刹那，会把过往人生重新经历一次。人类的意识如此神秘难解，西特陷入苦思，最后他归纳出一个骇人结论：只要一眨眼的时间，就能体验到经年累月的肉体剧痛和精神折磨。他一面想着，一面观看桌上的东西，面容冷静，神情却有点焦虑，像手头拮据的顾客检视肉摊上的内脏和碎肉，想做一顿平价周日晚餐。身为优秀侦探，他从不放过任何线索。检查尸体的过程中，他训练有素的感官也没错过自鸣得意的警探所欠缺条理的长篇大论。

“是个金发的家伙。”警探平静地说道，“有个女人跟小队长说，她看见一个金发男人从梅兹山车站出来。”他停了一下，“死者也是金发。北上的火车离站后，那女人看见两个男人走出车站。”他又徐徐说道，“她不确定他们俩是不是一伙的。她没多留意块头大的那个，倒是看见另一个是肤色白皙、身材瘦小的年轻人，手上提着一罐清漆。”

“知道那女人是谁吗？”西特喃喃地问道。他的视线仍然紧盯桌面，脑子里隐约想到，调查结果可能无疾而终，死者也许永远身份不明。

“知道。是某个退休酒馆老板的管家，偶尔会到公园街的教堂做礼拜。”警探煞有介事地说着，而后又停顿下来，瞄了桌上一眼。

他突然又说：“是啊，他在这儿，我找得到的都在。肤色白皙、身材瘦小，确实够瘦小的了。看看那边那条腿，我先捡起两条腿，到处都是尸块，简直不知道该从哪儿下手。”

他那张大饼脸闪过一抹极细微的自豪笑容，像婴儿般天真。

“绊倒了。”他又说，“我跑过去时也绊了一跤，摔了个倒栽葱。有些地方到处都有冒出地面的树根。他可能绊到树根摔倒了，手上的桶应该是直接在他胸口底下爆炸。”

“身份不明”这几个字不断地在西特脑海里回响，令他格外苦恼。即使只为了自己，他也想把这件事查个水落石出。职业使然，他喜欢追根究底。他也希望借由查出死者身份，向社会大众证明部门的办案效率。他是个尽职的公务员，可惜，这个愿望显然机会渺茫。这件案子的第一项证据根本无法判读，除了残酷的暴力，什么线索也没提供。

西特克制住一股厌恶感，伸手拿起血迹最少的一块布。他这么做倒不是为了安抚自己的良心。那是一块长条形的天鹅绒，连着一片面积更大的三角形深蓝色布料。他把布块举到眼前，警探又说话了。

“天鹅绒领子。怪的是，那个女人当时也注意到这个天鹅绒领子。她告诉我们那年轻人穿着深蓝色大衣，领子的布料是天鹅绒。这就是她看到的那个小伙子，错不了。全都在这里了，天鹅绒领子有的没的都在。即使只有邮票大小，我应该也找回来了。”

到这时，西特训练有素的感官不再留意警探的话。他走到光线更明亮的窗子边，背对房间细看手上那块三角形布料，震惊之余凝神专注。他使劲儿扯下那块布塞进口袋，之后才转身面对房间，把天鹅绒领子扔回桌上……

“盖起来。”他对一旁的助手下令。他接受警探行礼致意后，头也不回地带着战利品走了出去。

他碰巧赶上一班火车，载着他飞奔进城。他独自坐在三等车厢里推敲琢磨。那块烧焦的布极其珍贵，竟然这么意外地落入他手中，仿佛命运之神把线索扔到他手里，他惊讶得瞠目结舌。他跟所有意图掌控一切的平凡人一样，开始质疑这份天上掉下来的礼物，只因为这礼物好像被人硬塞进他手里。成功的实际价值很大程度上取决于你如何看待它，但命运之神无视一切，也毫无鉴别力。原本他认为查出这个被炸得面目全非的人的身份对自己有利，现在他已经不这么想了。他不确定部门会怎么看待这件事。在受雇者心目中，他所属的部门往往深不可测，有自己的观点，甚至有它自己的好恶。部门仰赖部下的忠诚奉献，而这些忠仆的奉献往往夹杂着一丝亲昵的鄙夷，才能维持部门的魅力。基于大自然的善意安排，天底下没有哪个男人是他贴身男仆眼中的英雄[①]，否则英雄都得自己洗衣服了。同理可证，在雇员心目中，他们了如指掌的部门从来就没有绝等智慧。部门的见闻往往不如某些雇员来得广博，毕竟它是个被动组织，不可能无所不知。如果它知道得太多，恐怕会效率不彰。西特下火车时依然在深思熟虑。他心里没有一丝对部门的不忠，却少不了对女人（或对部门）忠心耿耿时那种患得患失的疑虑。

西特遇见教授时，脑袋瓜想着这些事，胃里没有一点食物，却还

---

① 此处套用16世纪法国哲学家米歇尔·蒙田（Michel de Montaigne，1533—1592）的名言：Peu d’hommes ont este admires par leurs domestiques.

为稍早见到的景象翻搅着。任何身心健全的男人处于这种状态下，肯定都敏感易怒，所以西特碰见教授，心里特别嫌恶。当时他压根没想到教授这个人，也没想到那些无政府主义者。这件案子的复杂程度，让他强烈感受到人类的荒诞。这种荒诞的抽象面已经足以惹恼欠缺哲学修养的人，它的实质面更是差劲到叫人忍无可忍。西特在踏入警界的初期负责侦办重大窃盗案。他在那方面建立了不少功绩，等他升职到另一个部门，自然还保有过去的光环。偷窃倒不是什么荒诞行为，它是人类的行业之一，尽管邪恶，却还是勤奋世界的诸多行业之一，跟烧陶、挖煤、农耕、打铁一样，都是人类基于相同理由从事的活动。盗窃也是一种劳动，它跟其他劳动实际的差异点在于风险。它的风险不是关节僵硬、铅中毒、沼气或沙尘，而是可以用它那个行业的黑话一言以蔽之——“七年苦牢”。当然，西特很清楚这其中涉及的道德议题，但他追捕的那些窃贼也知道。他们怀着认命心态，无奈地接受西特熟知的那些严厉的道德惩戒。

那些都是他的同胞，他相信他们是因为教育不足而步入歧途。认同了这点差异之后，他就能理解盗贼的心思，因为，盗贼的心思与直觉，其实跟警察的心思与直觉没两样。彼此都服膺同一套常规，也对彼此的执业手法和行事惯例有相当程度的掌握。他们互相了解，这点对彼此都有利，彼此之间似乎发展出某种和睦关系。他们都是同一部社会机器的产物，一方是人民公仆，一方是社会败类。他们都视这部机器为理所当然，各自角度不同，认真严肃的程度却如出一辙。西特不能接受造反行为，但小偷不是叛乱分子。他充沛的体力和冷静灵活的风格，他的勇气和为人的公正，让他在早期有所成就的领域中赢得了尊重和些许奉承。他觉得自己受到推崇与敬仰。西特现在跟那个绰号为“教授”的无政府主义者相距不到 6 步，他不禁怀念起窃贼圈。那个圈子的人至少神志清楚，没有病态空想，行事有规则，对合法当局的官员有所敬重，内心没有任何憎恨与失望。

西特结束了他对社会正常现象（因为他直觉地认定，偷窃这种事其实就跟赚钱一样正常）的怀念，突然一肚子火气，气自己停下脚步，还说了话，也气自己为了赶回总部抄捷径，选择这条小巷子。他又用他权威的大嗓门说了话，音调虽然稍有缓和，却语带威胁。

“我们没找你。”他重复一次。

教授动也不动。他不屑的脸庞笑嘻嘻的，连牙龈都露出来了，却没有发出声音。西特不明智地补了一句：

“时候未到。等我想找你，自然知道该上哪儿去找。”

这些话掷地有声，中规中矩，也是他这种性格的警官会对他的特定对象说的话。听在对方耳里却是离经叛道、张狂无礼，根本令人发指。那发育不良的瘦弱男人终于开口：

“到时候报纸一定会刊登你的讣文，只有你最清楚那对你有多少价值。你甚至不难想象讣文会写些什么内容。问题在于，虽然你那些同事肯定会想尽办法把我们俩的尸骨分开来，但最后你可能得接受必须跟我合葬的无奈事实。”

西特对教授尽管满怀鄙夷，听到这种意有所指的血腥话语，仍然心惊肉跳。他脑袋够清楚，也掌握了够多的精准信息，没办法将其斥为无稽。身形瘦弱的教授站在暗处背对墙壁，用中气不足却自信满满的嗓音说着话，为这条薄暮初降的巷弄增添了一抹不祥氛围。在身强体健、活力充沛的西特的心目中，眼前这个苟延残喘的可悲形体凶险万分。因为如果他不幸过着那么悲惨的人生，一定不会在乎自己还能活多久。但西特太热爱生命，所以胃部突然一阵翻搅，前额也渗出微汗。远处的模糊人声与减弱的隆隆马车声，从肮脏弯曲的巷道两端看不见的尽头处传送过来。那声响听在西特耳中无比熟悉、婉转动听，他终究只是个普通人，然而，他也是个男子汉，不能轻易放过这种恐吓言语。

“这些话只能吓唬吓唬小孩。”他说，“我总有一天会找你。”

这话说得不卑不亢，没有轻蔑，冷静得近乎严峻。

“这我相信。”教授答，“可是你再也找不到比现在更好的时机。对于一心除暴安良的人而言，这是自我牺牲的大好机会。再也不会有比此刻更有利、更人道的时间点。我们身边连只猫都没，这些破烂的老房子会变成一大堆砖块，堆在你现在站着的地方。你现在抓我，伤亡人数和财产损失是最低的。保护人民的生命财产不就是你的职责？”

“你根本不了解我。”西特立场坚定，“如果我现在逮捕你，那我跟你有什么两样？”

“哦！游戏规则！”

“你最好相信最后获胜的一定是我们这边。现在还不需要让大众明白你们这些人都像疯狗，应该当街枪毙，到那时游戏才正式开始。我不知道你们有什么规则，我相信连你们自己都不知道。按你们的规则做事，什么都得不到。”

“到目前为止，得到利益的是你，而且拿得挺轻松。我暂且不谈你的薪水，你根本弄不清楚我们追求的是什么就已经扬名天下了。”

“那么你们追求的是什么？”西特的口气不屑中带点心急，像是赶时间的人发现自己在浪费时间。

教授这个完美无政府主义者露出冷笑，苍白的薄唇依然紧闭。西特觉得自己的气势凌驾于对方，竖起一根手指，警告意味浓厚。

“不管是什么，放弃吧。”他劝诫对方，语气不像过去大发慈悲地忠告惯窃时那般友善，“放弃吧，你们寡不敌众。”

教授脸上的笑容有点僵，仿佛背后的信心动摇了。

西特又说：“你不相信我吗？你只要看看四周，我们多的是人。反正你们做得不怎么样，老是把事情搞得一团糟。小偷如果像你们这么不专业，早都饿死了。”

教授听见西特暗示他背后还有数不清的执法人员，内心一阵愤慨，脸上那抹神秘的嘲弄笑容消失了。他长期以来形单影只、孤军奋战，最大的恐惧就是对方人多势众，难以攻克。他嘴唇略微颤抖，硬挤出一句话：

“至少我的表现比你称职。”

“不多说了。”西特匆匆打断他。教授哈哈大笑，边笑边往前走。可惜，他没有笑太久，从小巷踏入热闹大街的他，变成神情哀伤的瘦小男人。他像个流浪汉，欲振乏力地往前走，不停地往前走，对雨水和阳光无动于衷，对天空和地球的一切现象视若无睹。西特就不同了，他的目光尾随教授片刻，然后就踩着果决迅速的步伐转身离开了，即使狂风暴雨也毫不在意，只知道自己身负使命，也拥有同道中人的精神支持。全城的居民，全国的百姓，乃至地球上忙忙碌碌挣扎奋斗的无数人们，都是他的盟友，就连小偷和乞丐也不例外。没错，以他目前的任务来说，窃贼肯定跟他同一阵线。想到自己的行动会得到全世界的支持，他不禁精神百倍，开始考量眼前的难关。

西特眼下的问题就是面对他所属部门的助理处长，也就是他的直属长官。这是忠实可靠的公务员始终无法摆脱的问题，无政府主义只是让这个问题复杂化，如此而已。说实在话，西特根本不把无政府主义者放在眼里，他不觉得那些人够重要，更不可能严肃地看待他们。那帮人充其量只是行为失序，一种不能拿酒醉当借口的失序。酒醉某种程度上毕竟代表心情好、喜欢愉悦气氛。作为罪犯，无政府主义者根本没有格调，一点都没有。这时他想到教授，一面继续迈开大步，一面咬着牙低声骂道：“疯子。”

抓小偷完全是另一码事，这种使命在本质上够严肃，就像任何形式的公开竞赛，规则浅显易懂，最优秀的人必定胜出。对付无政府主义者毫无规则可言，西特最痛恨这点。这根本就是一件蠢事，偏偏这件蠢事会刺激到社会大众，会引来高层关切，甚至牵扯到国际关系。西特继续往前走，心里想着他那群无政府主义者，一脸的残酷蔑视。那些人之中，没有一个拥有他认识的这个或那个盗贼一半的勇气。别说一半，连十分之一都不到。

西特抵达总部后，立刻来到助理处长的私人办公室。助理处长握着笔俯身于一堆散乱文件的上方，像在膜拜桌上那座巨形青铜水晶墨水瓶架。几个像蛇似的卷曲缠绕的传话筒绑在一起，挂在他那张木扶手椅的椅背，话筒那端对着他的手肘，像是随时会一口咬下去。他只抬起视线，眼皮的色泽比脸部更暗沉，而且层层皱褶。报告已经送进来了：每个无政府主义者的行踪都在掌握中。

说完这句话，他视线又回到桌面，迅速签了两份文件，这才放下笔，靠回椅背，以探询的目光注视眼前这位大名鼎鼎的下属。西特面不改色，恭敬谦逊，却高深莫测。

“那天你说伦敦的无政府主义者跟这件事无关，”助理处长说，“看来是这样没错。我很谢谢你的手下对他们滴水不漏的监控。只是，从社会大众的角度来看，这等于承认我们对这件案子毫无头绪。”

助理处长态度从容，却不失审慎。他说话时字斟句酌，仿佛徒步横渡失误之河，每个字都是他的踏脚石。“除非你在格林尼治查到有用的线索。”他补了一句。

西特立刻就事论事地讲述起调查过程。助理处长略微转动椅子，跷起细瘦的腿，重心支在一边手肘上，另一只手遮在眼前。他的坐姿有棱有角，有种哀伤的优雅。等西特说完，他缓缓点头，脑袋两侧的乌黑头发闪耀出晶亮银器的光泽。

西特默默等候，像在回想自己刚才说的话，事实上却在考虑该不该多说一点。助理处长打断他的沉默。

“你认为作案的人有两个？”他依然遮着眼睛。

西特认为大有可能。据他推测，那两个人一起走到距离天文台围墙 100 米内的范围才分道扬镳。他进一步说明另外那个男人为何能够迅速离开公园，完全没被发现。当时雾气虽然不浓，却对他有利。他好像陪着死者到了现场，再由死者独自执行任务。根据老妇人看见那两个人走出梅兹山车站的时间，以及爆炸发生的时间推断，西特认为，另一个男人走到格林尼治公园站，准备搭下一班火车北上，他的同伙就是那时候把自己彻底毁灭。

“毁灭得非常彻底，是吧？”声音从助理处长手部阴影下方传出来。西特用几个字简洁有力地描述尸体的惨状。“验尸官的陪审团要大开眼界了。”他冷森森地补了一句。

助理处长放下遮住眼睛的手。

“而我们没办法给他们任何讯息。”他丧气地说。

他抬起头，看了一眼西特明显保留的态度。他不是个不切实际的人，他很清楚部门的运作必须依赖下级主管，而这些下级主管对忠诚度的解读各自不同。他最早是在某个热带殖民地的警务机关任职，他喜欢那份工作。他擅长追查当地某些恶名昭彰的地下组织，将其逐一瓦解。之后他请了长假，有点冲动地结了婚。以世俗的眼光来看，那是一桩美好姻缘，可惜他的新婚妻子听过太多传闻，对殖民地印象不佳。不过，她握有不少重要人脉，是个完美对象。他不喜欢现在的工作，总觉得要看太多下属和太多长官的脸色，舆论这种古怪的情绪现象又紧迫盯人，压得他喘不过气来，它的非理性反应更令他胆战心惊。当然，他不了解舆论，难免放大它的优缺点，特别是缺点。另外，英格兰春季的凛冽东风（他太太觉得挺宜人）更让他质疑别人的行为动机，不相信部门的办事效率。只要碰上特别烦累的日子，这种徒劳无益的办公生涯更令他胆寒。

他从椅子上站起来，越过房间走到窗子旁，很难想象他这种高高瘦瘦的男人的脚步竟会如此沉重。窗玻璃上挂着一道道雨水，底下那条短短的街道上到处都湿答答、空荡荡的，仿佛瞬间被洪水冲刷殆尽。这是个特别难熬的日子，一早就浓雾蔽天，现在又被寒雨淹没。摇曳闪烁的模糊街灯似乎也融化了，变成一团团水汽。在这种恶劣天气的压迫下，人类的高傲自大也化成空虚绝望，可鄙、可叹又可怜。

“太糟糕了，太糟糕了！”助理处长把脸贴近窗玻璃，心里想着，“这种天气已经持续 10 天，不，两星期了，整整两星期。”他停止思考，大脑空白了大约 3 秒，而后随口说道：“你应该派了人在铁路沿线打听另外那人的行踪了吧？”

该采取的步骤肯定一个也没漏。西特当然很清楚该怎么搜捕嫌犯，那都是例行公事，连刚入行的菜鸟都会做。向那两座小车站的收票员和列车服务员稍一打听，就更明确掌握了那两个人的外貌。再看一下当时回收的车票，马上就查出了那天早上他们俩是从哪里出发的。这是一定要做到的基本功。因此，西特的回答是收到老妇人提供的消息后，调查工作立刻进行。他也说出了车站名称。“长官，他们在那里上车。”他接着说，“在梅兹山车站收票的站务员记得当时有两个符合嫌犯特征的人出站。他觉得那两个人看起来是挺体面的工人，比如画广告牌的或做装潢的。身材比较胖的那个从三等车厢后门下车，手上提着亮晶晶的锡桶。走到月台上时，他把桶交给跟着他的那个白净小伙子。这些都跟那个老妇人的证词相符。”

助理处长依然面向窗外，对于那两个男人是否真的涉案，他表达了些许质疑。他说，这个推论唯一的根据是某个打杂老妇的说辞，而她当时几乎被另一个匆匆赶路的男人撞倒。这种证词实在不足采信，除非她突然福至心灵，但这又说不过去。

“说实在话，她当真得到了某种天启吗？”他语带嘲弄地质问。他背对房间，仿佛对眼前隐没在夜色中的小镇着迷，即使听见西特喃喃说出“天意”这两个字，他也没回头。西特的名字偶尔会出现于报端，社会大众对他相当熟悉，普遍认为他是个积极勤奋的捍卫者。这时西特稍稍抬高音量。

“我倒认为亮晶晶的油漆桶够醒目。”他说，“算是可靠的证词。”

“而这两个人在乡下那个小站上车。”助理处长喃喃说道，语气中带点纳闷儿。西特告诉他，当时有 3 个人在梅兹山车站下车，其中两张票来自那个小站。另一个下车的人是从格雷夫森德来的叫卖小贩，站务人员都认识他。西特决断地说出这番话，似乎有点不满，就像所有自认赤胆忠心、劳苦功高的下属会有的反应。助理处长仍旧望着外头广阔无边有如大海的黑暗。

“两个外国籍无政府主义者从那个地方过来，”他明显是在对窗玻璃说话，“实在说不通。”

“的确如此。换个角度看，假使那个米凯利斯目前不是住在附近某间度假小屋的话，整件事就更没道理了。”

助理处长原本隐约回想着他每天在俱乐部的牌局，听见西特提起那个名字，思绪被拉回眼前这桩烦心事。打桥牌是他目前生活中最大的安慰，不需要下属协助，就能尽情展现他的才能。他每天 17 点到 19 点会去俱乐部打桥牌，之后回家吃晚饭。在那两小时中把生活中所有不如意事全抛到九霄云外，仿佛牌局是一剂良药，有助于缓解心灵匮乏。他的牌友中有一个是某知名杂志的编辑，擅长黑色幽默；另一个是有点年纪的辩护律师，眼睛不大、目光凶恶；最后一个是骁勇善战、头脑简单的老上校，褐色皮肤的双手刚健有力。他们都只是俱乐部的熟人，只在牌桌上碰面。大家似乎都带着某种苦恼坐上牌桌，仿佛牌局确实是医治生命隐疾的丹药。每一天，当太阳降落在城里无边无际的屋顶另一边时，他的工作压力就会被一股欢欣愉悦的急切所取代，像迫不及待地要去见某个知交好友。此时，那股愉悦感因为某种现实冲击而消失无踪，他突然对自己保护社会的职责生起一股特别的忧虑。那是一种不太恰当的忧虑，像是突然无法信任自己手上的武器。

6

假释使徒米凯利斯被誉为人道主义的希望，对他伸出援手的夫人，正是助理处长妻子的人脉之中最有影响力、地位也最显赫的一位。这位女士喊助理处长的妻子安妮，一直把她看成涉世未深的无知小女孩，也愿意友善地对待她丈夫。助理处长妻子的那些身为达官显贵的朋友未必个个都愿意接纳她丈夫。多年前，老夫人在花样年华嫁入豪门，见识过大场面，甚至近距离接触过某些伟大人物。她本身也是个杰出女性，如今步入老年，已经惯于以轻蔑的漠视对抗岁月，仿佛那只是次等人类不得不屈服的庸俗概念。唉，许多更容易视而不见的概念同样没机会入她法眼，当然这也是个性使然，只因那些事太无聊，或者她无法加以鄙视或寄予同情。她的字典里没有“仰慕”这两个字（她那位尊贵的丈夫私底下对此不无遗憾）。她认为仰慕这种情绪或多或少显出自己的平庸，也等于承认自己不如人。坦白地说，这两点都是她个性上难以接受的。她向来勇于表达自己的看法，因为她永远只站在自己的角度做判断。她的行动同样不受约束。她的机智圆滑来自真正的人道精神，她也始终保持充沛活力，尽管自视甚高，却不失稳重友善，因此受到三个世代的人们所敬仰。就连她有生之年可能接触到的最年轻一代，都认为她是个非比寻常的女性。她冰雪聪明，有种高傲的单纯；本性好奇，却不像许多女性那样只喜欢社交八卦。她享受生命方法是：善用她伟大、历久不衰的社会声望，吸引任何因为身份地位、智慧、胆识、幸运或不幸而出人头地的人物来到她眼前，不在乎那些人行事合不合法。皇亲国戚、艺术家、科学家、年轻政治人物，以及各式各样的骗子都是她的座上宾。尤其那些不知从哪儿冒出来的骗子，往往最能呈现社会表层的潮流。她聆听他们、看穿他们、理解他们、赞美他们，借此开拓自己的视野。套句她自己的话，她喜欢看看世界会变成什么模样。她用务实眼光看待人事物，尽管免不了带点偏见，却很少判断错误，更不会刚愎自用。世上如果有哪个地方可以让警局助理处长跟假释犯共处一室，却不是基于专业或公务目的，恐怕也只有她家客厅了。

助理处长不太记得某天下午究竟是谁带米凯利斯到她家，只依稀觉得应该是某个出身无比高贵、心地极其善良的国会议员。这种人往往是连环漫画最爱取笑的对象。由于老夫人还算高尚的好奇心，当代的达官贵人、三教九流之辈，都可以自由自在地出入她的殿堂。老夫人家中的客厅有个半私密空间，以一座淡蓝色镀金丝绸屏风跟外间区隔，里面摆设了一张沙发和几张扶手椅，形成舒适幽静的角落，人们三三两两或坐或站，在从六扇高窗照射进来的光线里低声交谈。你永远无法预料自己会在里面遇见何方神圣。

米凯利斯算是在社会舆论中尝尽人间冷暖。多年前他参加一次疯狂的拦车劫囚行动，被重判无期徒刑，舆论喝彩叫好。那次行动原本计划先射杀拉车的马匹，再制伏押送人员。很不幸，有个警探中弹身亡，留下妻子与 3 名年幼子女。虽说在这个国家每天都有人为保卫国家人民生命财产而壮烈牺牲，但那名警探的死却是举国哀悼、人神共愤。社会大众纷纷要求严惩恶徒，3 名首脑因此被处以绞刑。当时的米凯利斯还是个身材瘦削的年轻小伙子，以打锁为业，也上夜校勤奋学习，他甚至不知道这件案子有人丧命。他跟其他几个人的任务只是打开囚车后侧的门。他被捕时，口袋里有好些万能钥匙，手里拿着一把沉甸甸的凿子和一根短铁锹，配备跟小偷没两样。可是，小偷不会受那么重的刑罚。警探意外丧生，他心里很难受，可是行动失败，他也有点沮丧。他在陪审团面前并没有掩饰这些心情，而这种有欠完整的内疚令挤进法庭聆审的民众难以接受。法官宣判时语重心长地说，这位年轻被告凶残堕落、麻木不仁。

他因此莫名受到谴责。他的获释同样毫无根据，或许有人意图利用他的无辜来达到私人目的，或基于某些不得而知的理由。他由着他们去，不抱期望，也没有多想。他个人的事都无关紧要，就像那些圣洁之士，在思考过程中失去了个人特质。他的观点并不是一般所谓的信念，不能拿来抽丝剥茧，尽管充满矛盾、晦涩难懂，却是颠扑不破的人道主义信条。他陈述这些观点时，比较像在招供，而非说教，彬彬有礼却不失固执，嘴上挂着温和自信的微笑，坦率的蓝色眼眸视线向下，因为人们的脸孔会阻碍他在孤独中发展出的思路。助理处长就是看见了那样的他，拖着臃肿痴肥的胖大身躯，就像船上的奴隶，一辈子摆脱不了苦役。他坐在屏风内侧一张尊贵扶手椅上，就在老夫人的沙发旁，话声轻柔，像孩子般天真无邪，也有着童稚的魅力——心口如一的迷人特质。他在某座知名监狱的四面墙里思索出生命的奥秘，对未来充满信心，没有理由怀疑任何人。即使他没能清楚地向好奇的老夫人描述未来世界的样貌，至少他不嗔不怨的信念与毫无杂质的乐观轻易博得了她的好感。

站在社会天平两端的平静心灵多半思虑单纯，伟大的老夫人也有属于她的单纯。她不会对米凯利斯的见解与信念感到震撼或惊骇，因为她是站在自己高高在上的地位加以审视。事实上，米凯利斯那一类的人特别容易引发她的恻隐之心。她本身不是剥削他人的资本主义者，她根本超脱在经济游戏之外。她对普通人的悲惨境遇充满同情心，正因为她完全没有尝过那种苦，所以只好在观念中将之理解为心灵痛楚，这样才能真正体会人间的残酷。

助理处长清楚地记得米凯利斯和老夫人的一段对话。当时他默默聆听，那场谈话某种程度上相当令人振奋，因为它注定徒劳无功，就像两个遥远星球的居民之间的心灵交流一样，因而更为感人。然而，米凯利斯这个外表痴肥的人道主义化身不知为何却很能打动人心。最后他站起来，拉起伟大女士伸出来的手，握了握，没有立即放开，而是用他肥厚的手掌握住片刻，流露出坦然率真的友善，这才转身走出客厅的隐蔽角落。花呢短外套里的身躯仿佛膨胀了似的，像个庞然大物。他安详的眼神带着善意环顾四周，然后穿过三五成群的宾客，蹒跚地走向远端门口。他经过时，絮絮交谈声停顿下来。他对一个意外与他四目相对的靓丽女孩无邪地笑了笑就走出去了，丝毫没有察觉宾客的注目。米凯利斯进入社交圈的第一步格外顺利，成功博得尊重，没有受到任何低语嘲讽。中断的谈话迅速恢复原本语调——有严肃有轻快。只有一个年约 40 岁的男人大声说出内心感受。这个人体格结实、手长脚长、个性活跃，当时在窗子旁与两位女士闲聊，口气满是同情："我猜他有 110 公斤，身高却不到 170 厘米。可怜的家伙！糟透了，实在太糟了。"

屏风后的宾客只剩助理处长一人，女主人心不在焉地盯着他，风韵犹存的苍老面容没有表情，仿佛在整理内心的感受。几个留着灰白八字胡、生龙活虎般的男人带着淡淡笑意走过来，围在屏风旁。另有两名优雅稳重的中年妇女，一个两颊凹陷、刮净胡子的男人，这个男人的金框眼镜用黑色宽版丝带绑缚，像极了旧社会的花花公子。空气凝结了半晌，宾客们含蓄中不失恭敬。这时女主人说话了，口气没有憎恶，却带点义愤：

"那种人竟然被当成革命分子！真是胡扯。"她严厉地盯着助理处长。

助理处长喃喃致歉："可能是没有危险性那种。"

"没有危险性，的确一点都没有，他只是坚持自己的信念，那是圣人的特质。”老夫人以坚定的语气宣告，“而他们关了他 20 年。竟然有这么蠢的事，想起来就叫人心寒。现在他们放他出来，他的亲人不是搬走就是死了。他父母都过世了，年轻时想娶的那个女孩在他坐牢时死了，现在他连养活自己的能力都没有。这些都是他用最有耐心、最平和的口气告诉我的。他说，至少他有很多时间可以想清楚自己的事。那算什么补偿！如果这就是所谓的革命分子，那么我们之中某些人还真该跪下来向他们膜拜。”她用开玩笑的语气说出这话，身边那些谦卑恭敬的世俗脸庞原本堆着应酬笑容，现在都变得有点僵硬，“这个可怜人显然已经没有能力照顾自己，一定得有人扛起这个责任。”

“应该建议他去接受某种治疗。”那个看起来个性活跃的男人的军人似的嗓音从另一端传来，语气倒挺真挚。以他的年纪来说，他算保养得宜，就连他身上的长大衣都显得弹性十足、坚固耐用，几乎活力充沛。“他几乎等于残废了。”他的同情丝毫不假。

其他人似乎很庆幸有人带头发言，争相表达他们的怜悯。“太惊人了”“骇人听闻”“惨不忍睹”，用宽版丝带绑眼镜的那个瘦长男人故作斯文地说：“荒谬怪诞。”站在他身边的人纷纷颔首称是，两两相视而笑。

助理处长当时或后来都没有表达意见，他因为身份特别，没办法对一名假释犯表达个人意见。可是，他其实认同女主人的看法，觉得米凯利斯是个多愁善感的人道主义者，有点疯狂，但大致说来连一只苍蝇都不忍心加害。正因如此，他处理这桩恼人的爆炸案时忽然听见米凯利斯这个名字，意识到米凯利斯身陷何等险境，也立刻回想到老夫人对米凯利斯那份有目共睹的垂怜。如果得知米凯利斯的自由受到威胁，她必然无法接受。那是一份深刻、冷静又坚定的喜爱。老夫人觉得米凯利斯绝不会伤害人，也清楚明白地这么告诉大家。尽管她的绝对主义论调不免有点混乱，她的话却成了不容置疑的宣言，仿佛那个有着婴儿般纯真眼神与天使般胖嘟嘟的笑容的痴肥男人深深令她着迷。她几乎完全采信他那些关于未来的理论，因为那些理论跟她的偏见并不抵触。她不喜欢财阀政治这种社会结构里的新兴元素。另外，促进人类发展的工业流于机械化、冷漠无情，在她看来格外可憎。温和的米凯利斯的人道主义希望并不崇尚彻底破坏，只是追求经济制度的瓦解。她实在看不出来那能造成多大伤害，顶多就是消灭为数众多的“新贵阶级”，那些人她原本就不喜欢，也不信任。倒不是说那些人有些什么成就（这点她严正否认），而是因为他们对这个世界一无所知，因而感知迟钝、心灵贫瘠。只要消灭资本，那些人也会跟着消失。但普遍性的毁灭（假设正如米凯利斯所预见的，那是一场普遍性毁灭的话）并不会损及社会价值；钱币的消失，也不会影响到有身份、有地位的人，比方说，她就无法想象自己的地位会因而动摇。到了她这个年纪，看待世事不再冷漠以对，于是她平静无畏地向助理处长陈述这些想法。助理处长老早就下定决心，只要听到类似言论，一定要保持缄默，不能说出任何冒犯言语。他很喜爱米凯利斯的这位女恩人，这种复杂心情部分源于她的声望，部分来自她的性格，最主要是基于一股受宠若惊的感激。他觉得自己在她家里很受看重，她等于善心的化身。她也够务实、够明智，像个阅历丰富的女性，大方接纳他“安妮的丈夫”这个身份，让他的婚姻生活轻松得多。他太太个性上少不了有点自私、善妒、爱吃醋，幸好对老夫人言听计从。不幸的是老夫人的善良与智慧都复杂得难以理解，她明显有妇人之仁，而且很难沟通。这么多年来她始终保有女性特质，不像某些女人，到最后会变成穿衬裙的糟老头，油滑又惹人嫌。在他心目中，她是个女性，万中选一的女性特质的化身，是温柔、率真又狂热的守护者，致力保护所有敢于慷慨陈词（不管真话或谎言）的男人，比如布道家、预言家、先知或改革者。

助理处长感激他太太——以及他自己——这位卓越好友之余，开始担心假释犯米凯利斯可能面临的命运。一旦他因为涉及这次爆炸案而遭到逮捕，不管涉案程度多么低，最起码也得重返监狱服完刑期。这么一来，他可能再也走不出大牢。助理处长接下来的这个念头恐怕难以彰显他的人道精神，与他的警界高官身份更是极不相称。

万一那家伙又被逮了，他心想，她绝不会原谅我。

这种未加修饰的内心独白难免引来些许自我嘲弄与批判。男人只要做着自己不喜欢的工作，通常很难对自己有太多美好幻想。那份嫌恶，那份索然无味，都会从工作延伸到人格。当我们被委派的任务幸运地碰巧是我们天性特别热爱的事，我们才能安心自在地耽溺于自我欺骗之中。助理处长不喜欢他在祖国的职务，他在地球遥远的另一边从事的治安工作就像不规则爆发的战事，对人格有所助益，或者至少像户外运动一样冒险刺激。他真正的才能主要展现在行政管理方面，却也掺杂了冒险精神。如今挤在400万人的大城市，被绑在办公桌前，他觉得自己的命运很讽刺。他的婚姻显然也是这个命运促成，所以他妻子对殖民地气候格外敏感，也厌恶任何有违她娇贵天性与品位的不完美事物。基于强烈的自我保护本能，尽管他以嘲弄的心情评论自己的担忧，却也没有将那个不恰当念头逐出脑海。相反，他再次思索一番，甚至用了更粗鲁、更传神的语句。

“该死！假使可恶的西特如愿以偿，那家伙就得坐一辈子牢，被自己的肥肉活活闷死。那么她永远不会原谅我。”

他穿着黑衣的狭窄后背文风不动，后脑勺的黑色短发闪着银光，底下是白色衣领。他实在沉默了太久，西特清了清喉咙。这一声干咳发生了作用，依然面向窗外的助理处长总算开口，他问聪明又积极的西特：

“你认为米凯利斯跟这件案子有关？”

西特显得很笃定，却也不敢大意。

“报告长官，”西特说，“这条线索值得继续追查。不管怎样，像他那样的人应该待在牢里。”

“你需要找到确凿证据。”助理处长喃喃说道。

西特扬起眉头，盯着那个没将他的积极与聪明放在眼里的后背。

“要找到证据定他的罪一点都不难。”他洋洋得意地说，“长官，这点你可以相信我。”他自满地追加这多余的一句。万一社会大众想针对这个案子发出怒吼，他们手边刚好有米凯利斯这号人物可以当替罪羔羊，实在太便利了。眼下还说不准大众会不会群情激愤，这还得看报纸怎么写。无论如何，西特的职责就是为监狱提供犯人，基于奉公守法原则，他合理地认为所有违法犯纪的人都该留在牢里。他这个信念太强烈，以至于犯了技术上的错误，忘情地露出得意笑容，重复地说道：

“长官，这点你可以相信我。”

这句话已经超出助理处长所能忍受的极限。过去一年半以来，他努力压抑对这个体制和部门下属的不满。他像个被人硬塞进圆洞的方形木桩，其他少点棱角的男人可能会耸耸肩，满心欢喜地待在那个日久年深的滑顺圆洞里，可惜对他而言，这样的日子每一天都是凌迟。他最痛恨的，正是必须付出这么多信任。他听见西特一声轻笑，“咻”地转过身来，活像遭到电击。他不但看见潜藏在西特八字胡底下那抹恰如其分的自满，也捕捉到那对圆眼里来不及隐藏的防备。西特的那双眼睛想必一直盯着他后背，此时跟他视线交会，急切的凝视才赶紧变换成单纯的惊讶。

助理处长坐在这个位子上也是有点真本事的，他突然起了疑心。只能说，他对警界（除非这是由他亲自组织起来的半军事化团体）的行事方法原本就有高度警觉。即使他的警觉心曾经因为厌倦而休眠，那也只是轻轻打个盹。对于西特的认真尽职与工作表现，他多多少少赞赏，却未必全盘信任。“他在搞鬼。”他暗地里告诉自己，也为此怒火中烧。他昂首阔步地走过办公桌，猛地坐下。“我困在这堆乱七八糟的公文里，”他怒不可遏地想，“理论上应该拉到了所有的线。但我拉到的却只是别人放在我手上的，如此而已。他们可以随心所欲地把线的另一头绑在任何地方。”

他抬起头，瘦长的脸庞面对西特，表情像极了精力旺盛的堂吉诃德[①]。

“你心里在打什么鬼主意？”

西特瞪大了眼睛，一双圆眼眨也不眨地望着主管，就像过去他紧盯五花八门的嫌犯时一样。那些嫌犯受到一番告诫之后，有的会无奈地喊冤，有的会装无辜，也有人闷闷不乐地认罪。只是，他那职业性的坚定表情里也有着一丝诧异，因为他身为长官的得力助手，不习惯听人用这种轻蔑的不耐烦口气跟他说话。他欲言又止，像是遇见出乎意料的全新处境：

“长官，您问我掌握了什么对米凯利斯不利的线索吗？”

助理处长看着西特那子弹般的尖脑袋和他垂落到肥厚下巴以下的北欧海盗髭须末端，西特的面貌饱满白皙，满脸的肥肉减损了原有的坚毅特质以及从眼尾辐射出去的狡猾皱纹。在他意味深长地打量最信任的得力助手的过程中，他的脑袋冷不防冒出一个念头，这念头来得突然，仿佛天外飞来的灵感。

“我有理由推测……”他慎重地说，“你走进这间办公室时，心里锁定的嫌犯不是米凯利斯。他不是你的主要对象，也许你根本没怀疑他。”

“长官，您有理由推测？”西特喃喃回应，一副十足的震惊表情。他的震惊有某种程度的真实。他察觉到眼前这件事微妙而复杂的一

---

① 堂吉诃德：17 世纪初西班牙作家塞万提斯（Miguel de Cervantes Saavedra, 1547—1616）发表的同名小说里的主角，经常被引用来比喻天真善良、行为却盲目的矛盾人物。

面，身陷其中的他因此显得有点虚伪。这种虚伪会在大多数人类事务中以技巧、审慎或思虑等表象呈现。当时他觉得自己像个走钢索的特技演员，表演进行到一半，原该待在个人岗位运筹帷幄的剧场经理贸然冲出来，使劲摇晃他脚下的钢索，他气急败坏。遭人背叛而引发的不安全感，外加摔断脖子的担忧，难免受一肚子窝囊气。再者，他的技艺恐怕也会受到质疑。再怎么说，人除了自己的性格之外，总得有点具体成就，要有让自己引以为傲的东西，不管是社会地位或不得不从事的工作，或仅仅只是能有幸享受清闲。

“没错，”助理处长说，“我有理由。我不是说你完全没想到米凯利斯，只是，你太强调你刚刚提出的线索，让我觉得你有所隐瞒。如果那确实是你追查到的线索，你为什么没有立刻深入调查，没有亲自或派手下到那里去？”

“长官，您觉得我失职了吗？”他希望自己这话听起来像是直觉反应。他冷不防被逼得必须全神贯注来保持冷静，连忙抓住对方的语病，结果只是招来上司的不悦。因为助理处长微微蹙额，觉得西特这句话非常不恰当。

“既然你这么说……”他冷冷地说，“我就告诉你我没那个意思。”

他停下来，凹陷的双眼直视西特，传达了没说出口的那句“而且你心里很清楚”。助理处长身为特殊犯罪部门负责人，由于职位的关系，不能亲自走出办公室去追查埋藏在罪犯心底的秘密，只好将自己的侦查天赋发挥在下属身上，嗅闻任何阳奉阴违的气息。这种特殊本能也算不上什么缺点，那只是天性。他是天生的侦探，选择职业时不自觉地受到这种天赋的牵引。他的本能几乎没有带领他做出过错误决定，唯一的例外恐怕是他的婚姻，这也是天性。既然他必须坐镇办公室，他的天赋只好以静制动，在那些来到他办公室的下属身上下功夫。我们总能找到机会发挥自己的才能。

他的一只手肘搁在桌上，细长的双脚跷起二郎腿，举起细瘦手臂托着腮，觉得对这件案子越来越有把握，兴致也越来越高昂。以他敏锐的眼光看来，西特即使不是什么难缠的对手，至少也是他生活圈里最值得费心的一个人。

基于天生的侦探才能，助理处长对人们的声誉向来抱有怀疑态度。他回想起过去在遥远的殖民地时，遇见过当地某个又老又胖、财力雄厚的土著族长。历任总督都信任那人，把他当成好朋友，认为他全力拥护白人建立的秩序与律法。然而，当人们用怀疑的眼光细细审视，却发现那人唯一的盟友是他自己。那人未必是个叛徒，但他的忠诚却有着许多危险的保留，因为他只在乎自己的利益、快活与安全。他的口是心非或许带点无辜，却同等危险，要想识破他的底细可不是件容易的事。那人也是个胖子，虽然肤色有别，但助理处长看到西特，总会联想到他。这实在很不寻常，毕竟这两个人五官并不相似。话说回来，华莱士[①]不也在他那本有关马来群岛的知名著作里提到，他发现阿鲁群岛有个全身赤裸、皮肤黝黑的野蛮人，长相神似他在家乡的某个朋友。

打从走马上任到现在，助理处长第一次觉得终于可以大显身手，做点对得起自己薪水的正事，那种感觉让人愉快。“我一定要让他现出原形。”他若有所思地看着西特，心里想着。

“不，我没那种想法。”他又说，“你的工作表现一直可圈可点，这点毋庸置疑。所以我才……”他突然打住，转换口气，“你手上有什么确切证据可以证实米凯利斯涉案？我是说，除了那两个嫌犯——你已经确定嫌犯有两个人——上车的地方离米凯利斯目前的住处不到5千米。”

---

① 阿尔弗雷德·拉塞尔·华莱士（Alfred Russel Wallace，1823—1913），英国博物学家、进化论学者，著有《马来群岛自然科学考察记》（*The Malay Archipelago: The Land of the Orang-Utan and the Bird of Paradise*）。

“长官，像米凯利斯那种人，光凭这点就足够怀疑他。”此时西特已经恢复冷静。助理处长轻轻点了点头，安抚了西特内心的愤怒与惊讶。因为西特秉性良善，是个好丈夫、好爸爸，个性温和亲切，不但赢得公众与部门的信任，也跟他在这间办公室见过的多位助理处长都保持着友好关系。他经历过三位助理处长。第一位英勇鲁莽，总是红光满面，眉毛已经发白，性情暴躁，应付那位要软硬兼施，用点技巧性的威胁。那人做到届龄退休，接任的是个十足的绅士，非常知趣，明白自己和其他人各自该守的分寸。后来他辞职到海外高就，离开时还因为西特（千真万确）立下的功绩获颁奖章，跟那位长官做事既光荣又愉快。第三位一开始像匹黑马，一年半以后，在部门里仍然难以捉摸。整体来说，西特觉得这位长官没多大杀伤力：相貌古怪，却没有杀伤力。这位长官正在说话，西特外表恭敬（只是职责所在，没特别意义），内心是善意的宽容。

“米凯利斯离开伦敦搬到乡下前，依规定报告行踪了吗？”

“是的，长官。”

“那么他在乡下做些什么呢？”助理处长其实心知肚明。米凯利斯在一栋青苔蔽瓦的四居室小别墅的房间里，极不舒适地挤在老旧原木扶手椅上，面对蛀洞斑斑的橡木桌，夜以继日地用颤抖、歪斜的笔迹写着那本《囚犯的自传》。那本书可望成为人类史领域的《启示录》。那窄小房间与世隔绝、孤单寂寥，让他文思泉涌。那种感觉就像在坐牢，却不像过去在监狱时，受限于某些蛮横规定，不得不出去做些可憎运动。他甚至不知道太阳是不是还照耀着地球。因费力写作而渗出的汗水滴落在他额头上，愉悦的热情激励他持续不懈。他的内在生命获得解放，灵魂也得以悠游广阔世界，这股无邪的虚荣（被出版商提供的 500 英镑唤醒）所激发的热情似乎必然又是神圣的。

“当然，如果能了解他的近况，那是最好不过。”助理处长假意说道。

长官行事如此小心谨慎，西特内心又涌起一股气恼。他说，米凯利斯一到那里，郡警就收到消息，如果需要完整报告，几小时内就可以拿到，只要给那里的主管打个电报……

他慢慢地说着，心里已经在评估这么做的后果，微微皱起的眉头泄露了他的内心世界。

助理处长的问题打断了他的思绪。

“电报发了吗？”

“还没。”他显得很惊讶。

助理处长突然放下二郎腿，动作迅速果决。他说出下一句话时却显得满不在乎，前后形成有趣对比。

“你觉得米凯利斯有没有可能参与炸弹的制造？”

“我不这么认为，现阶段还不需要多做猜测。他跟某些危险人物有来往，假释后不到一年就成为红色委员会的代表，算是一种表扬吧。”

说到这里，西特笑了，笑声里有点愤怒、有点鄙夷。对付那样的人，这么小心谨慎实在多余，简直不合法。两年前米凯利斯获释时，那些找不到题材的激情记者写了一篇篇慷慨激昂的报道，到现在还刺痛他的心。只要有一丁点怀疑，就可以合法逮捕那男人，不但合法，还大有益处。他的两位前长官肯定马上就能看出这点，这位却始终不给个明确说法，只是呆坐着，像在做白日梦。再者，逮捕米凯利斯不但合法又有利，也能解决西特的小小难题。这个难题攸关他的个人声誉、心情舒坦与工作绩效。因为，就算米凯利斯果真知道这起爆炸案的内情，西特敢打包票他知道的不多。这样正好，西特敢肯定米凯利斯知道的比某些人少得多，只不过，就游戏规则而言，逮捕那些人不但比较复杂，也没什么好处。米凯利斯是个假释犯，不受游戏规则保护。有这么方便的法律手段，不好好利用岂不可惜。至于先前激动之余把米凯利斯吹捧成英雄的记者，随时可以发挥同样的激情，将他打入谷底。

想到这里，西特信心大增，觉得那会是他个人的莫大荣耀。身为胸怀坦荡的平凡已婚男人，他内心深处几乎不自觉地抗拒跟教授那种冷酷嗜血的亡命之徒交手。跟教授在小巷里狭路相逢，强化了那股抗拒。警探在非正式场合跟罪犯之流私下交谈，通常能体验到飘飘然的优越感，既享受到权力的虚荣，也满足了对同类的掌控欲。只是，跟教授的那场谈话，并没有带给西特那种感觉。

西特并没有把教授看成人类，在他心目中，那家伙根本不可理喻，是一条不值得招惹的疯狗。倒不是西特怕他，恰恰相反，他总有一天会收拾他。但不是现在，他要等待时机，遵循游戏规则，用最适当、最有效的方法处理。眼下还不是办那件大事的时候，原因不一而足，总之公私两便。西特心里有这个认知，强烈认为这桩天晓得会牵扯出什么内情的案子，不能继续朝隐晦又不便利的方向前进。最好引向另一条名为米凯利斯的低调又合法的支线。

这时他重复助理处长的话，仿佛认真尽责地思索了一番：

“至于炸弹，不，我不敢说得太笃定，说不定永远查不出来。不过米凯利斯明显涉案，这件事一点都不难查清楚。”

他面容严肃，威风凛凛又冷漠，过去某些恶性不算重大的窃贼看见这副表情都会胆颤心寒。尽管他也算是个男子汉，却不是笑容可掬的那种。对于助理处长此时默默认同的态度，他内心倒是相当满意。

助理处长温和地说：“你当真觉得调查应该往那个方向进行？”

“确实如此，长官。”

“相当肯定？”

“没错，长官。那才是我们该走的路。”

助理处长支撑着脑袋的那只手倏地移走，以他原本倦怠无力的模样，你不免担心他整个人会因此垮下来，结果他没有。他反而挺直上身，聚精会神地坐在大办公桌后方。那只移开的手重重落在桌面上。

“我想知道你为什么到现在才想到这点！”

“到现在才想到？”西特一个字一个字地慢慢重复。

“对，直到我叫你来这里。”

西特觉得他的衣服和皮肤之间的空气瞬间升温，热得叫人难受。这种感觉前所未有，也难以置信。

“当然，”他说话的速度慢到不能再慢，“我不知道我为什么还没去查米凯利斯，如果真有个原因，那么我没派郡警去调查反倒是件好事。”

这番话花了好长时间才说完，在此期间助理处长始终专注地听着，可说是忍耐力的神奇展现。他的反驳丝毫没有拖延。

“我倒不认为有任何理由。西特督察长，你跟我耍这种把戏实在不成体统，非常不成体统，而且不公平。你不应该像这样让我自己摸索找答案。说实在话，我觉得很意外。”

他停顿下来，又圆滑地补充道：“我应该不必强调，今天我们只是私下聊聊。”

这些话对西特没有一点安慰作用。他仍然气呼呼地觉得自己走在钢索上遭人背叛。不过，他自认是个备受肯定的公务员，所以深信摇钢索的人只是傲慢无礼，并非蓄意害他摔断脖子。他没那么容易被吓倒！助理处长来来去去，优秀的督察长却没那么容易被取代。他不怕摔断脖子，光是表演失败就足以引燃他胸中的熊熊怒火。念头没有身份贵贱之别，西特此时就生起一个极具威胁性的念头。他那双游移不定的圆眼紧盯助理处长的脸，心里想着：年轻人，臭小子，你搞不清楚自己的位置，那么我敢打赌这个位置你也坐不久。

助理处长的嘴唇浮现似有若无的和蔼笑容，仿佛在对西特心里那个念头叫阵。他显得从容自在，正经八百，却一个劲儿地摇晃钢索，不肯罢手。

“督察长，我们来聊聊你在事故现场查到了什么。”他说。

傻子一转眼就得卷铺盖，西特的脑子继续预测未来。只是，他旋即又想到，高层官员即使被炒了鱿鱼（他心里就是这么想的），转身离开之前往往还有时间狠狠踹下属一脚。他继续用阴险目光盯着助理处长，淡淡地说：

“长官，我正要跟你报告这件事。”

“那好。你在案发现场找到了什么？”

西特决定跳下钢索，阴沉地回到地面，开诚布公。

“我找到一个地址。”说着，他气定神闲地从口袋掏出一块烧焦的深蓝色布块，“这块布是从死者的大衣上扯下来的。当然，那件大衣也许不是他自己的，甚至可能是偷来的。不过，如果你看看这个，就知道概率不大。”

西特走到桌子旁，仔细抚平那块布。他从太平间那堆恶心的东西里挑出这块布，是因为衣领底下偶尔会有裁缝师的名字。这种信息通常用处不大，不过至少……他并不期待会找到什么有力线索，更没想到会找到……那东西不是在衣领底下，而是一针一线密密缝在标签底下。那是一块方形白棉布，上面用不掉色墨水写着一个住址。

西特的手从那块布移开。

“没人知道我拿走这个，”他说，“我觉得这样做最合适。必要时随时可以拿出来。”

助理处长稍微起身，把那块布拿到自己面前，静静坐下来查看。那块白色棉布比烟纸略大一点，上面只有“32”这个数字和“布雷特街”。他非常惊讶。

“很难想象他为什么带着这样的标签到处跑。”他抬头看着西特，“实在太特别了。”

“我曾经在旅馆吸烟室遇过一个老先生，他所有外套上都缝了姓名地址，以防临时发生意外或急症。”西特说，“那个老先生说他84岁了，看起来却没那么老。他说他在报纸上看过不少突然失忆的案例，担心自己也会那样。”

助理处长提出问题，打断西特的回想。他想知道布雷特街 32 号是什么地方。西特被助理处长的不公平花招逼得不得不摊牌，决定毫无保留地交代一切。虽然他坚决认为部门知道太多没有好处，但他毕竟是个忠诚的公务员，明智而审慎地暗藏某些讯息已经是他隐瞒上司的极限。当然，如果助理处长想在这件案子上动手脚，谁也阻止不了他。站在西特的立场，这时候已经没有装模作样的必要。他简洁地答道："是一家店。"

助理处长视线向下，看着那块布，等待更多讯息，却没有下文，只好耐心地主动提出连串疑问。他因此拼凑出维洛克那家店的营业项目、店主长相，最后才得知他的姓名。等问答结束，助理处长抬起视线，看见西特的兴奋表情。他们默默注视对方。

"当然，"西特说，"部门里没有那个人的资料。"

"过去的助理处长也知道你刚刚告诉我的这些事吗？"说到这里，助理处长把两只手肘搁在桌上，双手交握举到面前，像要开始祈祷，只是他眼神里没有一点虔敬。

"不，长官，当然不知道。知道又怎样呢？把那种人推到台面上，一点好处都没有。只要我知道他是什么人，利用他来做些对社会有益的事，这就够了。"

"你觉得以你的职位，隐瞒这种事恰当吗？"

"没问题，长官，我认为非常恰当。恕我冒昧，我就是这样爬到今天的位子，也才能得到上级和大众的认同。那算是我个人的私事。我有个朋友在法国警界服务，他告诉我那家伙是某个大使馆的间谍。私人友谊、私密消息，专供个人使用，这是我的看法。"

助理处长心想，西特此时的巧言舌辩，充分显示出他此刻的心理状态，而他在警务工作上的卓越功绩，似乎全都靠他那张嘴。他平静地回应一声"了解"，把脸放在交握的双手上。

"那么你跟这个间谍私下往来多久了？你可以从私人角度回答。"

对于这个问题，西特从私人角度给了答复，可惜这个答复太私人，始终没有溜出他的嘴：早在你跟现在的职位还八竿子打不着的时候就开始了。

他的正式回答明确多了。

“我第一次见到他是在 7 年多前，当时帝国两名皇室成员和总理大臣来访，我负责维安工作。那时的大使是斯图特·沃滕海姆男爵，是个紧张兮兮的老先生。某天晚上，就在市政厅晚宴的前三天，大使找我过去，说有事跟我谈。当时我人在楼下，马车停在门口，等着接皇室成员和总理大臣去欣赏歌剧。我立刻上楼，看见男爵在自己的卧室里来回踱步，两只手不停互拧，一副六神无主的可怜模样。他说他百分之百信任我国警方和我个人的能力，可是，有个人刚从法国过来，带来绝对可靠的消息，要我听听那人要说的话。他马上带我到隔壁的更衣室，我看见有个身穿厚大衣的胖男人独自坐着，帽子和手杖拿在手里。男爵用法语对那人说‘朋友，你说吧’，房间光线昏暗，我跟那人谈了大约 5 分钟，他确实提供了一条非常惊人的消息。之后男爵紧张地把我拉到一旁，满口夸赞那个人。等我回头去看，那人已经像鬼魂般消失无踪。我猜他从某后梯溜走了。我必须赶紧跟着大使下楼，确认国宾们安全上马车出发，没时间去追他。无论如何，那天晚上我还是根据那人提供的消息采取了因应措施。不管消息正不正确，听起来实在兹事体大。也许我们因此避免了一桩难堪的大麻烦。

“一段时间后，大约一个月，当时我已经升任督察长，我在河岸街看见一个壮硕男人行色匆匆地从珠宝店走出来。我觉得那人挺眼熟，于是跟在他后头，反正我顺路去查令十字路口。我在查令十字路口看见马路对面有个部门里的警探，招手叫他过来，指指前面那男人，要他跟踪个两三天，再向我报告。隔天下午我手下就来告诉我，那人娶了房东的女儿，当天早上 11 点 30 分在注册处办好了登记，然后就要带着新娘到肯特郡的滨海小镇马盖特度一星期蜜月。我手下亲眼看着他们把行李放上出租马车，其中有个行李袋上贴了些巴黎的旧商标。不知为何，我脑袋瓜一直想起那男人。后来我到巴黎出公差，就跟当地的警察朋友聊起那人。我朋友说：‘根据你说的这些，我猜你讲的是革命红色委员会的某个小角色兼间谍。那人自称英国公民，我们认为他在伦敦某个外国大使馆当间谍已经很多年了。’听到这里，我全想起来了。他就是在斯图特·沃滕海姆男爵的更衣室消失的那个男人。我告诉我朋友他说的没错，据我所知，那家伙的确是个间谍。之后我朋友费了些工夫帮我查清那男人的底细。我觉得我最好对他有个充分了解，不过您大概不想了解他的过往吧？”

助理处长摇摇双手托住的头，“现在最重要的是你跟那个人之间的互动过程。”他说着，缓缓闭上深陷在眼窝里的疲倦双眼，又迅速睁开，显得精神百倍。

“我跟他只是台面下的往来。”西特的口气不太开心，“某天晚上我走进他的店，直接表明身份，告诉他我们在哪里见过。他连眉头都没皱一下，只说他已经结了婚，安顿下来，他只希望自己的小生意不会受到太多干扰。我擅自做主向他承诺，只要他不做出任何重大违法行为，警方不会干涉他的事。这个承诺对他来说很有价值，因为我们随便跟海关说一声，他从巴黎和布鲁塞尔带回来的东西就会在多佛被打开来检查，结果肯定是没收，也许甚至会吃上官司。”

“那种生意风险很高。”助理处长纳闷儿，“他为什么做那行？”

西特面无表情，只是不屑地挑了挑眉毛。

“多半是在欧洲大陆有这方面的人脉，有朋友卖这类商品。他结交的应该是那种人，他也是个大懒虫，跟其他那些人一样。”

“他用什么交换你的保护？”

西特并不打算夸大维洛克对警方的价值。

“他提供的消息只对我个人有用。要妥善利用他那样的人，你自己必须掌握足够的讯息。我能够理解他给的暗示，当我需要某种线索，他通常也能提供给我。”

西特忽然沉默下来，仿佛在审慎思考。助理处长的脑海忽然想到西特响亮的名气多半仰仗间谍维洛克，忍住嘴角的笑意。

“至于他的一般性用处，我们负责监视查令十字路口站和维多利亚站的特殊犯罪部门的警探都收到命令，随时留意跟他见面的人。他经常接待刚从欧洲大陆过来的人，也会掌握那些人的后续行踪。他好像奉命做这件事。如果我急着要找某个人，找他肯定没问题。当然，我知道该怎么处理跟他的关系。过去这两年来，我见过他不到三次。通常派人给他送张没有署名的字条，他也用同样方式回应我，字条送到我私人住宅。”

助理处长偶尔轻轻点头。西特又说，他认为维洛克并没有打入革命红色委员会国际事务部核心，不过，组织对他还是有一定程度的信任。“只要我意识到某种风吹草动，”他总结说道，“总是能从他那里打听到值得一听的消息。”

助理处长意味深长地评论道：“这回他没帮上你的忙。”

“我事先也没收到任何风声。”西特反驳，“我没问他，所以他没给我答案。他不是我们手下，我们没付他薪水。”

“是没有。”助理处长低声说，“他是个间谍，领外国政府的薪水，我们永远不能跟他推心置腹。”

“我必须用我自己的方法做事。”西特说，“必要时，我会亲自跟他过招，坦然承受后果。有些事不适合摊在阳光下。”

“你保守秘密的方法似乎包括让你部门的上司蒙在鼓里，这样会不会有点越权？他住在店里吗？”

“谁？维洛克吗？是，他住在店铺里。他岳母好像也跟他们住。”

“你们有人监视那房子吗？”

“天哪，没有，那可不成。我们会监视某些到过他店里的人。我认为他跟这件事无关。”

“那么这个你怎么解释？”助理处长的脑袋朝桌上的布块点了一下。

“长官，我不做任何解释。根本没有合理解释，我目前掌握到的线索还不足以说明。”西特这话说得理所当然，好像他的威望坚如磐石、难以动摇似的，“至少现阶段还无法解释。我认为涉案最深的会是米凯利斯。”

“是吗？”

“是的，长官。因为其他人的嫌疑都可以排除。”

“那么从公园溜掉的那个人呢？”

“我猜这会儿他已经逃得无影无踪了。”

助理处长严肃地看着他，猛地站起来，仿佛下定决心要采取行动。事实上，在那个当下他忽然打定主意去做件令他心痒难搔的事。他要西特先退下，隔天一早再过来深入讨论案情。西特用深藏不露的表情听取上司吩咐，而后踩着慎重步伐走出房门。

不管助理处长心里打什么算盘，都跟桌上的公文无关。批公文这种事剥夺了他的自由，也脱离现实，是他人生的祸患。他不可能想继续处理公文，否则他此时的兴高采烈就变得不合情理。西特前脚刚离开，他急忙找到帽子，戴在头上。戴好帽子以后，他又坐下，重新考虑一番。不过，他已经下定决心，所以没有想太久。西特踏上回家的路不久后，他也走出警局。

7

助理处长走过宛如泥泞战壕的窄巷，又穿过一条宽敞大道，进入某个政府机关，找某位大人物的年轻私人秘书（无薪）说话。

这个脸蛋光滑白皙的年轻人头发中分，俨然是个干净端正的男学生，听见助理处长提出的请求，表情狐疑，用紧张的语气说：

“他会见您吗？我不敢说。他一小时前才从议会走过来，找常务副部长谈事情，等会儿马上又要回去。他是可以派人找副部长过去，但他想趁机活动一下筋骨。议会开议期间，他只能利用这点时间运动。我无所谓，我挺喜欢像这样的散步。他扶着我手臂，一句话也不说。只是，他累了。而且，呃……刚发了顿脾气。”

“我来是为了格林尼治那件事。”

“哦！他对你们警方很不满。如果你一定要见他，我就去问问。”

“去吧，这才是好孩子。”助理处长说。

无薪秘书欣赏助理处长这份勇气。他让自己镇定下来，换上坦率的表情，打开一扇门走了进去，举手投足之中有一股自知乖巧受宠的笃定。不一会儿他又出现，对助理处长点点头。助理处长走进同一扇门，里面是个大房间，只有大人物在。

大人物体型臃肿庞大，一张长脸异常苍白，往下扩大成肥厚的双下巴。花白的络腮胡把他的长脸遮成鹅蛋形，整个人仿佛无边无际地向外扩展。他黑色外套前襟的交叉皱褶更加深了这种印象，仿佛衣服的布料已经撑到极限，裁缝师见了只能摇头叹息。他的脑袋坐落在粗大脖子上；苍白大脸上的鹰钩鼻昂然兀立；双眼分据鼻翼两侧，高傲地向下俯视，眼袋浮肿。一顶光泽耀眼的丝质礼帽和一双旧手套就摆放在长桌末端，看起来也硕大无朋。

大人物穿着超大长靴，站在炉边地毯上，没有出声招呼。

“我想知道这会不会是另一系列连续爆炸案的开端？”他劈头就问，低沉的嗓音格外柔和，“不需要讲细节，我没时间听。”

助理处长站在这个大块头胖子面前，显得脆弱又纤瘦，像芦苇在对橡木说话。这个比喻也算贴切，因为大人物的家族源远流长，比全国最高龄的橡树还古老。

“不，我可以向您保证不是。”

“好，可是你们那里的人的保证……”说着，大人物举起手，轻蔑地朝面向大马路的窗子一挥，“好像只是让内阁大臣变成呆瓜。才不到一个月前，有人在这个房间向我保证不会发生那样的事。”

助理处长平静地瞄了窗外一眼。

“埃塞雷德爵士，请容我申明，到目前为止，我还没有机会向您做任何保证。”

那对向下俯视的高傲眼眸此时聚焦在助理处长身上。

“确实。”那低沉柔和的嗓音坦承，“我派人找西特过来。你刚上任不久，一切还不熟。你适应得如何？”

“我每天都在成长。”

“那是，那是。希望你继续努力。”

“谢谢您，爵士。今天我又学到了新东西，而且就在过去这一个小时。不管再怎么深入探究，这次事件看起来都不像一般的无政府主义动乱，所以我才来见您。”

伟大的爵士双手叉腰，手背贴在腰际。

“很好，接着说。别讲细节，拜托。”

“我会略过细节，爵士。”助理处长泰然自若地娓娓道来。他说话时，伟大的爵士背后那座时钟的分针移动了 7 格。时钟跟壁炉台一样，采用暗色大理石材质，气势磅礴、熠熠生辉，持续发出幽微缥缈的嘀嗒声。他认真尽责地详加说明，轻巧自如地把每件小事，亦即所有细节，都囊括进去，没有被任何嘀咕声或动作打断。爵士看起来就像他某位高贵祖先英姿勃发的雕像，只是卸下了改革战争的战袍，换上了不合身的长礼服。助理处长觉得自己就算讲一个小时也无妨，但他自我克制，7 分钟后突然做了总结，再次强调最初的论点。他这席话说得掷地有声，让埃塞雷德爵士十分惊叹。

“这起事件其实不算严重，背地里却颇不寻常，至少以这类事件而言极不寻常，所以需要特别处理。”

埃塞雷德爵士的语气深沉而坚定。

“确实如此，毕竟牵涉到外国使节！”

高高瘦瘦的助理处长斗胆淡淡一笑：“如果我让您觉得这事牵涉到大使，那就是我的错。根本不是这么回事。如果我猜得没错，不管背后指使者是大使或门房，都只是无关紧要的细节。”

埃塞雷德爵士张开洞穴似的大嘴，那只鹰钩鼻似乎急于向内窥探。他喉咙深处传来闷闷的轰隆声，仿佛远处某个器官鄙夷地发出愤怒的阻塞音。

“没错！这些人太为所欲为。他们凭什么把克里姆鞑靼人的野蛮手法带进英国？土耳其人都比他们文明。”

“爵士，别忘了，严格说来目前我们什么都不知道。”

“是没错！但你要怎么描述这样的行为？长话短说。”

“近乎幼稚的大胆无耻行为。”

“我们不能容许坏孩子的胡闹。”爵士臃肿的身材仿佛又膨胀了，向下俯视的高傲目光恶狠狠地盯着助理处长脚下的地毯，“他们要为这次事件挨一顿毒打。我们一定要采取……你有什么看法？简单扼要就好，别讲细节。”

“好的。原则上我要强调，我们不能容许间谍存在，因为他们往往会助长邪恶力量。众所周知，间谍都会捏造情报。政治与革命行动多多少少必须运用暴力，职业间谍就有机会自行编造各种事件，造成两种恶果，首先是群起效尤，其次是导致恐慌、仓促立法、盲目仇恨等。然而，这个世界本来就不完美……”

一动不动地站在壁炉地毯上的爵士的两只偌大的手肘往外凸伸，迅速地说：

“请说重点。”

“遵命，爵士……不完美的世界。这次事件充分暴露出这个特点，所以我觉得处理时应该特别保密，这才冒昧来求见您。”

“做得好。”伟大的爵士赞同道，视线越过双层下巴满意地向下俯视。

“很高兴你们部门里总算有人觉得内阁大臣偶尔还是值得信任的。”

助理处长莞尔一笑。

“我真心觉得现在正是时候换掉西特……”

“什么！西特吗？他是个呆瓜，对吧？”爵士的语气满是嫌恶。

“一点也不。爵士，拜托您别这样曲解我的话。”

“不然呢？聪明过了头吗？”

“也不是，至少通常不是。我所做的推测都是根据他提供的消息，只有他私下利用那个间谍这件事是我自己查出来的。这不怪他，毕竟他在警界打滚那么多年了。他几乎明明白白告诉我，他需要办案工具。我认为，这样的工具应该交给特殊犯罪部门全权运用，不能是西特的私人财产。我认为我们部门有责任压制那个间谍。可是西特是部门里的老将，他会指控我扭曲部门的伦理、破坏部门的工作效率。他甚至会不满地说那是在包庇革命分子之中的罪犯。在他看来事情就是那样。”

“嗯，你想表达什么？”

“我想表达的是：首先，虽然大多数犯罪——无论损坏财产或伤害人命——确实都是流氓无赖所为，但就算我们查出罪犯只是某些声名狼藉的坏蛋，而非无政府主义者，也一点不值得安慰；再者，这些外国政府豢养的走狗在某种程度上摧毁了我们的监督效率，他们做起事来比最无法无天的叛国贼更无法无天，干他们那行不受任何约束，他们否定信仰，目无王法；第三，我们已经背负庇护革命组织的骂名，如今这些组织里又混进奸细，以后有谁会相信我们？不久前西特才给您保证，他的保证并不是毫无依据，却还是发生这段插曲。我说这是插曲，因为我大胆断言，这只是单一事件，绝不会是某个重大计谋（不管多么疯狂）的一部分。正是那些令西特感到惊讶困惑的现象，帮助我看清楚了这次事件的本质。爵士，我把细节都省略了。”

站在壁炉地毯上的爵士始终专注聆听。

“很好，力求精简。”

助理处长毕恭毕敬地点了点头，示意他会长话短说。

“这次爆炸案有些特别愚蠢的弱点，我觉得它不是某个狂热分子的反常行为，可能有机会查出别的案情。这个案子显然经过策划，作案的那个人像是被人亦步亦趋地带到现场，匆匆留在那里单独作案。我怀疑他是从国外征召而来，就为了做这件案子。另一个可能是他不懂英语，没办法问路，除非我们异想天开地认为他是哑巴。话说回来……这些都只是臆测。他显然出了点意外，把自己给炸死了。不是什么离奇意外，却离奇地留下一点蛛丝马迹，也就是他衣服上的地址，发现的过程也纯属意外。这是个奇妙的小事，非常之奇妙，背后的理由肯定会指向整个案子的根源。我没有指示西特继续追查，因为我打算自己出马，由我亲力亲为去找答案。那个答案就在位于布雷特街的一家商店里，藏在某个间谍心里。这个间谍曾经受到友邦大使斯图特·沃滕海姆男爵的信任与重用。”

助理处长停顿片刻，又说：“那些家伙都是十足的害人精。”爵士为了让他俯视的目光移到助理处长的脸上，脑袋慢慢往后仰，显得不可一世。

“为什么不让西特去办？”

“因为他是部门的老手，他们有自己的伦理。我的调查方法在他看来会显得违反职责。他认为他有责任利用调查到的任何一丁点讯息，尽可能把那些最活跃的无政府主义分子罗织入罪。至于我的做法，他会说我只想证明那些人的无辜。我已经用最精简的方式向您说明了这件扑朔迷离的事，没有提及任何细节。”

“他会那么说，是吧？”埃塞雷德爵士高高仰起骄傲的脑袋回应道。

“恐怕是这样，而且怀着一股您跟我都无法理解的愤怒与嫌恶。他是个优秀下属，我们不需要过度测试他的忠诚度，那样不明智。再者，我需要更多挥洒空间，所以这件事不适合交给西特办。我不想放过这个叫维洛克的间谍。不管他跟这桩案子有什么牵连，等他发现我们这么快就找到他，一定惊慌失措。要吓他一点也不难，但我们真正的目标藏在他背后。我希望您授权保障他一定程度的人身安全。”

“没问题。”始终站在原地的爵士说，“尽量去查，用你的方法去进行。”

“我必须分秒必争，今晚就行动。”助理处长说。

爵士的手在外套燕尾下挪了挪，头往后仰，注视着助理处长。

“今晚我们要开夜车。如果到时候我们还没散会，就带着你的调查结果到下议院来。我会提醒图德尔留意，他会带你到我房间。”

那个年轻秘书来自庞大家族，本身也交游广阔，亲友都期待他将来能变成严肃高贵的人。他闲暇时出入的社交圈却用“图德尔”这个绰号称呼他。埃塞雷德爵士听惯了妻子与女儿们每天（多半在早餐时间）

"图德尔"长"图德尔"短，也开始一本正经地使用这个戏谑昵称。

助理处长惊讶之余，满心欢喜。

"我一定会带着调查结果到下议院，只要您有时间……"

"我没时间，"伟大的爵士打断他，"但我会见你。现在我也没时间。你一个人去吗？"

"是的，爵士。我最好单独行动。"

爵士下巴抬得极高，为了看见助理处长，眼睛几乎眯成一条线。

"唔。哈！你打算怎么……要乔装打扮吗？"

"称不上乔装打扮！我当然会换套衣服。"

"那是当然。"爵士自负中带点心不在焉。他缓缓转头，傲慢地斜瞄了那座轻轻发出诡异嘀嗒声的笨重大理石时钟一眼，时钟的镀金指针背着他偷偷移动了 25 分。

助理处长看不见时钟，莫名紧张起来。但爵士神情冷静，若无其事。

"很好。"他顿了一下，仿佛对那座时钟极为不屑，"你怎么会想到要这么做？"

"我向来是个有主见的人。"助理处长说。

"啊，没错！主见，那是当然。可是当下的动机呢？"

"爵士，我该怎么说呢？新人对旧方法不满，想得到第一手讯息，耐心不足。这跟我过去的工作性质相同，只是换了套挽具①，难免摩擦一两个比较柔软的部位。"

"希望你在那边能做得好。"爵士和善地说，同时伸出手来。他的手掌触感柔软，却宽大有力，像杰出农夫的手。助理处长上前握了爵士的手，随即离开。

图德尔在外面的房间等候，原本坐在桌子边缘，这时跳下来迎向

① 挽具：套在牲畜身上拉车的器具。

助理处长，略略收敛他天生的浮夸气息。

“怎样？满意吗？”他煞有介事地问。

“完美至极。我对你感激不尽。”助理处长答道。他的长脸没有表情，像块木头。相较之下，年轻秘书尽管面容严肃，却仿佛随时可以扑哧一笑。

“没事。不过说真的，他提出的渔业国有化法案受到激烈攻击，你很难想象他有多生气。他们说那是社会改革的第一步。当然，那确实是改革措施，可是那些家伙实在蛮横，那些人身攻击……”

“我在报上看到了。”助理处长说。

“令人作呕，对吧？你根本不知道他每天要处理多少事。他什么都自己来，在渔业法这件事上，他好像谁都不信任。”

“而他刚才花了整整半个小时来关心我这条小小鲱鱼。”助理处长插嘴道。

“小鱼！是吗？这就太好了。可惜你还是得来打扰他。这次的法案争议耗损了他很多元气，他累垮了。我从他走路时扶着我手臂的模样就看得出来。对了，他上街安全吗？今天下午马林斯带着一批手下过来，每个街灯下都有警探站岗。我们从这里走到国会大厦的路上，每两个路人之中就有一个明显是便衣，害他跟着紧张起来。这些外国无赖应该不会对他扔东西吧？如果是，就会是全国性灾难。这个国家不能没有他。”

“当然也不能没有你，他得靠你搀扶。”助理处长认真地说，“你们俩会一起没命。”

“那我可以搭个便车名垂千古。死于暗杀的英国大臣不是太多，一定会轰动国际。”

“你想名垂千古恐怕得做点别的大事。说正经的，你们俩唯一要担心的是过劳。”

图德尔闻言轻声一笑。

"渔业法案累不死我的，我习惯晚睡。"他说得直率而轻浮，却又觉得内疚，立刻换上政治家忧国忧民的表情，像戴上手套似的，"他本领高强，再多的公事都难不倒他。我担心的是他的心情。那个切舍姆张牙舞爪，带领那些反动派每天晚上羞辱他。"

"因为他坚持改革！"助理处长低声说。

"时候到了，全国上下也只有他有能力做这件事了。"改革派图德尔说得慷慨激昂，助理处长气定神闲、若有所思地望着他。某条走道远端传来迫切铃声，图德尔忠心耿耿地竖起耳朵。"他要出发了。"他悄悄说完，拿起帽子走了出去。

助理处长从另一扇门离开，动作不如图德尔那般灵活。他再度越过那条大马路，沿着狭窄街道往前走，匆匆回到自己那栋办公厅。他快步走进自己的私人办公室，一进门先看看桌面，在原地站了片刻，然后走过去，环顾整个房间，这才坐下来，摇了铃，静静等候。

"西特督察长离开了吗？"

"是，长官。离开半个小时了。"

他点点头："那好。"他端坐椅子上，帽子往后推，露出额头。他心想，西特偷偷拿走唯一物证的行为正符合那家伙厚颜无耻的性格，但他没有心生反感，受重视的资深下属总是恣意妄为。那块缝了地址的外套碎片确实不能流落在外，西特的行为表明他不信任别人。助理处长不再多想，写了张字条派人送回家，请妻子代他向米凯利斯的女恩人致歉，因为当天晚上他们原本约好共进晚餐。

办公室里有个遮了布帘的壁龛，里面有盥洗台、木头衣夹和置物架。他在里面换上短外套和圆帽，完美衬托出他肃穆的褐色脸庞。他重新回到明亮的办公室，他肤色黝黑、眼神狂热、举止从容，活脱脱就是个冷静沉思中的堂吉诃德。他像一道毫不醒目的暗影，迅速溜出这个他整天伏案办公的房间。他走到街上时，一股漆黑阴郁的湿气扑面袭来，感觉就像钻进了抽干了水的黏稠水族箱。屋舍的墙壁还是湿的，马路上的泥土闪闪发亮，像森森鬼火。他从查令十字路口站旁的狭窄街道来到河岸街，立即被周遭环境吸纳，看起来就像夜里浮游在阴暗街角的众多古怪陌生鱼儿中的一条。

他停下脚步，站在人行道边等着，老练的目光从马路混杂交错的光影中辨识出一部缓缓驶近的双座轻便马车。他没有招手，当马车的低矮踏板沿着路边石滑到他脚边，他从转动中的大车轮前方利落地钻进车里，大声朝小活板门喊话。慵懒地直视前方的车夫这才意识到有乘客上了车。

他只搭了一小段距离，突然示意车夫停住。他下车的地点倒没什么特别之处，是在一家大型商店前的两根街灯柱之间。一整排商店都已经盖上铁皮波浪板打烊休息了。他从活板门递交了一枚钱币，就溜下车走了，给车夫留下阴森诡异的恐怖印象。车夫觉得手里的钱币还算合心意，他书读得不多，一点都不担心钱币会在口袋里变成枯叶[①]。由于职业的关系，他居高临下俯视芸芸众生，对他们的行动缺乏兴趣。他随即拉扯缰绳，马车调头驶离，充分展现了他的人生观。

此时助理处长已经在转角的一家意大利餐馆点菜。这是专门引诱饥饿食客的陷阱，狭长空间里装饰了镜子与白色织品，低调不张扬，却有自己的特长，那就是用鱼目混珠的料理愚弄饥肠辘辘、求助无门的凄苦人们。在这样的无良氛围中，助理处长专心致志地思索接下来的行动，身份似乎越发隐秘了。他觉得有点孤单，也有种脱轨的自由，心情颇愉快。他草草吃过饭付了钱，站起来等服务员找零，不经意地瞥见镜子里自己的身影，竟然觉得陌生。他用郁闷的质疑目光打量镜中人，忽然灵机一动，拉直外套的衣领。他喜欢这个小小巧思，

---

① 典故出自法国大文豪雨果（Victor Marie Hugo，1802—1885）于 1831 年出版的名著《巴黎圣母院》（*The Hunchback of Notre-Dame*）第 8 章，织布老妇 Falourdel 在法庭上供称，房客给她的金币到了隔天变成一片枯叶。

于是又把黑色八字胡的尾端往上卷。这些调整让他的外貌产生了微妙变化。这样好极了，他心想，我的衣服会弄湿，长裤会溅到泥水……

他察觉到服务员站在身边，面前的桌上摆着一堆银币。服务员的一只眼睛看守桌上的零钱，另一只眼睛尾随一名中年高个子女性的背影去到远端的桌子。那女子显得旁若无人、高不可攀，像是店里的常客。

助理处长走出餐馆时心想，这地方的顾客吃惯了这种以假乱真的菜肴，已经丧失了他们的民族与个人特质。这很奇怪，因为这家意大利餐馆明显是英国风，坐在里面用餐的顾客却没有任何明显属性，就像他们面前的餐点一样，失去了国籍特征。他们的个人特质同样模糊难辨，看不出职业、社会地位或种族。这些人似乎是专为这家意大利餐馆打造出来的，或者这家餐馆碰巧专为他们而存在。但餐馆不可能为他们而存在。你很难想象这些人还适合出现在其他任何地方，你在别处永远遇不见这些谜一样的人们。你猜不出他们白天做着什么样的事业，夜里又在什么样的地方就寝。助理处长自己也失去了属性，谁也猜不出他的职业。至于在哪儿就寝，连他自己都有点怀疑。倒不是因为他有家归不得，而是他不知道自己几点才回得去。他听见背后那扇玻璃门不太顺畅地关上了，内心体验到一股独立的喜悦。他快步走向泥泞路面与潮湿灰浆组合而成的街道，由街灯点缀着，被伦敦湿冷的暗夜包围、压迫、穿透、堵塞与闷抑。那暗夜里弥漫着的，是煤烟和雨水。

布雷特街就在不远处，街面不宽，从某个三角形广场侧边岔出去。广场周边围绕着黑魆魆的神秘房屋，都是些小商家，已经关门休息了。只有角落的水果摊放送出刺眼强光和缤纷色彩。更远处一片漆黑，稀稀落落的行人往那个方向走去，经过一堆堆亮晃晃的柳橙与柠檬，再跨一步就隐身于黑暗中，就此销声匿迹。他们的脚步声没有发出回音，再也听不见了。助理处长站在远处，饶富兴味地观看那些消失的路人。他觉得心旷神怡，像是独自一人在丛林中遭遇埋伏，距离部门的办公桌和墨水架千里之遥。面对还算重要的任务，他竟能轻松愉快地胡思乱想，可见我们这个世界终究不值得大惊小怪，毕竟助理处长的个性并不轻浮。

巡逻警察肃穆的身影越过灿烂辉煌的柳橙与柠檬，不慌不忙地迈进布雷特街。助理处长躲在暗处，像个见不得光的罪犯，静静等待巡警绕回来。可惜那位警探宛如人间蒸发，始终没再现身，或许已经从布雷待街的另一头出去了。

助理处长做出这个结论后，这才踏进布雷特街。有家专供马夫用餐的小吃店的窗子透出黯淡灯光。一辆大型运货马车拴在外面，马夫显然在里面吃东西，马儿也低着头，从挂在脖子上的饲料袋里取食。在对街更远处，另一道鬼鬼祟祟的微弱光线从维洛克的店铺洒出来，里面挂着报纸，隐约堆着各式纸盒与书籍。助理处长站在对面查看，是这家没错。店铺的前窗旁有一扇门，处在五花八门的商品的阴影中。煤气灯的光芒从半掩的门缝中投射出来，在地上照出一条狭长而清晰的光影。

助理处长背后的货车与马匹已经融为一体，仿佛有了生命，像某种黝黑的方背怪物，堵住了半条街道，偶尔传来铁蹄跺地声与尖锐铃铛声，间或呼出深沉的叹息。布雷特街的尽头处有条大马路，对面是生意兴隆的大酒吧，刺眼的光线传达着灯红酒绿的欢乐气氛。酒吧的耀眼灯火形成一道屏障，抵挡住了聚拢在维洛克温馨小家周遭的暗影，布雷特街的黑暗无法往外扩散，因而更显抑郁、阴沉与邪恶。

8

温妮的母亲经过一番锲而不舍的死缠烂打，终于说动几个冷漠酒商（都是她过世丈夫的旧识）出面安排她住进了一所救济院，这所救济院是某位有钱的旅馆老板为生活陷困的同业遗孀而开设的。

搬进救济院这件事，温妮的母亲忐忑不安地筹谋许久，守口如瓶、坚定不移。温妮察觉事有蹊跷，对丈夫说："妈妈这星期几乎每天花 5 先令搭出租马车。"她不是心疼钱，毕竟妈妈身体不好。她只是想不通妈妈最近为什么老爱往外跑。维洛克也不是小家子气的人，只是不耐烦地"嗯"了一声，好像温妮的话打断了他的思绪似的。最近他经常长时间沉思，他思考的事比 5 先令重要，明显重要多了，而且从各方面来看都困难得多，必须静下心来好好琢磨琢磨。

温妮的母亲偷偷摸摸地达成目标后，才对温妮说出真相。她的表情洋洋得意，心却在颤抖。女儿个性冷静自制，生起气来闷不吭声，怪吓人的。不过，再怎么说她也一大把年纪了，胖大的身材外加三层下巴，双脚又不太便利，可以倚老卖老，不泄露内心的忧虑。

当时温妮正在做家务，掸着客厅家具的灰尘。这件事太出乎意料，她一反常态地停下手边的活，转头望着妈妈。

"你这是为什么？"她又惊又气地质问。

对于生活中的大小事，温妮通常淡然接受，不多追问。那是她生命力的展现，也是一种防卫机制。这次事件一定是太震撼了，她的反应异乎寻常。

“你在这里过得不好吗？”

她忍不住问了这些问题，不一会儿就又恢复平日的冷静，继续掸灰尘。她母亲戴着破旧的白色便帽和暗淡无光的黑色假发，胆战心惊地呆坐着。

温妮掸好了椅子，鸡毛掸子又扫过马毛沙发的红木椅背。这张沙发是维洛克的最爱，他经常和衣戴帽直接躺在上面休息。温妮掸得格外认真，不过，她又容许自己提出另一个问题。

“妈，你怎么能申请得到？”

温妮向来选择忽视事件的本质，所以这点好奇并不违反她的原则，毕竟她问的是过程。她母亲欣然接受这个问题，因为这方面没什么好隐瞒。

她描述得巨细靡遗，提到很多人，附带评论那些人的容貌变了多少，感叹岁月催人老。那些多半是酒商，“乖女儿，都是你爸生前的朋友。”她特别提到某家大酒厂的负责人，言过其实地称颂那人的乐善好施。那人是准男爵，也是国会议员，目前担任慈善会主席。她满怀感激，因为准男爵的私人秘书亲自约见了她。

“是个谦和有礼的绅士，穿得一身黑，温柔的语气带点哀伤，非常非常瘦，也很沉默。亲爱的，他就像个影子。”

温妮拖延掸灰尘的时间，直到母亲说完，才不发一语地离开客厅，走进低两个台阶的厨房，神态跟平时没两样。

女儿面对这么严重的事，表现得如此温和，温妮的母亲无比欣慰，喜极而泣。她转而盘算家具该如何处理，因为家具都是她的，有时她又宁愿那些东西不是她的。伟大的牺牲没什么不好，可惜在某些情况下，就连几张桌椅和黄铜床架的安排都牵一发而动全身，会衍生遥远而惨烈的后果。她自己会带走几件，救济院虽然好心接纳了她，房间却极为简陋，只有几块床板，砖墙糊了些廉价壁纸。她给自己留了几件最破旧、最不值钱的东西。可惜女儿没注意到她的用心，因为温妮的个性向来大而化之，不在意细节，她直觉地认为妈妈理所当然会挑选最符合需求的。至于维洛克，他的思绪像中国万里长城，将他和外界那些无谓挣扎与虚假表象完全隔绝开来。

她选好自己要的家具以后，剩下来的那些该怎么分配也特别伤神。那些东西当然要留在布雷特街，可是她有两个孩子。温妮够理智，嫁了个好丈夫，后半生有了着落。史蒂维无依无靠，而且有点特别。不管法律怎么规定，无论别人会不会说她偏心，她都要优先考量这孩子的处境。几件家具无法养他一辈子。这可怜的孩子，家具原本该给他的，只是，一旦把家具给了他，他就不再一无所有。史蒂维一定得依赖别人，她一点都不想改变这个事实。再者，女婿如果连坐个椅子都得感谢小舅子，心里难免会有疙瘩。根据过去应对男士房客的经验，她了解人性的黑暗面，知道人心说变就变。万一哪天女婿突发奇想，要史蒂维带着他那些宝贝家具滚出去呢？如果要分给姐弟俩，不论分配得多么平均，温妮都会不高兴。不行，史蒂维必须是个穷光蛋，必须依靠别人。她离开布雷特街时，对女儿说："不需要等到我断气，对吧？乖女儿，我留在这里的所有东西都是你的。"

温妮戴着外出帽，静静站在妈妈后面，帮妈妈拉好披风衣领。她带着手提袋和雨伞，没有任何表情。她们就要去搭那一趟 3.5 先令的出租马车，这极有可能是温妮的母亲生平最后一次坐马车。她们走出了店铺门。

假使有这么一句俗话："真相往往比讽世画更残酷。"那么她们要搭的那辆马车正是这句话的写照。一匹病恹恹的马举步维艰地走过来，拉着一辆摇摇晃晃的马车，车顶坐了个残疾车夫。车夫的模样让气氛变得有点尴尬。温妮的母亲看见一个铁钩装置从车夫左边袖口伸出来，连日来累积的勇气顿时消失于无形。她实在没把握。"温妮，你觉得怎样？”她踌躇不前。

大饼脸车夫急着要她们上车，说话声像从喉咙硬挤出来似的。他俯身向下，隐忍怒气问她们怎么不上车。现在是怎么回事？可以这样对待别人吗？在泥泞街道的衬托下，他那肮脏的大脸通红似火。难不成政府给他的执照是假的？他气急败坏地质问。

管区警探友善地瞥了车夫一眼，才让他安静下来。

警探又若无其事地对温妮母女说："他驾车20年了，据我所知，没出过意外。"

"什么意外！"车夫不屑地叫嚷一声。

警探的担保化解了一场纠纷，围观的7个人（大多未成年）作鸟兽散。温妮跟着妈妈坐进马车。史蒂维爬上车顶，他张着嘴，眼神忧伤，显然刚才的插曲对他的心情不无影响。尽管看不出来，但马车确实在慢慢往前推移，因为狭窄街道两旁的房屋徐缓地、摇摇晃晃地滑向后方，伴随响亮的嗒嗒声和车窗玻璃清脆的叮当声，仿佛马车经过后这些房屋就会崩塌。那匹病马似乎极有耐心地踮着脚尖、踩着小碎步向前迈进。马具套在它高凸的脊骨上，松垮垮地垂下来，连连拍打它的大腿。来到宽阔的怀特霍尔大道后，少了两旁景物的烘托，马车似乎静止不动，只是一路叮叮当当地经过偌大的财政厅。时间仿佛也停止了。

温妮说话了："这匹马不太健康。"

她的目光在昏暗的马车里闪闪发亮，动也不动地直视正前方。坐在车顶的史蒂维先闭上嘴巴，才又认真严肃地喊出一声："别！"

车夫高高地拉起缠绕在铁钩上的缰绳，没理会史蒂维。或许他没听见。

史蒂维胸口鼓胀。

"别打。"

车夫浮肿的脸庞五色杂陈，冒出许多白色短髭。一双濡湿的小眼睛泛着光，厚厚的嘴唇是猪肝色。他用握马鞭的那只手的脏污手背搓揉下巴的胡子。

“不可以。”史蒂维结巴得厉害，“会痛。”

“不可以打？”车夫低声沉吟，旋即一鞭抽下。他这么做倒不是因为他生性残忍或心地歹毒，他只是为了生计。有那么一段时间，下议院的围墙、众多塔楼与尖顶默默凝视这辆叮当响的马车，最后也往后滚走了。到了桥上发生了一点骚动——史蒂维不顾一切地从车顶跳下来。马路上有人大声嚷嚷，有人往前跑。车夫停下马车，气恼又惊讶地低声咒骂。温妮拉下车窗探头往外看，脸色惨白。她母亲在车厢里担惊受怕地叫喊：“那孩子摔伤了吗？那孩子摔伤了吗？”

史蒂维毫发无伤，他甚至没摔跤，只是，他跟平常一样，情绪一激动就说不出话来，最多只是对着车窗结结巴巴地说：“太重，太重。”温妮把手伸出去搭在他肩上。

“史蒂维！马上回车顶，别再下来了。”

“不，不。走路，要走路。”

为了表达走路的必要性，他说了一串毫无条理的话语。他身手矫健，轻松就能跟上那匹病马晃荡的脚步，而且脸不红气不喘。可是温妮绝不容许他这么做。“这是什么话！竟然要追着马车跑！谁听过这种事！”她母亲害怕又无助，连声说，“天哪，温妮，快阻止他，他会迷路，快阻止他！”

“当然不行！天晓得接下来还要搞出什么花样！史蒂维，我可告诉你，维洛克先生听到这事肯定会难过，一定会不开心。”

维洛克先生的心情果然很有影响力，本性温驯的史蒂维不再坚持，一脸失望地爬回车顶座位。车夫那张红肿的大脸气呼呼地转向史蒂维：“小伙子，你可别再干那种蠢事了。”

他压低声音自言自语一番后，生着闷气驱车往前走。刚才的事他实在想不通。多年来在风霜雪雨中讨生活，他的脑筋已经麻木，不如过去那般灵活，但他至少还有自己的想法，头脑也还算清楚。他觉得史蒂维这小子恐怕不只是喝醉酒那么单纯。

被史蒂维这么一闹，原本安安静静端坐在颠簸摇晃的车厢里的母女终于打破沉默。温妮大声说：

“妈，这下子你称心如意了，万一以后你过得不开心，也只能怨你自己。我不觉得你去那边会比较开心，真的。家里不够舒服吗？你就这样搬到救济院，别人会怎么看我们？”

“乖女儿，”老太太扯着嗓门对抗马车噪音，“你一直是天底下最孝顺的女儿，至于女婿……”

对于女婿的宽宏大量，温妮母亲找不到言语可以形容，只得老泪纵横地望向车顶。然后她别开头，假装看着窗外，像是想知道马车究竟走多远了。马车走得极慢，而且紧贴路边。黑夜，肮脏昏暗的黑夜，伦敦南区险恶、嘈杂、绝望、喧闹的黑夜，已经笼罩她这最后一趟马车之旅。煤气灯的光线从两旁商家的低矮门面照射出来，她帽子的暗紫色阴影下的两颊在灯光下闪着橙红光芒。

温妮的母亲一生坎坷，不管为人妻或当寡妇，日子总是艰辛而忧愁，身子骨不算硬朗。如今有了岁数，脸色变得灰黄，是那种羞赧时会转为橙红的肤色。她性情温和，在苦难中磨炼出刚强意志，又已经活到这种不该会脸红的年纪，没想到竟在女儿面前涨红了脸。在这辆四轮马车里，在前往救济院的途中，她被迫在孩子面前掩饰自己的懊恼与羞愧。至于她即将入住的救济院，那里的房舍窄小又寒碜，几乎是基于善意而特地如此设计，好让住户提前适应更为窄小的坟墓。

别人会怎么想？她很清楚温妮指的是哪些人，也知道他们会怎么想。那包括她亡夫的故旧，还有其他人，她顺利博取了他们的同情。她从来不知道自己这么善于乞求。不过，她很清楚别人会怎么看待她的申请案。男人天生粗枝大叶，积极冒进，不会细究背后的原因。她只要紧闭双唇，做出不愿多谈的表情，那些人就不再多问。她每每庆幸自己不需要跟女性打交道，女人情感比较麻木，喜欢探究细节，肯定会打破砂锅问到底，会想了解她女儿和女婿究竟怎么虐待她，逼得她宁可去住救济院。只有在慈善会主席的秘书面前，她才痛哭失声，仿佛被逼入绝境似的。因为秘书基于职责，必须调查清楚申请者的现况。秘书身材瘦削，为人谦和有礼，经她这么一哭也慌了手脚，只得弃守阵地，出声安慰。他要她别难过，毕竟慈善会没有明文规定申请者必须是“无子无女的寡妇”，所以她不至于资格不符。只是，委员会总得尽到查证责任，他能理解她不愿意变成子女的负担。令他失望的是温妮的母亲听了这番话，哭得更是声嘶力竭。

当时温妮的母亲头戴灰扑扑的黑色假发，身上的丝质旧洋装搭配脏污的白棉布花边，她的伤心一点不假。她之所以哭，是因为她的勇敢和厚颜，以及她对两个孩子毫无保留的爱。为了儿子好，父母通常会选择牺牲女儿的权益。在这次事件中，她牺牲了温妮。她不愿说出真相，等于让温妮背负骂名。当然，温妮个性独立，不会在乎那些她没见过也无缘得见的人对她的评价。而可怜的史蒂维在这世上一无所有，他唯一拥有的，就是妈妈的勇气与厚颜。

温妮结婚带来的安全感随着时间慢慢消磨（因为任何事都不长久），她母亲独处在后侧卧室时，总会想起孀居教会她的生命经验。回想过去的凄苦，她心中没有无谓的怨怼，几乎是以一种高贵姿态屈服于命运。她坚忍卓绝地想到，这世上的万事万物都会腐朽、都会衰败。如果行有余力的人愿意为善，其他人应当尽量为他们排除障碍。她女儿温妮是个最爱护弟弟的姐姐，也是个相当有自信的人妻。温妮对弟弟的好毋庸置疑，那份爱近乎神圣，不会随着人世间的其他事物衰退。她必须这么想，否则她会害怕得不知所措。只是，考虑到女儿的婚姻状况时，她坚定地排除一切美好假象。她冷静又理性地认为，女婿的担子越轻，他的好意就能持续得越久。她这个一百分女婿当然疼爱她女儿，但无可讳言，他肯定也希望她娘家不会给他太大负担，好让这份爱情更加长久。这位英勇的岳母希望女婿爱屋及乌的心最好都能集中在史蒂维身上，这才下定决心离开儿女。她这么做既是牺牲奉献，也是深谋远虑。

她走这步棋（她的行事风格向来深奥难解）的“好处”在于史蒂维可以更理所当然地接受姐姐的照料。可怜的史蒂维是个乖孩子，虽然有点特别，但很肯做事，可惜地位不明确。他跟妈妈一起被姐夫接收，有点类似贝尔格莱维亚大厦的那些家具仿佛只属于妈妈。她经常自问（她还算有点想象力）：哪天我死了，那孩子怎么办？她问这个问题时，心里总是充满恐惧。想到自己离开人世后无法得知史蒂维何去何从，更是愁上加愁。只要她离开，把史蒂维交给姐姐照顾，就等于帮史蒂维找到下半辈子的靠山，这是隐藏在她英勇厚颜行为背后的微妙动力。表面上她背弃了孩子，实际上却是为了将史蒂维推上康庄大道。其他人会选择牺牲物质享受来达成这个目标，她则用这种方法，这是唯一的选择。再者，她能够亲眼看到实施成效。不管结果如何，总比濒死还悬着一颗心要好得多。只是，这一步很难，很难，残酷又艰难。

马车嗒嗒响，叮当、颠簸摇晃着往前迈进。说起这马车的摇晃，还真是不同凡响。它晃荡的力道又强又猛，简直不成比例。车厢里的人因此很难察觉车子是不是在移动，只觉得像是乘坐在中世纪的某种惩罚罪犯的刑具上，没命地摇撼抖动，或者像某种新潮发明，专门用来治疗肝功能不良。坐这种车，心情实在沮丧，温妮的母亲扯着嗓门说话，听起来像在痛苦哀号。

“乖女儿，你一有空就会来看我，对吧？”

“当然。”温妮简洁回应道，两眼直视前方。

马车晃过一家冒着热气的油腻腻的小铺，店内煤气灯大放光明，空中飘来阵阵炸鱼香气。

温妮的母亲又高声嘶吼：“还有，亲爱的，我希望每个星期天都能见到史蒂维。他应该不介意陪妈妈一天。”

“介意？应该不会。他会非常想念你。妈，你当初应该考虑到这点的。”

没考虑这点！勇敢的老太太感觉喉头有颗贪玩的台球直往外跳，她硬生生地将它吞下肚。温妮默默坐着，噘着嘴对着车厢前方生闷气。她突然气冲冲地说话，跟平时的语气大不相同。

“刚开始我恐怕要多花点心思安抚他，他一定会心烦意乱……”

“亲爱的，你怎么做都好，总之，别让他打扰他姐夫。”

她们就这么闲聊着接下来的新局面。马车继续颠簸前进。温妮的母亲说出内心疑虑：史蒂维有办法一个人去那么远的地方吗？温妮说他现在比较不那么“忘东忘西”了，她母亲表示认同。这点无可否认，他比过去进步多了，现在几乎不会了。她们在嘈杂的马车里对彼此大吼，心情似乎愉快了些。只是，不一会儿，温妮的母亲又开始发愁：这一路得搭两班公共马车，中间还得走一小段路，难度太高了！想到这里，她又难过又惊恐。

温妮直视前方。

“妈，别这么担心。你一定得看到他。”

“不，乖女儿，我可以忍耐。”

她揩抹盈眶热泪。

“你没空陪他来，万一他途中失神迷了路，别人问他的口气又太急，他可能会想不起姓名、地址，很久很久都回不了家……”

她脑海里浮现史蒂维被送进济贫院医护所的景象，即使他只是在等待查明身份，她的一颗心也都揪住了，因为她也是个心高气傲的女人。温妮的眼神变得严肃、坚定，像在寻思。

“我没办法每星期陪他去看你。”她大喊，“不过你别担心，我会想办法让他不至于迷路太久。”

她们意识到马车猛地晃了一下，抖动的车窗外隐约出现成排砖柱。剧烈的颠簸与吵闹的叮当声戛然而止，母女俩一时摸不着头脑。

怎么了？她们一动不动地坐着，害怕这突如其来的无边静寂。

车门开了，有个粗哑嗓音低声说：“到了！”

一整排附三角墙的小屋子围在种植了灌木的草地四周，一楼窗户大多发出昏黄灯光，草地跟光影交错的大马路之间设有栏杆，远处依稀响着辘辘车声。马车停在一间没有灯光的小屋门前。温妮的母亲先下车，手上拿着钥匙。温妮留在石板路上，付钱给车夫。史蒂维帮忙把所有行李提进屋里，又出来站在救济院的路灯下。车夫望着放在他肮脏大手里显得微不足道的银币，那是一个在这个险恶世界里来日无多的人奋力操劳的微薄报酬。

这趟收入还算不错，有 4 先令，他默默注视手上的钱，仿佛那是某个忧伤难题的意外插曲。他在身上的破烂衣服里使劲儿掏呀掏，这才慢慢把钱塞进某个内口袋。他身材矮胖、骨骼僵硬。史蒂维却是又瘦又高，肩膀略略拱起，两手插在保暖大衣的口袋深处，站在小路边缘，嘟起嘴唇。

车夫慢慢收钱的同时，似乎想起某个疑团。

“哟！年轻人，你在这儿呀！”他悄声说，“以后你会认得它，对吧？”

史蒂维盯着那匹马看。马瘦骨嶙峋，臀部高高耸起，小小的尾巴像个冷酷的笑话，另一端又细又平的脖子像披着旧马皮的木板，不堪沉重头颅的负荷，垂向地面。基于某种疏忽，两只耳朵安放的角度各自不同。在这闷热的空气中，这头骷髅般的牲畜的肋骨和背脊部位冒出蒸气。

车夫举起从破旧油腻袖口伸出的铁钩，轻敲史蒂维的胸膛。

“小伙子，你要不要试试在这马的后面一直坐到凌晨 2 点？”

史蒂维呆呆地望着车夫的小眼睛和发红的眼眶。

车夫极力压低声音，仿佛急切地说着某件不可告人的事。史蒂维呆滞的眼神慢慢转变成惧怕。

“你可以试试！到清晨三四点时，又冷又饿，到处找乘客，都是喝醉酒的人。”

他愉快的紫红脸庞长着白色短髭，悄声跟史蒂维诉说做人的辛苦，被生活重担压得喘不过气，有朝一日还得面对死亡。那模样就像维吉尔的西勒努斯，脸上残留酒渍，向西西里岛的单纯牧民描述奥林匹斯山诸神[①]。

“我是夜班车夫，”他的语气有种刻意夸大的愤慨，“他们派给我哪辆车，我都得接受。我得养活老婆和 4 个孩子啊。”

这义正词严的人父的宣告一出，整个世界似乎都沉默了。在这段静寂中，那匹象征末日苦难的马[②]的腹胁持续冒出热气，升腾在救济院的煤气灯光里。

他又神秘兮兮地补了一句：“这年头，日子可不好过啊。”

史蒂维的脸已经抽搐了一段时间，最后，他激动的情绪照例以简单的语句迸发出来：

“差劲！差劲！”

他的目光依然锁定马的胸肋，神态忸怩又严肃，仿佛害怕看到周遭丑陋的世界。虽然他的脸颊已经冒出毛茸茸的金黄色髭须，他苗条的体型、红润的双唇和白皙洁净的面容看起来还像个小男孩。此时他噘起嘴唇，像个担惊受怕的孩子。又矮又胖的车夫用他锐利的小眼睛打量史蒂维，那双眼睛仿佛在清澈的腐蚀性液体里泡得发疼。

“马辛苦，像我这样的可怜虫更辛苦。”他喘着气说，声音几乎听不见。

“可怜！可怜！”史蒂维结结巴巴地说，他油然生起强烈的同情

---

① 维吉尔（Virgil，公元前 70 年—公元前 19 年），古罗马诗人。这里引用的西勒努斯（Silenus）的典故出自他的作品《牧歌集》（*Eclogues*）第 6 首。

② 此处典故出自《圣经·启示录》第 6 章，羔羊打开 7 个封印中的前 4 个，看见 4 匹分别象征瘟疫、战争、饥馑与死亡的马。

心，两只手使劲儿塞进口袋深处，一句话都说不出来。他对一切痛苦与悲惨感同身受，非常渴望能带给马和车夫一点安慰，几乎到了想带他们一起上床的地步。但他知道这是不可能的，毕竟他没发疯。那只是一种象征性的渴望，感觉无比明确，因为它来自生活经验，而经验是智慧的源头。小时候他经常害怕地躲在漆黑角落里哆嗦，整个人陷入痛苦的黑暗深渊，凄惨又疼痛。这时姐姐温妮就会出现，带着他上床睡觉，像是到了宁静安详的天堂。史蒂维虽然经常遗忘某些事，比如他的姓名、地址，对于各种感受却记忆鲜明。被带上怜爱的床铺是一种终极救赎，唯一的缺点是没办法大规模执行。他看着车夫，清楚地意识到这点，因为他明白事理。

车夫慢条斯理地整理马车，准备出发，仿佛史蒂维不存在。他好像要爬上车顶，基于某种不为人知的动机，在最后一刻改变了心意，也许只是坐车坐得腻了。他走向同甘共苦的工作伙伴，弯腰拾起马笼头，右手一使劲儿，就把马疲累的大脑袋拉到跟他肩膀等高，显得力大无穷。

“走吧。”他悄声说。

他一瘸一拐地拉着马车离开，人与车的背影透着一股辛酸。车道的砾石被缓慢滚动的车轮碾压得嘎吱嘎吱哀号，马瘦削的大腿迈着凄苦步伐，慢慢离开明亮的灯光，走进被尖锐屋顶与昏暗窗子圈围的空旷区域，碎石子的哀号声沿着车道往前移动。车夫和马车到了救济院大门的灯光下，重新现身，在明亮处移动着。矮胖的车夫跛着脚快步走着，一只手把马的头拉得高高的。瘦长的马脚步僵硬，孤独中不失尊严。漆黑低矮的车厢随着车轮往前滚动，左摇右摆十分逗趣。人跟马车一起向左转，街道那头有家酒馆，离救济院大门不到 50 米。

史蒂维独自留在救济院的路灯下，双手深深插在口袋里，闷闷不乐地发着呆。他口袋深处那虚弱无能的双手紧紧攥成愤怒的拳头。他对痛苦有一股病态的畏惧，只要碰见任何直接或间接触动这股恐惧的事件，他就会性情大变。一股难以遏抑的巨大怒气蓄积在他脆弱的胸口，几乎爆发开来，他坦率的双眼因而眯成一道缝。他虽然够聪明，知道自己无能为力，却没有聪明到懂得克制自己的激情。他一视同仁的慈悲心有两种面貌，彼此紧密结合、难以分割，就像勋章的正反两面：过度的同情心令他痛苦，随之而来的就是单纯而冷酷的怒气。这两个阶段呈现出来的迹象如出一辙，都是无济于事的激动不安。温妮只会安抚他激动的情绪，不去探究内在那两种截然不同的特质。她从不浪费时间追根究底，这是一种堪称谨慎的务实态度，当然也不无谨慎的好处。这种人生观倒是挺适合生性疏懒之辈。

在那个温妮的母亲跟她的一对子女永别且从此远离尘世的夜晚，温妮没有深入了解弟弟的心理状态，可怜的史蒂维当然会心情激动。她在小屋门口再次向母亲保证，弟弟就算在探视母亲的路途中迷了路，也一定可以很快回到家，说完她就挽着弟弟的手臂离开。史蒂维静悄悄的，连自言自语都没有。温妮根据她从小无微不至地照顾弟弟的经验得知，史蒂维的心情确实非常激动。她紧紧挽住史蒂维的手臂，像是依偎在弟弟身上，说了些安抚弟弟的话。

“史蒂维，等会儿到了十字路口，你要好好保护我，你还得先上公共马车，这才像个好弟弟。”

史蒂维以他一贯的顺从承担起这份责任，他觉得很开心，抬头挺胸地说道：“温妮，别紧张，不紧张。公共马车不可怕。”他结巴的话语突兀又含糊，糅合了孩童的胆怯和成年男人的决心。他挽着姐姐勇敢地往前走，嘴巴却张开着。等他们走到宽敞肮脏的大马路上，家家户户都点着明晃晃的煤气灯，愚蠢地暴露出屋里的寒酸相。灯光也照亮了姐弟俩的容貌，简直像一个模子刻出来的，路人见了都会啧啧称奇。

街角的酒馆更是灯火通明到没天理的地步，门前马路边停着一辆四轮马车，车上没人。这马车破旧到无可救药，温妮认出了那车与马。马车的模样惨绝人寰、七零八落、蹩脚怪异、恐怖阴森，像死神的座驾。温妮本着女性对马匹天生的慈悲心（当她不坐在车上时），喃喃地感叹：“可怜的牲口！”

史蒂维遽然停步，温妮因此被他拉住。

“可怜！可怜！”他赞同地喊道，“车夫可怜。他自己告诉我的。”

那匹病弱孤单的瘦马占满他的思绪，即使姐姐催促，他还是固执地留在原地。他不久前才得知车夫和马同样悲惨的际遇，很想表达内心的同情。可惜这任务太艰巨，他只好一再重复：“可怜的马，可怜的人！”又觉得这两句话力道稍弱，最后唾沫四溅地骂出：“可耻！”就此打住。史蒂维毕竟没有满腹文采，思路因而不够清晰明确。尽管如此，他的感受却更完整、更深刻。某一方为了生存，不得不对另一方施加折磨，就像车夫为了家里可怜的孩子，不得不抽打可怜的马儿。他内心充满愤怒与惊恐，而“可耻”这简简单单两个字就表达出了他的全部感受。史蒂维很清楚被打是什么感觉，他自己曾经身历其境。这是个差劲的世界。差劲！差劲！

他唯一的手足、监护人与守护天使体会不到他对生命的精辟理解。更何况，她没听见车夫那番感人肺腑的话语，不明白“可耻”这两个字背后的深意。她平静地说：“走吧，史蒂维。那是没办法的事。”

温驯的史蒂维跟着往前走，变得垂头丧气、脚步迟缓，喃喃有词地念叨残缺不全的语句。偶尔他会迸出貌似完整的字词，却是由不相干的单字拼凑起来的，仿佛努力搜索枯肠找出他记得的所有单字，以便描述他此时此刻的心情。事实上，他办到了，而且马上停下脚步，他说：

“可怜人活在差劲世界。”

这话一出口，他立刻明白自己对这种现象早已熟悉，这个念头因此更加根深蒂固，怒气也往上推升。他认为应该有人受到惩罚，冷峻严厉的惩罚。史蒂维不是怀疑论者，只是个感情的动物，满腔的正义无从宣泄，逼得他喘不过气来。

“可憎！”他扼要地补了一句。

温妮看得出他情绪非常激动。

“谁也没办法。”她说，“我们走吧。你就是这样照顾我的吗？”

史蒂维顺从地修正步伐，他很以当个好弟弟为荣。他有强烈的伦理观念，当然要做到这点。只是，姐姐说的话让他心情低落，因为姐姐也是好人。谁也没办法！他闷闷不乐地往前走，不一会儿又一扫阴霾。他就像所有人类，对世间万物充满困惑，但偶尔想到社会制度的力量时会稍感安慰。

“警察。”他信心满满地说。

“警察不管这种事。”温妮急着赶路，随口敷衍。

史蒂维的脸明显垮下来，他在思考。他想得越专注，嘴巴就张得越开。

可是他实在脑袋空空，只好放弃这种智力上的挑战。

“不管这种事？”他嘀咕着，接受中带点惊讶，“不管这种事？”在他心目中，警察是专门对抗邪恶势力的理想典范，而仁慈这个概念跟那些身穿蓝色制服的人所代表的权力密不可分。他喜欢所有警察，对他们有一股真心实意的信任，所以他很痛苦，也很生气，因为警察竟然不如他想象中那么可靠。史蒂维胸无城府，一颗心昭昭如日月。那么警察为什么要骗人呢？他跟姐姐不同，姐姐对任何事都抱有怀疑态度，他却想要把事情弄清楚。他愤慨地提出质疑：

“温妮，警察管什么？警察做什么？告诉我。”

温妮不爱争辩，只是，她担心史蒂维会太想念妈妈而陷入忧郁低潮，所以愿意跟他多聊聊。她不习惯冷嘲热讽，回答的话倒也符合维洛克太太的身份。毕竟维洛克是中央红色委员会的代表，跟无政府主义者私交甚笃，也是社会改革的信徒。

“史蒂维，你不知道警察是做什么的吗？他们的工作就是阻止两手空空的人拿走别人的东西。”

她刻意避开“偷”这个字，因为史蒂维听见会不高兴。史蒂维的个性诚实过了头，他被灌输了某些为人处世的道理（因为他有点“特别”），光是听人说起一些不法行为就会极度震惊。他对别人说的话向来十分敏感，所以他现在错愕不已，脑袋瓜变得相当灵敏。

“什么？”他着急地问，“就算肚子饿也不行？不可以吗？”

这时他们站在路旁。

“就算肚子饿也不行。”温妮一派冷静，丝毫不在乎财富分配如何不平均，两眼望着马路的方向，寻找他们要搭的公共马车，“当然不可以。不过说这些有什么用？你又没挨过饿。”

她斜眼瞄了瞄身边这个外表像个年轻男人的孩子。在她眼里，他心地仁厚、帅气迷人又重感情，只是有点——微不足道的一点点——特别。这是必然结果，因为史蒂维是她乏味生活里的唯一调剂，激发她的义愤、勇气，甚至自我牺牲。她没有追加一句：“只要我活着，你都不会饿肚子。”她大可以说出来，毕竟她为了达到这个目标而采取了有效措施。维洛克是个好老公，但她真心觉得任谁见了史蒂维都会喜欢他。她突然大叫：

“史蒂维，快！拦住那辆绿色公共马车。”

挽着姐姐的史蒂维觉得自己身负重任，有点胆怯，连忙对着迎面驶来的马车高高举起另一只手，马车停下来了。

一小时后，坐在柜台后方读报（也许只是盯着报纸发呆）的维洛克的视线往上移。等铃铛渐歇，他看见温妮走进店里，往楼上走去，小舅子史蒂维跟在后头。维洛克见到太太后相当开心，那是他的惯性反应。小舅子他倒是视而不见，因为最近有太多烦心事，像一层面纱将他和周遭的感官世界隔绝开来。他的目光锁定妻子的背影，不发一语，仿佛那只是某种魅影。他平时在家里说话的嗓音沙哑又温和，最近却几乎不开口。妻子照例以简短的“阿道夫”喊他吃晚饭，他还是没说话。他坐下，意兴阑珊地吃了起来，头上的帽子往后推。他戴着帽子倒不是因为喜欢外出，而是因为经常光顾外国咖啡馆，让他即使舒适地窝在自己家里，都显得漂泊不定。

铃铛响了两回，他起身两次，走进店里，又默默回座。他离座时，温妮强烈意识到右手边的空椅子，忽然非常想念妈妈，两眼发直。基于同样理由，史蒂维的两只脚在地板上来回移动，仿佛餐桌下的地板热得烫脚。维洛克闷不吭声地回座后，温妮的眼神稍有变化，史蒂维的脚也不再挪移，因为他对姐夫怀有崇高敬意。他尊敬又怜悯地瞥了姐夫几眼，因为温妮在马车上告诉他，姐夫心里很难受，不可以打扰他。史蒂维自我约束的动力来自他过世父亲的怒气、旧居中那些男士房客的暴躁，以及姐夫过度哀伤的倾向。这三种情况都很容易发生，他却很难理解。其中以姐夫的心情对他的约束力最大，因为姐夫是好人。他母亲和姐姐把这个概念深植在他心里，而且是背着维洛克本人，悄悄在史蒂维心中将姐夫神圣化。她们之所以这么做，跟抽象的伦理观念毫无关系，维洛克也不知情。说句公道话，他根本没兴趣在史蒂维面前当好人，但他终究成了好人。在史蒂维心目中，只有他够格当好人，因为那些房客总是来去匆匆，距离太遥远，除了他们的靴子，其他的都没在他心里留下特别印象。至于他爸爸对他的管教，温妮母女在忧伤之余，不敢在史蒂维面前美化他父亲的行为，因为那样太残酷，何况史蒂维可能不会相信。维洛克就不同了，史蒂维可以把他看成好人，因为维洛克虽然行动神秘兮兮，却明显有一副好心肠，而好人的哀伤是非同小可的大事。

史蒂维尊敬又同情地瞄了姐夫几眼。姐夫心里难过。他从来不曾这么了解姐夫的好心肠，他能理解姐夫的伤心，因为他自己也很伤心。他很悲伤，跟姐夫一样悲伤，想到这里，他的脚又开始摩擦地板。他总是以肢体的躁动不安表现他的心情。

“亲爱的，脚别乱动。”温妮的口气威严中不失温柔。她转头看着丈夫，用一贯的淡漠语气问道：“你今晚要出门吗？”

“出门”这两个字似乎让维洛克倒尽胃口，他阴郁地摇摇头，垂头丧气地坐着，盯着眼前盘子里的那块奶酪整整一分钟。最后他站起来走了出去，走出当啷响的铃铛声外。他不想出门却又出了门，倒不是为了跟自己过不去，而是因为心情浮躁不安。出门一点好处都没有，整个伦敦都没有他要的东西。但他还是出去了，带着满腹愁思走在漆黑街道上，经过灿亮街灯，快速走进又走出两家酒吧，像是想找个地方度过漫漫长夜。最后他还是回到他风雨飘摇的家，疲累地坐在柜台后方，他那些烦恼刹那间又聚拢过来，像一群饿慌了的黑色猎犬。他锁好前门、熄掉煤气灯后，又把那些愁思带上楼。对于即将上床就寝的人来说，那真是一群令人惊悚的随从。

温妮上床一段时间了，隆起的床单依稀呈现她丰盈的身形，她的脑袋躺在枕头上，一只手压在一边脸颊下，似乎已经睡意蒙眬，他不禁羡慕她平静的心灵。她水汪汪的眼睛瞪大着，在雪白被褥的衬托下显得呆滞又阴暗。她一动也不动。

她的心平静安详。她深深觉得世间事都禁不起细究，也把这个观念转化成她的力量与智慧。只是，最近丈夫的沉默已经变成她心里的一块大石头，搞得她神经紧张。她依旧侧躺着，若无其事地说：

“你穿着袜子到处走，会着凉的。”

这句话适切地表达了妻子的关怀与女人的审慎，却出乎维洛克的意料。他把靴子脱在楼下，忘了穿上拖鞋。他没穿鞋，在卧室里走来走去，像受困于牢笼的熊。听见妻子的声音，他停下来，宛如梦游似的、面无表情地盯着她好一阵子，害得温妮不自在地挪了挪被单底下的肢体。可是，她的头还是躺在枕头上，手依然压在脸颊底下，大大的黑色眼眸眨也不眨。

看着丈夫毫无表情的眼神，想到楼梯口对面妈妈的空房间，她忽然体验到一股锥心的寂寞。她从没跟母亲分开过，她们相依为命，至少她这么觉得。如今她告诉自己妈妈走了，永远离开了，她不会自欺欺人。

不过史蒂维还在。她说："妈妈这下子如愿了，只是我看不出她这么做有什么道理。绝不是担心你嫌她烦。就这样离开我们，实在很过分。"

维洛克书读得不多，不太擅长打比方。只是，眼下的情况太贴切，他不免想到"大难来时各自飞"这句话，也差点说出口。他最近疑心病重又爱生气。那老女人莫非真能未卜先知？这种猜测明显毫无根据，所以他忍住不说。但他还是想一吐为快，于是用沉重的语气说：

"或许这样也好。"

他开始宽衣。温妮一动也没动，静静地躺着，迷离的眼神无语地盯着空中。有那么一瞬间，她的心也停止了。那天晚上她正如俗话所说——"有点失常"，简单一句话到她耳里，她总会听出弦外之音，而且多半是负面的。什么叫这样也好？为什么？但她不允许自己浪费时间胡思乱想。她相信任何事都经不起仔细探究。基于务实又不可捉摸的行事风格，她第一时间提起史蒂维。因为史蒂维始终是她的唯一考量，是她本能要保护的对象。

"接下来这几天我真不知道该怎么安抚史蒂维那孩子。他还不习惯妈妈的离开，一定整天躁动不安。他真是个好孩子，可以帮我做很多事。"

维洛克置若罔闻，专注地脱着身上的衣服，像一个在广大而绝望的沙漠里宽衣的男人。在他心里，我们共同生存的这个美丽星球就是这么荒凉冷漠。屋里屋外如此沉寂，楼梯口时钟的嘀嗒声悄悄溜进房里，仿佛也想要有人做伴。

维洛克上了床，躺在背对着他的妻子身边，神情哀戚、沉默不语。他的两条胳膊搁在被单外，像缴出的枪械，像弃置的工具。在那一刻，他差点向妻子坦白一切。时机似乎挺合适。他用眼角瞄了妻子一眼，看见她盖着白色被褥的高耸肩膀、她的后脑勺，她的头发编成三条辫子，发尾用黑色带子绑住。他忍下来了。他爱他的妻子，像正常男人爱他的妻子那样，是那种婚姻关系的爱，就像看待自己的主要财物。她的发辫和高耸的肩膀有种熟悉的神圣感，一种祥和家庭的神圣感。她躺着不动，轮廓庞大而模糊，像一尊横躺着的未经雕琢的雕像。他记得她那双大眼睛望着空荡的房间，神秘难懂，像所有生物那样讳莫如深。已故斯图特·沃滕海姆男爵麾下这位声名远播、专门示警的间谍“Δ”不愿意深入去探究。他很容易受惊吓，也很懒散。正因为懒，所以显得他个性仁厚。他不愿去碰触那份神秘，是因为爱、胆怯与懒惰。反正有的是时间。在房间昏昏欲睡的静寂里，他隐忍了几分钟，而后用坚决的话语打破沉默。

“明天我要去欧洲大陆。”

妻子可能已经睡着了，他看不出来。其实温妮听见了。她两眼依然圆睁，文风不动地躺着，再次确认所有的事都经不起细究。话说回来，丈夫去欧洲大陆也不是什么罕见的事。店里的商品来自巴黎和布鲁塞尔，他通常亲自去采购。店里渐渐有了一群固定的新顾客。无论维洛克经营何种生意，这群神秘客人都是最佳主顾。至于维洛克本人，基于天性与需求的缘故，一直以来真正的职业都是间谍。

他等待片刻后才又说：“我这趟会去个一星期，也许两星期。白天让尼尔太太过来帮忙。”

尼尔太太是布雷特街的清洁工，不幸嫁了个花天酒地的木匠，家里有好几个嗷嗷待哺的婴儿。她的两条臂膀红通通的，一条粗布围裙系在腋下，成天在洗刷声和水桶咣当声中度过，身上总有肥皂泡和朗姆酒的味道，这是穷人的苦难气息。

总是步步为营的温妮用最平淡的口气说：“不需要叫她来，有史蒂维帮我就够了。”

她等寂寞的时钟那 15 声嘀嗒消失在永恒的深渊后才问：“要关灯了吗？”

维洛克没好气地答：“关了吧。”

9

10天后，维洛克从欧洲大陆回来。旅途上的新奇见闻显然没能扫除他心中的阴霾，他回到温暖的家，脸色好像也没变得更明亮。他在当啷声中进门，显得又倦又累又心烦。他提着行李，垂着脑袋，直接走到柜台后侧，颓然落座，像是一路从多佛港走回来。当时还是大清早，史蒂维正在掸橱窗里各式商品的灰尘，转过头来又敬又畏地望着姐夫。

“拿走！”维洛克轻轻一踢放在地上的轻便旅行袋。史蒂维立刻飞奔过来抓起旅行袋，满心欢喜地拿进屋去。他动作太敏捷，维洛克着实吃了一惊。

尼尔太太原本在给客厅的炉栅擦石墨，听见铃铛响，隔着玻璃门探了一眼，站起来，穿着围裙，浑身脏兮兮地走到厨房对维洛克太太说：“先生回来了。”

“进来吃早餐。”温妮远远喊道。

维洛克的双手微微动了一下，仿佛心不甘情不愿似的。等他走进客厅，却没有拒绝摆在眼前的食物。他把头上的帽子往后推，像在餐馆里吃东西，外套下摆的衣角垂落在椅子两侧。餐桌铺了棕色油布，温妮坐在对面，挑了些适合此情此景的话题，有一搭没一搭地聊着，想必就像珀涅罗珀终于盼回漂泊的奥德修斯时一样。只不过，丈夫出门期间温妮并没有织布[1]，只是把楼上的房间彻底大扫除了一番。店里做了几笔生意，接待了几次来访的米凯利斯。最后一次见面时，米凯利斯说他要搬到乡下的小房子住，就在查塔姆、多佛铁路线上的某个地方。扬特也来过一次，是“他那个讨人厌的老管家”扶着来的，真是个“叫人作呕的糟老头”。至于奥斯朋，她一个字都没提。奥斯朋来访时，她一步都没离开柜台，板着脸孔，两眼盯着前方不远处，不大理睬他。不过，她想起他时，突然顿了一下，脸上泛起似有若无的红晕。她也趁机赞扬了史蒂维一番，说那孩子把地板擦得多么干净。

“妈妈离开后，我们也就这样过日子。”

维洛克没有说“该死！”，也没说“见鬼的史蒂维！”温妮不知道丈夫心里在想些什么，无从感谢他的自制。

“他还是跟以前一样努力工作。”她说，“帮了我很多忙，好像帮我们做再多事都不累似的。”

维洛克不经意地瞄了一眼史蒂维。史蒂维坐在他右手边，纤弱灵敏，脸色白皙，红润的嘴唇傻傻地张开。这一眼不带有批判，没有任何意图。即使他觉得小舅子看起来一点用处都没有，那也只是一闪而过、隐约模糊的念头，软弱无力，稍纵即逝，不是那种足以撼动世界的强大意念。他靠向椅背，摘下帽子正要放下，史蒂维已经扑过去接走，毕恭毕敬地捧进厨房。维洛克又吃了一惊。

“阿道夫，你想叫那孩子做什么都没问题。”温妮用最平静的语气说，“他可以为你赴汤蹈火，他……”

她忽然打住，耳朵转向厨房门，凝神静听。

尼尔太太在那里刷地板，见到史蒂维进来，开始长吁短叹。因为温妮偶尔会给史蒂维 1 先令，她只要说起家里的孩子，三言两语就

① 奥德修斯离家 20 年，人们以为他已经死了。珀涅罗珀面对众多追求者，只好宣称要为公公织裹尸布，等布织好就再嫁。她白天织布、夜晚拆布，以拖待变。

能让史蒂维掏出那枚硬币。她四肢着地趴在一洼脏水里，身上污浊湿黏，像某种养在垃圾桶和污水里的两栖家畜。她又弹起老调："你命好，什么都不必做，像个大爷。"接下来就是絮絮叨叨地埋怨命苦。即使满口胡言乱语，配上廉价朗姆酒与肥皂水的恐怖气味后，却有种可悲的真实感。她使劲儿刷着，不停吸鼻子，嘴里喋喋不休。她的难过丝毫不假，细瘦红鼻子两侧的眼睛红红肿肿，被泪水淹没，因为她真的每天早上都需要喝点酒提提神。

温妮心知肚明地留意着："尼尔太太又在说她那些孩子多可怜。那些孩子的年纪不可能像她说的那么小，应该有几个大得可以养活自己了。那些事只会惹史蒂维心烦。"

话声才落，厨房就传来"砰"的一声，像拳头击打桌面，这确认了她的说法。史蒂维生起了怜悯心，却发现口袋里没有钱。他自己没有能力马上解决尼尔太太的那些"小家伙"的困境，就觉得应该有人为这件事受到惩罚。温妮起身走进厨房，去"阻止他们瞎胡闹"，态度坚定却不失温柔。她很清楚尼尔太太一领到工资，就会到一家霉味扑鼻的廉价酒馆买烈酒喝，那是她走在人生这条苦路上必定会歇脚的驿站。温妮向来只看事物表层，对这件事的见解却出乎意料地深刻："不然她要怎么挨过去呢？如果我是她，一定也会那样做。"

同一天下午，维洛克坐在客厅炉火前打盹，时睡时醒。他最后一次醒来时，说他要出门散散步。在店里的温妮回应他：

"阿道夫，带史蒂维一起去吧。"

维洛克这天第三次吃了一惊。他怔怔地望着妻子。温妮面不改色地说，那孩子没事做就在家里拖地，害她神经紧张。这话从冷静的温妮口中说出来，不无夸大之嫌。事实上，史蒂维擦起地来声势浩大，像头郁闷的家畜。他还会爬上黑漆漆的楼梯口，坐在大时钟旁的地板上，缩起膝盖，双手抱头，苍白脸孔上的大眼睛在黑暗中闪呀闪的，乍见之下有点吓人。温妮一想到他那样坐在楼上，心里就闹别扭。

这个史无前例的提议太惊人，维洛克好不容易才适应。他很疼老婆，就像正常男人疼老婆的方式，对老婆宽容大方。但他实在不喜欢这个点子，也如实表达了出来。

“他可能跟不上我，在街上迷路。”他说。

温妮自信地摇摇头。

“不会的，你不了解他。那孩子非常崇拜你。万一他走丢了……”

温妮顿了一下，只有极短暂的一瞬间。

“你只管散你的步。别担心，他不会有事的，不久后他就会回来。”

温妮的这份乐观制造了维洛克这天的第四次惊讶。

“是吗？”他不可置信地咕哝着。也许史蒂维不像外表看上去那么蠢，妻子最清楚了。他别开视线，沙哑地说：“那就让他跟着吧。”说完，他又变得郁郁寡欢。他的烦恼或许比较乐意搭马车，却也懂得紧紧跟随买不起马车的人，比如维洛克。

站在店门口的温妮并没有看见维洛克背后那些如影随形的致命跟班。她看着脏乱街道上那两个身影，一个魁梧壮硕，另一个纤瘦矮小，细细的脖子，半透明的大耳朵下是微微耸起的肩膀。他们俩身上的大衣布料相同，两人都戴着黑色圆帽。看着两人如此雷同的衣着，温妮不禁幻想起来。

“真像一对父子。”她自言自语。她觉得，维洛克确实很像史蒂维生命中欠缺的那个好爸爸。她知道这是她自己的功劳，也庆幸自己几年前做了某个决定，她为此感到自豪。那不是件容易的事，她有过挣扎，也掉过眼泪。

接下来那几天，丈夫似乎越来越习惯跟史蒂维一起散步，她更加庆幸。如今维洛克要出门散步时，就会大声喊史蒂维，像喊家里养的看门狗，当然，呼唤的口气不大相同。温妮发现维洛克在家时经常盯着史蒂维看，行为举止好像也有点改变，虽然话还是不多，却不再无精打采。温妮觉得丈夫偶尔有点神经质，也许可以算是一种进步。至于史蒂维，他不再擦楼上时钟旁的地板，反倒经常坐在角落，用威胁的语气喃喃自语。当她问：“史蒂维，你在说什么？”他只是张开嘴，斜眼看着姐姐。偶尔他会莫名其妙地握紧拳头，或一个人对墙壁发怒，给他画圆圈的纸张原封不动地躺在厨房的桌上。史蒂维变了，而且情况不太妙。温妮用“情绪激动”概括这些异常行为。她担心史蒂维听到太多丈夫跟朋友之间的对话，影响他的心情，此乃想当然耳，丈夫“散步”时一定会遇见朋友，难免闲聊一番。一定是这样没错。出门散步也是丈夫的户外活动，温妮从不过问。她觉得史蒂维的改变不太寻常，却以一贯的冷静态度面对。她那种高深莫测的平静总是让上门的顾客印象深刻，甚至啧啧称奇，也让其他访客摸不着头脑，只好保持距离。不对！史蒂维八成是听了不该听的话。她对丈夫提出了这个忧虑，她说，那些话只会让那孩子心情激动，因为他觉得无能为力。谁都无能为力。

当时他们在店里，维洛克沉默以对。他没有反驳，却明显不以为然。他也没有告诉温妮，当初建议他带史蒂维去散步的不是别人，正是她自己。在那一刻，以客观第三者的角度看来，维洛克实在是宰相肚里能撑船。他从架子上取下一个小纸盒，瞄了一眼，确认里面的物品，再把它轻轻放上柜台。这时他才打破沉默，随口说如果史蒂维出城住个几天，也许对他大有益处，他只担心温妮少不了史蒂维。

“少不了他！”温妮慢慢重复丈夫的话，“如果对他有好处，我怎么会少不了他！简直荒谬！我当然少得了他，只是他没地方去。”

维洛克拿出棕色包装纸和一团绳子，随口说道：“米凯利斯住在乡下的小房子，他不介意找个房间给史蒂维用。”那里没有访客，没人谈天说地。米凯利斯在写书。

温妮说她喜欢米凯利斯这个人，顺便表明她多么讨厌扬特，她认为扬特是个“糟老头子”。她没提到奥斯朋。史蒂维一定很开心。米凯利斯向来对史蒂维和善又亲切，他好像挺喜欢那孩子。当然，史蒂维是个好孩子。

“你最近好像也越来越喜欢他。”她停顿片刻后又说道，口气十分笃定。

维洛克把那个纸盒包好、绑好，准备寄出去。他使劲儿扯断绳子，心里暗暗咒骂了几句，之后又用平时的粗哑嗓音说，他可以亲自带史蒂维到乡下去，把史蒂维平平安安地交给米凯利斯。

隔天他就付诸行动了。史蒂维没有反对，反而相当急切，只是显得有点茫然。他直率的眼神不时探询地投向维洛克的沉重面容，特别是温妮没看见时。他的表情骄傲、忧虑又专注，像孩子第一次拿到火柴时获准自行点火。弟弟这么乖巧听话，温妮非常开心，只提醒他到乡下可别弄脏衣服。史蒂维听见这话，看了他姐姐——监护人兼守护天使一眼。有史以来第一次，他看姐姐的眼神少了孩子般的全然信任，只有高傲与不满。温妮笑了。

“我的老天！你不需要生气。史蒂维，你也知道有时候你确实会把自己弄得脏兮兮的。”

维洛克已经往前走了一段路。

母亲勇敢地搬走了，史蒂维到乡下度假，不论在店里或家里，温妮都经常一个人独处，因为维洛克必须出门散步。格林尼治公园爆炸案那天，她独处的时间比平时长得多，因为那天维洛克一大早就出门了，到近黄昏才回来。她不介意一个人，也不想出门。那天天气不好，待在店里比上街舒适多了。她坐在柜台后面缝缝补补，即使丈夫在扰人的铃铛声中走进来，她也没有抬头。他走到外面的人行道时，她已经听出他的脚步声。

她没有抬眼看他。维洛克不发一语地直接走向客厅门，帽缘压得低低的。这时她安然说道：

“这天气也太糟了。你今天去看史蒂维了吗？”

“没！我没去看他。”维洛克轻声说。他关客厅玻璃门的力道不小。

温妮的活计搁在腿上，呆呆坐了一会儿。她把针线收到柜台下，站起来点煤气灯，之后走进客厅，准备去厨房，丈夫马上要吃茶点了。温妮对自己的魅力信心十足，从不期待丈夫每天说些甜言蜜语或表现得温柔体贴。那些顶多就是过时的无谓花招，也许根本不会有人在意，如今上流社会也不时兴这一套，在温妮这个社会阶级更是闻所未闻。

她不奢望丈夫献殷勤，但他是个好老公，所以她忠心耿耿地当个贤内助。

温妮原本会像个自认魅力依旧的女人，直接穿过客厅走进厨房准备餐点。可是她听见一种细微、极其微弱的嗒嗒声。那声音太异常、太怪异，很难置之不理。她听清楚了声音来源，突然站定，又惊讶又担心。她划了一根火柴，点亮悬在客厅餐桌上方的煤气灯。煤气灯有点故障，先是震惊地尖啸一声，而后像只猫，舒适地呜呜叫。

维洛克一反常态地脱掉大衣扔在沙发上，帽子翻过来落在沙发边缘的地板上，肯定也是摘下来随手一抛。他拉了把椅子到壁炉前，双脚搁在炉围里，整个人低低俯在炉火炽烈的炉栅上方。他的牙齿没命地打颤，力道太强，连他巨大的后背都以同样速率颤抖着。温妮惊呆了。

“你衣服湿了。”她说。

“没有很湿。”维洛克勉强挤出回应，浑身又打了个寒颤。他费了好大劲儿才止住牙齿的嗒嗒声。

“我看你需要好好休养。”温妮的口气满是担忧。

“没这个必要。”维洛克用粗哑的鼻音回答。

早上 7 点出门，下午 5 点才进门，期间肯定招了风寒。温妮望着丈夫弯曲的背部想着。

“你今天上哪儿去了？”她问。

“哪儿也没去。”维洛克低沉的鼻音有点堵塞。他看起来像是受了委屈气愤难平，或者头痛欲裂。屋子里一片死寂，他草率又敷衍的回答显得格外刺耳。他用鼻音向妻子道歉，又说："我去了银行。"

"是吗？"她漠然地说道，"去做什么？"

维洛克的脸俯在炉栅上方，不甘不愿地答："去把钱领出来！"

"这话什么意思？全领出来吗？"

"嗯，全领出来。"

温妮仔细铺好不够大的桌巾，从餐桌抽屉拿出两把餐刀、两把叉子。她一丝不苟的动作突然停顿了。

"你为什么这么做？"

"可能很快会用到。"维洛克含糊地回应，他能说的话几乎说完了。

"我不懂你的意思。"温妮的口气漫不经心，人却在餐桌和餐柜之间站定不动。

"你应该知道你可以信任我。"维洛克对着炉栅说，他觉得喉咙有点沙哑。

温妮慢慢走向餐柜，慢条斯理地说："是啊，我可以信任你。"

她开始有条不紊地做起事来：摆好两个餐盘，拿出面包和奶油，默不作声地在餐桌与餐柜之间来回走动。整栋屋子静谧又祥和。她正要拿出果酱时，又打消了念头："他出门一整天，肚子八成饿了。"她又走回餐柜，拿出冷盘牛肉。她把牛肉放在呼呼响的煤气灯下，又转头下了两级阶梯走进厨房，途中瞥了一眼动也不动地抱着炉火的丈夫。等她拿着切肉刀和叉子回来，又开口说道：

"如果我不信任你，当初就不会嫁给你。"

维洛克弓着身子缩在壁炉架底下，双手抱头，像是睡着了。温妮备好了餐食，低声唤道："阿道夫。"

维洛克应声而起，摇摇晃晃地走到餐桌旁坐下。温妮看了看手里切肉刀的刀刃，把刀放在盘子上，示意维洛克吃点牛肉。维洛克不为所动，下巴垂到胸前。

“吃点肉才有体力对抗感冒。”温妮继续催促。

他抬起视线，摇摇头。他的眼睛布满血丝，一张脸红通通的。他的手指把头发拨得凌乱不堪，整个人看起来不太体面，像纵情声色后的那种难受、恼怒和郁闷。但维洛克不是个不检点的人，他的行为举止还算正派，现在这样可能是感冒发烧的结果。他连喝三杯茶，什么都不吃，不管温妮怎么劝他，他都像要反胃作呕似的，最后温妮说：

“你脚没湿吗？最好穿上拖鞋，晚上别出门了。”

维洛克悻悻然地说他脚没湿，反正他不在乎。至于拖鞋这件事，他根本充耳不闻。晚上要不要出门这个问题倒是有了不预期的发展。维洛克考虑的不是这天晚上要不要出门，他心中有个更远大的计划。他用阴晴不定又支离破碎的语句说，他考虑移居国外，还不确定要去巴黎还是加州。

这太出乎意料、太不可能、太难以想象，温妮反而不当一回事，平静得就像丈夫告诉她世界末日就要到了。她说：“这是什么话？”

维洛克说他病了、倦了，何况……这时温妮打断了他：“你得了重感冒。”

维洛克确实明显反常，无论身体或心理都一样。一时之间他有点犹豫不决，之后又含糊笼统地说他必须这么做。

“必须这么做！”温妮重复他的话。她冷静地靠向椅背，双手抱胸，面对丈夫。“我倒想知道有谁逼着你。你不是奴隶，在这个国家没有人需要当奴隶，你也别任人摆布。”她停顿了一下，态度坚定又直率。“店里生意不错，”她说，“我们日子还过得去。”

她环视客厅一圈，目光从角落的餐柜扫到炉栅里旺盛的火堆。这屋子虽然前面店铺陈列着低劣商品，橱窗光线神秘而黯淡，面对漆黑窄巷的店门可疑地半掩半启，却拥有温馨家庭该有的氛围与舒适度。她不免想起此刻正在肯特郡米凯利斯住处享受乡居生活的弟弟史蒂维。她对弟弟有一股本能的保护欲，此时此刻非常想念他。这里也是那孩子的家，这里的屋顶、餐柜和暖洋洋的炉火都是。想到这里，她站起来，走到餐桌对面，发自肺腑地说：

“而且你还没厌倦我。”

维洛克没有吭声。温妮站在他背后，倚着他肩膀，双唇贴在他额头上，就这么定住。周遭一片静寂。

昏暗店铺外的脚步声出现又消失，客厅里的气氛凝重而静默，只有餐桌上方的煤气灯持续发出呜呜声响。

妻子突然亲吻他额头的那段时间，维洛克双手紧抓椅子，老僧入定似的坐着。等妻子移开嘴唇，他放开椅子，站了起来，走到壁炉旁站着，不再背对客厅。他五官浮肿，像被下了药，目光追随妻子的一举一动。

温妮从容不迫地收拾餐桌。她用理性而平实的口气评论丈夫的提议：那种事行不通，从任何角度看都荒唐可笑。其实她真正在乎的是史蒂维，她觉得史蒂维太“特别”，不能贸然带他到国外生活，就这么简单。不过，她没说出心中真正的忧虑，只是表达强烈反对。她一面说着，一面粗手粗脚地穿上围裙，准备洗碗盘。维洛克自始至终沉默不语，她却越说越激动，最后几乎有点绝情地说：

“如果你搬到国外，我不跟你去。”

“你知道我不会丢下你。”维洛克粗哑地说，他在家时惯用的这种迟疑嗓音有点颤抖，似乎暗藏某种不为人知的情感。

温妮话一出口就后悔了，她并不想表现得那么绝情，何况这种话没有必要，也不聪明。那是失去理智的人一时冲动才会说的话。但她知道该怎么弥补。

她转过头去，用她那水汪汪的大眼睛向站在壁炉前的丈夫抛媚眼。那眼神淘气中带点残酷，贝尔格莱维亚时代那个单纯又矜持的温妮是使不出那种眼色的。但眼前这人是她丈夫，她也已经明白了男女之事。她就那样盯着丈夫看了整整一秒，严肃的脸庞毫无动静，像戴着面具，最后她调皮地说：

“你办不到，你会太想念我。”

维洛克迈开脚步往前走。

“说得没错。”说着，他张开双臂朝妻子走去，表情狂野又可疑，让人看不懂他究竟想掐死老婆还是抱老婆。店铺门铃当啷啷响起，转移了温妮的注意力。

“有客人。阿道夫，你去。”

维洛克停下脚步，双臂缓缓放下。

“你去吧。”温妮又说，“我穿着围裙。”

维洛克乖乖听从。他两眼无神、四肢僵硬，像红脸机器人。他的神情实在太像机器人，也几乎像机器人一样，莫名地意识到自己体内都是机器零件。

他关上客厅门，温妮利落地做起家事。她把托盘拿进厨房，洗了杯子和其他餐具，这才停下来听外面的动静。她什么都没听见。这个顾客在店里待了很长时间，应该是来买东西的，否则维洛克会带他进客厅。她使劲儿扯开身上的系带，摘下围裙扔在椅子上，慢慢走回客厅。

就在这时，维洛克从店里走进来。

他出去时脸色泛红，回来时却白得像张纸。他的脸不再像发烧后服药过度的呆滞，而是在极短时间内蒙上了困惑与烦忧的阴影。他直接走向沙发，低头望着沙发上的大衣，仿佛害怕碰触它。

“怎么回事？”温妮压低声音问。她从门缝里看见客人还没离开。

“我忽然想到晚上还得出去。”维洛克答道，却迟迟不拿大衣。

温妮二话不说走进店里，随手关上门，走到柜台后面。等她安稳地坐上椅子，才开始仔细观察那个客人。不过，在那之前她已经注意到那人又高又瘦，两撇八字胡往上翘。就在温妮打量他的同时，那人又把胡子末端往上扭了一下。他的脸又长又瘦，领子高高竖起，身上的衣服溅到雨水，有点湿。这人肤色黝黑，太阳穴略微凹陷，底下的颧骨明显高凸。他是个陌生人，也不是店里的顾客。

温妮平静地看着那人。

“你从欧洲大陆来的？”一段时间后她问。

这个高高瘦瘦的陌生人并没有正眼看温妮，只是淡淡一笑。

温妮好奇的目光依然盯着对方。

“你听得懂英语吧？”

“哦，没错。我听得懂。”

他没有外国口音，只是发音缓慢，像是说得挺费劲。温妮从过去的经验得知，有些外国人的英语比本地人更字正腔圆。她把视线移向客厅门，又问：

“你打算在英国定居吗？”

陌生人再次默默微笑。他的笑容颇友善，眼神却充满探询。他摇摇头，神情似乎有点哀伤。

“我先生会照顾你。最近几天你先住在朱利亚尼先生那里，那地方叫欧陆旅馆，非常便利，隐秘又幽静。我先生会带你过去。”

“好主意。”那个黑黑瘦瘦的男人的眼神突然变得冷酷。

“你以前就认识我先生吧？在法国认识的吗？”

“我听说过他。”陌生人答道。他说话尽管缓慢又费劲，却有一点突兀。

沉默片刻后他又开口，这回说起话来流畅了许多。

“你先生会不会先到街上等我呢？”

“到街上！”温妮惊讶地重复，“不可能。这房子没别的出口。”

她静坐片刻，又起身走到玻璃门瞄了一眼，突然推开门走进去。

维洛克穿上了大衣，只是，她不明白他为什么还俯身站在餐桌旁，两只手臂撑着桌面，像是头晕或反胃似的。“阿道夫。”她稍微抬高音量。维洛克直起身子。

“你认识那男人吗？”她快速问道。

“我听说过他。”维洛克压低声音，有点不安地瞄了玻璃门一眼。

温妮淡漠、美丽的眼睛乍然瞪大，闪过一丝嫌恶。

“是扬特的朋友，那个臭老头。”

“不！不！”维洛克否认。他忙着捞沙发底下的帽子。等他拿到手，却又仿佛不知道帽子是做什么用的。

“他还在等你。”温妮说，“阿道夫，他不会是最近惹你心烦的大使馆人员吧？”

“大使馆的人惹我心烦？”维洛克吓了一大跳，又惊又惧，“谁告诉你大使馆人员的事？”

“你自己。”

“我！我！跟你说大使馆的事！”

维洛克的害怕与困惑似乎到了无以复加的地步。温妮说：“你最近常说梦话。”

“我说了什……什么？你听见多少？”

“没多少。多半都是胡言乱语，只是听得出来你在担心。”

维洛克用力把帽子压在头上，气得脸色涨红。

“胡言乱语，是吗？大使馆的人！我会一个个挖出他们的心脏。那些人最好小心点，我知道的事可多了。”

他火冒三丈，在餐桌和沙发之间来回踱步，敞开的大衣下摆老是勾到桌角。他脸上愤怒的红光退却了，又变成一片惨白，鼻翼翕张。温妮本着她务实的人生观，认定丈夫的脸色变化都是感冒所致。

“那好吧。”她说，“不管那人是谁，你跟他去把事情办好，赶快回家来，你需要休息个一两天。”

维洛克冷静下来，苍白的脸孔显得很坚定。他拉开玻璃门，却听见妻子悄声唤他：“阿道夫！阿道夫！”他惊愕地走回来。“你领出来的钱呢？”她问，“放在口袋里吗？要不要……”

维洛克呆呆地望着妻子伸出来的手，半晌后才拍一下额头。

“钱！对！对！我没弄懂你的意思。”

他从胸前口袋拿出一个全新猪皮皮夹。温妮接过皮夹后没再说话，只是站在原地，等丈夫和访客离开，铃铛声停歇之后才取出皮夹里的钞票点了一下。之后她若有所思地看看屋子各处，似乎不信任这房子的静谧与孤寂。她觉得这个家偏僻又危险，像坐落在树林深处。那些坚固家具之间能找得到的藏匿处似乎都不安全，防范不了她此时此刻特别担心的盗贼。这是超凡想象力与神奇洞察力作用下的胡思乱想。收银台绝不可行，那是小偷最先光顾的地方。温妮匆匆松开几个衣扣，把皮夹塞进连衣裙里。收藏好丈夫的钱之后，她开心地去迎接当啷啷的门铃声。有人来了。她换上专门用来应对顾客的满不在乎的眼神与冷漠表情，走进柜台内侧。

有个男人站在店里，迅速又冷静地扫视一圈。他的目光滑过墙面，瞧了瞧天花板，瞄了瞄地板，所有动作一气呵成。他长长的胡子末端垂到下巴底下，脸上的笑容像是久未谋面的旧识。温妮觉得她见过这人，不是顾客。她的“顾客眼神”稍稍软化，变得淡然，坐在柜台内侧盯着对方。

那人侧着身子靠过来，动作有点神秘，又不会太神秘。

“维洛克太太，你先生在家吗？”他用轻松的口气问道。

“不在，他出门了。”

“真遗憾，我有点事想私下问问他。”

这话一点不假。西特原本已经回到家，甚至打算换上拖鞋。因为他告诉自己，反正他已经被停止接手那个案子了。他在心里狠狠地嘲弄了长官一番，又觉得发泄不了心里那口恶气，决定出门散散心。他当然可以随心所欲地来看看老朋友维洛克，他是以平民百姓的身份离开家门，以私人名义搭上平时常搭的交通工具，这些交通工具带他来到维洛克家。他格外尊重自己的私人身份，费了一番工夫才避开布雷特街附近所有驻守定点或巡逻的警探。以他的身份，确实有必要采取这样的谨慎措施，远比身份隐秘的助理处长更有必要。平民百姓西特走进布雷特街，一路瞻前顾后，如果是作奸犯科之流，这样的行为就会被贴上偷偷摸摸的可疑标签。他从格林尼治偷出来的那块布还在口袋里，倒不是想拿来私下向任何人展示，相反，他想知道维洛克愿意主动供出什么。他希望维洛克能供出米凯利斯，这是他身为警官的真心期望，却也有它的道德意义，因为他是正义使者。得知维洛克不在家，他有点失望。

“如果他马上回来，我可以等一下。”他说。

温妮不敢给他任何保证。

“我要问他的事很私人。”他再度重申，“你明白我的意思吗？你能不能透露一下他上哪儿去了？”

温妮摇摇头：“不方便说。”

她转身整理柜台后方置物架上的盒子。西特望着她的背影沉思。

“你知道我是谁吧？”他问。

温妮回头看了他一眼。她的沉着令西特感到惊奇。

“你一定知道我是警察。”他严厉地说。

“我才不管那些事。”说完，她又回头整理盒子。

“我姓西特，特殊犯罪部门的西特督察长。”

温妮把一个小纸盒规规矩矩地摆放好，这才转过身来面对西特，眼神凝重，双手下垂。空气凝结了片刻。

“那么你丈夫出去 15 分钟了！没有说什么时候回来？”

“他不是一个人出去的。”温妮不小心透露道。

“跟朋友吗？”

温妮摸摸后脑勺的头发，头发仍然整齐有致。

“是个陌生人。”

“哦，什么样的陌生人？你愿意描述一下吗？”

温妮愿意。西特听她说那人又黑又瘦，有一张长长的脸和卷翘的胡子，他显得心乱如麻。他嚷嚷道：

“我他妈的早该想到的！他真是一点时间都不浪费。”

他内心对直属上司的行为极度嫌恶，但他很识时务，不再想等维洛克了。他不清楚他们俩出去做什么，却猜想他们可能会一起回来。他咬牙切齿地想着，这个案子已经偏离正轨，受到人为操控。

“我没时间等你丈夫了。”他说。

温妮不为所动。西特一直想不通这女人为什么始终这么冷淡，这时突然起了好奇心。他被人摆了一道，像所有平凡老百姓一样，咽不下这口气。

“我在想……”他定定地望着温妮，“你应该可以告诉我这是怎么回事。”

温妮强迫自己呆滞的漂亮眼睛回望对方，喃喃应道：

“怎么回事？什么怎么回事？”

“当然是我专程来找你丈夫谈的那件事。”

那天早上温妮照例匆匆看过早报，但她没有出门。报童从来不会走进布雷特街，这里没生意。他们的叫嚷声飘荡在繁华大马路旁，而后消失在肮脏的砖墙之间，进不了店铺大门。维洛克没有买晚报回来。总之，这天她没看到晚报，什么都不知道。她这么告诉西特，平静的语气里带着一丝好奇。

西特觉得不可思议，竟然有人还不知情。他用冷淡的口气简单扼要地说明案情。

温妮别开视线。

“真蠢。”她慢慢说道，停顿片刻后又说，“这个国家又没有谁被压榨。”

西特默默等着，留神观察。温妮没再说话。

“你丈夫回家时什么都没说吗？”

温妮只是把脸从左边转到右边，代替回答。店里气氛迟缓，叫人困惑。西特实在憋不下去了。

“还有另一件小事。”他用不带感情的语气说，“我想跟你丈夫聊聊。我们手上有一件大衣，应该是被偷走的。”

这天晚上温妮对小偷特别敏感，伸手轻轻碰了一下胸口。

“我们家没有遗失大衣。”她从容地说。

“那就怪了，”西特说，“我看到你店里有不少不掉色墨水……”

他拿起其中一瓶，对着店铺中央的煤气灯细看。

“紫色……对吧？”他放下墨水，“如我所说，这事很古怪。那件大衣里缝着一块布，用不掉色墨水写着这里的地址。”

温妮俯身靠向柜台，低声惊呼。

“那是我弟弟的大衣。”

“你弟弟人呢？我可以见见他吗？”西特连忙问道。温妮的上身更贴近柜台了。

“不行，他不在家。那地址是我写的。”

“你弟弟在哪里？”

“他到乡下去了，住在……朋友家。”

“那件大衣是从乡下来的。那个朋友叫什么名字？”

“米凯利斯。”温妮畏怯地轻声回答。

西特吹了一声口哨，眼神变得锐利。

“果然！妙极了。再说说你弟弟，他长什么模样？体格健壮、皮肤黝黑吗？”

“不是。”温妮激动地说，“那应该是那个小偷。史蒂维瘦瘦的，皮肤很白。”

“很好。”西特表示嘉许。温妮忧心又纳闷儿地盯着他，他趁机进一步打听：为什么把地址缝在大衣内侧？他听到的答案是：当天早上他强忍作呕检视的那堆残骸，原本是个紧张、健忘又特别的年轻人，而此时跟他说话的这个女人从这个男子的襁褓期就照顾他到现在。

“情绪容易亢奋吗？”他问。

“是啊，他是这样。他怎么会把大衣弄丢……”

西特突然拿出他不到半小时前买的玫瑰色报纸。他对赛马有兴趣。由于职业的关系，他对人类同胞充满怀疑与不信任，只好将他人性中的轻信本能全部寄托在晚报的赛马预测上。他把那份号外快报扔在柜台上，又伸手去掏口袋，这回拿出一小块布，那是命运之神从一堆像是来自废墟和旧货商店的物品中挑出来交给他的。他把那块布拿给温妮看。

“你应该认得这个。”

她用双手呆板地接过来，眼睛似乎瞪大了。

“认得。”她低声说，而后抬起头，踉跄地后退一步，“为什么破成这样？”

西特的手横过柜台抢回那块布，温妮重重地跌坐在椅子里。他心想：身份确认无疑。这时他才稍微弄懂这起神奇事件：维洛克就是“另外那个人”。

“维洛克太太，”他说，“我忽然觉得，这起爆炸案的内情你知道不少，只是你自己没发觉。”

温妮痴傻地坐着，震惊得说不出话来。这其中有什么牵连？她浑身变得僵硬，即使门铃响起，她都没办法转头去看。西特听见当啷声后立刻转身，维洛克刚关上门，他们俩默默对望片刻。

维洛克没有看妻子，直接走向西特。西特看见维洛克单独回来，松了一口气。

“你在这里！”维洛克沉重地说，“有什么事？”

“没事。”西特低声答，“我有点事想跟你谈谈。”

维洛克脸色依旧苍白，神情却多了点笃定。他还是没看妻子，只说：“那就进来。”

他带头走进客厅。玻璃门还没关上，温妮就从椅子上跳起来冲过去，像要推开似的。但她没有，她跪在地上，耳朵贴近钥匙孔。那两个男人想必一进门就停下来了，因为她清楚地听见了西特的声音，只是，她没看见他的手指戳向她丈夫的胸口，加强了语气。

“维洛克，你就是另外那个人。有人看见两个男人走进公园。”

维洛克的声音说：“那就抓我啊，你还等什么？你有权抓我。”

“哦，不！我很清楚你跟谁谈过了，那人必须自己处理这件小事。不过你可得弄清楚，查出你身份的人是我。”

接下来只是含糊的说话声。西特应该是把史蒂维大衣上的那块布拿给维洛克看了，因为史蒂维的姐姐——监护人兼守护天使听见丈夫稍微抬高音量：

“我完全不知道她会这么做。”

接下来又是一阵低语，内容隐晦不明，听在她耳里不像清晰语句那么惊悚吓人。门里的西特抬高音量：

“你八成是疯了。”

维洛克的回答夹杂阴郁的怒气：

“过去一个多月以来，我的确是疯了，现在我正常了。事情结束了，我会把一切都说出来，管它后果如何。”

两人沉默片刻，而后平民百姓西特说：“你要说什么？”

“所有事。”维洛克嚷嚷道，接着又压低声音。

不一会儿，他的声音又拉高。

“你认识我也好几年了，我帮了你不少忙，你很清楚我为人正直。没错，正直。”

这番套交情的话听在西特耳里想必格外可憎。

他的回答不无警告意味。

“你别太相信别人给你的承诺。如果我是你，我会逃得远远的。我们应该不会通缉你。”

维洛克笑了一声。

“是啊。你希望别人帮你摆脱我，对吧？不行，不行，如今你不能甩开我。我一直以来都太正直，接下来我要揭发真相。”

“那就揭发吧。”西特冷冷地赞同，“跟我说说你今天是怎么溜掉的？”

“当时我往切斯特菲尔德路的方向走，”温妮听见丈夫的声音，“突然听见轰隆巨响，我拔腿就跑。到处雾茫茫，我跑过乔治街尾才看见人。在那之前好像没碰见任何人。”

“就这么简单！”西特惊叹道，“爆炸声吓了你一跳吧？”

“嗯，来得太快。”维洛克用阴郁沙哑的声音说。

温妮的耳朵紧贴钥匙孔，嘴唇发紫，双手冰冷，苍白脸孔上那两只眼睛像两个黑洞。她觉得自己的脸好像被烈火包围。

门里的声音变得极其细微。她偶尔听见一两个字，有时是她丈夫的声音，有时是西特平稳的嗓音。她听见西特说：“我们猜他绊到树根跌倒了。”

接下来是沙哑的低语，持续了一段时间。然后是西特的声音，像在断然回答某个问题。

“当然。炸个粉碎：四肢、碎石子、衣服、骨头、木屑，全都混成一团。他们借了把铲子才有办法帮他收尸。”

温妮猛地跳起来，双手捂住耳朵，在柜台和墙壁的置物架之间跌跌撞撞，朝椅子走去，狂野的目光注意到西特留下的那份赛马快报。她撞向柜台时顺手抓起报纸，人也跌坐在椅子上。她想打开那份看似欢欣的玫瑰色报纸，一不小心把它撕成了两半，干脆把它扔到地上。在玻璃门的另一边，西特督察长对间谍维洛克说：“所以你打算坦白一切以求自保。”

“没错。我要把事情全说出来。”

“别以为他们会相信你。”

西特继续沉思。事情如此演变，意味着很多事情都会败露，比如情报网面临瓦解。这个情报网是由某位高人一手打造，对个人和社会有明显价值，这实在是可悲又令人遗憾的搅局。米凯利斯全身而退，教授的炸弹实验室秘密不保，整个监视系统崩解，报纸上的谩骂不歇。想到这里，他恍然大悟，原来报纸全是一群傻瓜写给白痴看的东西。他心里同意维洛克回应他的最后一句话。

“也许不会，但肯定会搅乱很多事。我向来为人正直，也会诚实地处理这……”

“只要他们允许你这么做。”西特冷笑道，“想当然了，他们送你上证人席以前，一定会跟你说教一番。最后你可能被迫说出某些让你震惊的话来。换作是我，就不会太相信刚才跟你说话那人。”

维洛克听得眉头紧蹙。

“我建议你趁还有机会，溜之大吉。上头还没有命令下来，某些人……”西特刻意强调“某些人”，“认为你已经人间蒸发了。”

“当真！”维洛克喜不自胜。逃离格林尼治公园后，他一直窝在一家隐秘小餐馆的酒吧，不敢想象能听到这么好的消息。

“那是上面对你的看法。”西特点点头，“消失了，逃之夭夭。”

“逃哪儿去？”维洛克咆哮。他抬起头望着紧闭的客厅门，真心说道：“我多么希望你今晚就逮捕我，我会乖乖跟你走。”

“这我相信。”西特嘲讽地赞同，他的视线也投向客厅门。

维洛克的额头渗出汗水。他压低沙哑的嗓音，对不表同情的西特坦承。

“那小子是个白痴，没有行为能力。法官一眼就能看出来。他只适合待在精神病院，如果真是那样，他可就惨了。”

西特手握门把，悄声对维洛克说：“你说那小子白痴，我看你是疯子，怎么会做出这种荒唐事？”

维洛克想到弗拉迪米尔，遣词用字一点都不客气。

“都怪一头来自北方的猪。”他龇牙咧嘴地骂，“某个你所谓的

‘绅士’。”

西特眼神坚定，点点头表示了解，打开门。坐在柜台后方的温妮也许听见了门铃激越的声响，却没看见他离开。她在柜台内侧自己的岗位上，直挺挺地坐着，两片破裂的玫瑰色报纸摊开躺在脚边。她双手手掌抽筋似的压住脸庞，指尖扣着额头，仿佛她的皮肤是一张面具，而她想用力撕下来。比起心烦意乱地撞墙和失控尖叫那些肤浅反应，她这种不动如山的姿态，更能贴切地传达她的愤怒与失望，以及她悲痛情绪中隐含的暴力。西特离去时脚步匆忙，只草草地瞄了她一眼。等挂在弯曲铁丝上的破铃铛停止颤抖，温妮周遭依然一片静寂，仿佛她的姿态是一道魔咒，冻结了一切，就连挂在 T 型托座末端的蝶形火焰都静静燃烧着，没有一丝颤抖。在这家贩售可疑商品的店铺里，漆成深棕色的松木货架黯淡无光。温妮左手的纯金婚戒闪闪发亮，散发出高级珠宝店商品该有的晶莹光彩。那枚戒指“咚”地落入垃圾桶。

10

助理处长迅速搭上双座小马车，离开索霍区往西敏寺而去。他在这个日不落帝国的核心地带下车，几名警探向他行礼。这些干员体格壮硕，奉命驻守这个庄严地点，似乎意兴阑珊。他穿过一处称不上雄伟壮观的大门，来到国会所在地，没错，就是名闻遐迩的英国国会，千百万人心目中的完美殿堂。他总算见到了活泼轻佻的改革派图德尔。

外表整洁、为人亲切的图德尔原以为助理处长约莫午夜时分才会到来，没想到这么早就出现，他刻意隐藏自己的惊讶。助理处长这么早就来，显然他去办的不管是什么事都出师不利。图德尔满怀同情，就是优秀青年那种带点欢乐特质的同情。他不禁为他尊称为“老大”的那位大人物感到遗憾，当然也替助理处长难过。他觉得此时助理处长的脸比任何时候更面无表情，更具倒霉相，而且出奇地长。这人的长相也太奇特，太像外国人，他心想。他开心友善地朝远处的助理处长一笑。等助理处长走到跟前，他善意避开没办妥的那件事，说了一堆话：“看来今晚国会议员的强势攻击会落得个虎头蛇尾”“今天国会出席率十分清淡”。“可恶的切舍姆”的某个喽啰厚颜无耻地编造出一堆统计数字，搞得大家乏味至极，连连退席。图德尔认为，再这样下去，会议很快就会因为人数不足而散会。话说回来，那人说不定只是使出拖延战术，方便贪吃的切舍姆从容地享用晚餐。总之，老大不听劝，说什么都不肯先回家。

“他现在一个人坐在自己的办公室里，想着大海里的鱼，应该马上可以见你。”图德尔轻快地说，“来吧。”

无薪年轻秘书图德尔尽管天性善良，仍不免有些人性共通的缺点。他觉得助理处长的事肯定是砸锅了，很不愿意在他的伤口上撒盐，但他的好奇心太强，不是区区的慈悲心可以克制的。两人往前走时，他忍不住转过头来问：

“你的鲱鱼呢？”

“捕到了。”助理处长答得简洁，却绝无拒绝再讨论的意思。

“太好了。这些大人物很不喜欢为小事失望。”

经验老到的图德尔发表了他的高深心得后，似乎思考着什么，因为他静默了将近两秒，才说：

“值得高兴。只是，哎，那条鱼当真像你说的那么小吗？”

“你知不知道鲱鱼可以拿来做什么？”助理处长反问。

“有时候做沙丁鱼罐头。”图德尔咯咯笑。他近来学习了很多渔业常识，相较于对其他产业的理解，他这方面的知识可算博大精深了。

“西班牙沿岸有沙丁鱼罐头工厂……”

助理处长打断了这位政界实习生的话：

“没错，没错。但鲱鱼有时也可以当诱饵，诱捕鲸鱼。”

“鲸鱼。哇！”图德尔屏住气息，“你的目标是鲸鱼？”

“那倒不是。我想抓的比较像狗鲨，你可能不知道狗鲨长什么样。”

“我知道。我们最近埋头苦读相关书籍，满满几层书架的书，附有插图。那是一种面目狰狞、长相凶恶的鱼，模样特别可憎的家伙，脸有点光滑，还长着胡须。”

“描述得分毫不差。”助理处长表示赞赏，“差别在于，我这只一根胡子都没留。你也见过，是只相当机灵的鱼。”

“我见过！”图德尔不可置信地惊呼，“实在想不出我在哪里见过这样的人。”

“应该是在‘探险家’。”助理处长淡淡说道。图德尔听见这家只许会员入场的俱乐部名称，显然惊恐万分，立刻停下脚步。

“胡说。”他震惊地说，“你这话什么意思？那人是会员？”

“荣誉会员。”助理处长咬着牙低声说。

“天哪！”

图德尔似乎惊呆了，助理处长微微一笑。

“这事千万别传出去。”他说。

“这是我这辈子听过最可恶的事。”图德尔有气无力地说，仿佛他浑身的活力都在一秒内被惊吓掉了。

助理处长肃穆地瞥了他一眼。他们走到大人物办公室门口前，图德尔始终没吭声，神情愤慨又严肃，像是恼怒助理处长跟他说出这么扰乱人心的差劲事实。他对探险家俱乐部因此改观，不再认为他们筛选会员够严谨、里面的分子够单纯。图德尔的改革理念只适用在政治上，至于他的社会阶级观念与个人感受，他希望到他离开地球的那一天都不必改变，他觉得这个地球住起来大致上还算舒适愉快。

他站到一旁。

“直接进去，不必敲门。”

深浅互异的绿色丝绸低挂在所有灯具上方，整个房间因此透着林荫深处的昏暗。大人物那双高傲的眼睛其实是他的弱点，但这个秘密无人知晓。只要找到机会，他就想办法让眼睛好好休息。

助理处长进门时，只看见一只苍白大手撑着大脑袋，遮掉半张大脸。写字桌上有只打开的公文箱，旁边有些长方形纸张和五六支散置的鹅毛笔。除此之外，偌大的桌面几乎没有其他东西，只剩下几尊披着罗马长袍的青铜小雕像，文风不动地立在暗处，诡异地凝视一切。助理处长应邀坐下，在微弱灯光下，他的长脸、黑发与瘦削身材看起来更像外国人了。

大人物没有一点惊讶或急切，表情没有任何变化。他健康堪虑的眼睛休息时，看起来像在沉思。他的神态没有一点改变，语调倒是挺清醒。

“你查出什么了吗？一开始就有意外发现？”

“埃塞雷德爵士，不尽然是意外发现。我发现的主要是一种心理状态。”

大人物微微挪动身子：“麻烦你把话说清楚，拜托。”

“好的，埃塞雷德爵士。你一定也知道，大多数罪犯都有想要认罪、想要向某个人——任何人——坦白一切的时刻。他们倾诉的对象通常是警察。我找到了西特极力掩护的那个维洛克，发现他就是处在这种心理状态。那个人几乎是一见面就对我掏心掏肺。我只悄声表明身份，再补上一句，‘我知道你跟这件案子有关。’这就够了。我们这么快就查到他，他一定觉得很神奇。不过他倒是心平气和地接受，没有一点迟疑。我只需要再问他两个问题：谁指使你这么做？作案的那人是谁？第一个问题他答得很详细；至于第二个问题，我旁敲侧击才弄清楚，拿炸药的那个是他小舅子，很特别的小伙子，脑袋有问题……整件事非常古怪，故事太长，一时半刻说不完。”

“那么你知道了什么？”大人物问。

“首先，那小伙子最近一直住在假释犯米凯利斯的乡下小屋子里，到今天早上 8 点才离开。不过我也查出米凯利斯跟这件案子无关，他可能到现在还不知道发生了爆炸案。”

“你这么肯定？”大人物问。

“非常肯定，埃塞雷德爵士。这个维洛克今天早上去了那里，假称要带那小子出门走走。他不是第一次这么做，所以米凯利斯不可能起疑。至于其他的事，爵士，这个维洛克的愤怒证明了一切，没有任何疑点。有人对他说了些很不寻常的话，害他失去理智。那些话我们听了都会一笑置之，但他显然信以为真了。”

接下来，助理处长开始描述维洛克如何看待弗拉迪米尔的行为与性格，大人物静静聆听，手遮住眼睛。助理处长好像觉得维洛克的判断还算精准，大人物却说：

“这些话听起来难以置信。”

“可不是吗，正常人都会觉得那是个大笑话，可是这个维洛克好像当真了，觉得自己受到威胁。过去他可以直接面见斯图特·沃滕海姆男爵本人，也认为自己的角色无可取代，所以他等于是一棒被打醒，又气又怕，失去了理智。在我看来，他相信大使馆那些人不只能够炒他鱿鱼，甚至会通过某种方式出卖他……”

“你跟他谈了多久？”大人物的声音从他的大手后面传出来，打断助理处长的话。

“四十几分钟，埃塞雷德爵士。我在一家旅馆开了个房间跟他密谈，叫欧陆旅馆，声名不太好。我发现他很想找个人招认一切。他称不上是冷酷的罪犯，他不是故意叫那可怜小子去送死。事情的演变让他很震惊，这点我看得出来。也许他是个感情丰富的人，天晓得，也许他甚至很喜欢那个小伙子。原本他可能希望那小子可以顺利逃走，那么一来，这个案子的真相就石沉大海了。总之，他大概觉得唯一的风险就是那小子被当场逮到。”

助理处长停止推论，思索片刻。

“只是，万一那小子落网，他要怎么避免被牵连我就不清楚了。”他不知道可怜的史蒂维对维洛克（是个好人）的忠诚，也不知道史蒂维守口如瓶的本事。就拿在楼梯放鞭炮那件旧事来说，他最爱的姐姐花了好几年时间想尽办法盘问，不论她怎么哀求、哄劝、发怒，史蒂维不说就是不说，因为他忠心耿耿……“不，我想不通。也许他根本没考虑到这点。爵士，我这么说听起来或许有点夸张，不过，他那副沮丧的模样，实在很像冲动的人跑去自杀，以为可以解决所有问题，事后却发现烦恼还在。”

助理处长打这个比喻时略带歉意，不过，夸张的比方通常一针见血，大人物没有不开心。他半隐在绿色丝质布幔阴暗处的庞大身躯微微抖动，用大手托着的大脑袋也震了一下，伴随着受到抑制的阵阵雄浑嗓音。大人物笑了。

“你怎么处理他？”

助理处长答得毫不迟疑：“他好像急着回到妻子身边，所以我让他走了。”

“是吗？万一他逃走呢？”

“恕我无礼，我不这么认为。他能上哪儿去？再者，您得考虑到他那些同伙对他的威胁。他身上有任务，如果擅离职守，要怎么跟人解释？即使他行动自由，同样什么都做不了。现阶段他精神恍惚，下不了任何决心。容许我提醒您，如果我留置他，那我们等于采取了行动，但在这方面我想先请示您。”

大人物笨重地站起来，在房间的阴暗绿光中，他胖大的身躯气势惊人。

“今晚我会找检察总长谈一谈，明天早上再派人找你来。你还有事要说吗？”

助理处长也站了起来，瘦长的身子动作挺灵活。

“应该没了，除非要谈细节……”

“不，拜托别说细节。”

那个庞大的阴暗身影似乎退缩了些，仿佛对细节有一股具体恐惧，接着又跨步上前，硕大无朋，步履沉重，伸出一只巨掌。

“你说这个人有妻室？”

“是的，爵士。”助理处长恭敬地握住那只手，“如假包换的妻子，真实不虚、相敬如宾的婚姻关系。他说他到大使馆晤谈以后，原本想抛开一切，想卖掉店铺远走高飞，只是，他知道他太太肯定不愿意离开英国，显然他非常尊重他太太。”助理处长神情严肃，他自己的妻子也拒绝迁居外国。

“没错，是明媒正娶的妻子，死者也是真正的小舅子。从某个角度看来，我们面对的是一桩家庭悲剧。”助理处长说。

助理处长轻轻一笑，但大人物的思绪似乎飘向别处去了，也许是想到国家的内政问题，想到他英勇对抗异端切舍姆的圣战。大人物没注意到助理处长已经默默离开，仿佛忘记他的存在。

助理处长也有自己的圣战要打。这件案子从某方面来说令西特深恶痛绝，对他而言却像天赐良机，方便他发起一场圣战，他早已经摩拳擦掌地等着。他慢慢走路回家，边走边思忖他的计划，也琢磨维洛克的心理，既反感又称心。他一路走回家，发现客厅没点灯，走到楼上，在卧室和更衣室之间停留片刻，一面更衣，一面梦游似的走来走去，思前想后。但他甩开满腹思绪，又走出家门，到老夫人家跟妻子会合。

他知道自己会受到主人欢迎。他走进比较小的那间客厅时，看见妻子跟一小撮人坐在钢琴附近。有个渐露头角的年轻作曲家坐在琴凳上跟二男三女交谈：那两个男士肥胖的背影看起来有点年纪，三位女士纤瘦的背影十分年轻。老夫人坐在屏风后面，旁边只有两个人相伴：一男一女，两人并排坐在老夫人沙发尾端的扶手椅上。老夫人伸出手迎接助理处长。

“我以为你今晚来不了。安妮告诉我……”

“没错。我没想到事情这么快就办好了。”

助理处长压低声音说：“向您报告一个好消息，米凯利斯跟这个案子没有任何牵扯……”

老夫人听得怒不可遏。

“什么？你们这些人竟然蠢到以为他……”

“不是蠢。”助理处长恭谨地反驳，“是够聪明，聪明到往那个方向联想。”

现场鸦雀无声。沙发另一头的那位男士中断跟身旁女士的谈话，笑着望向这边。

“我不知道你们认不认识。”老夫人说。

经过介绍，弗拉迪米尔和助理处长彼此打招呼，斯文有礼之中带点拘谨与防卫。

“他刚才吓我。”弗拉迪米尔身旁那位女士突然说话，她的头斜向弗拉迪米尔那边。助理处长认识那位女士。

“你看起来好像没被吓着。”助理处长宣称，他用疲倦又平和的目光细细审视那位女士。与此同时，他心里寻思着，在这栋屋子里，迟早什么人都能见到。弗拉迪米尔红润的脸庞堆满了笑，因为他生性幽默风趣，眼神却严肃认真，像意念坚定的人。

“应该说他想吓我。”那位女士修正自己的话。

“或许是习惯使然。”助理处长忍不住逞口舌之快。

“他说了各种威胁整个社会的恐怖现象。”那位女士用轻柔缓慢的音调接着说，“就是有关格林尼治爆炸案。他说如果世界各国不彻底扫荡那些人，我们大家以后都等着担惊受怕吧。我不知道这件事有那么严重。”

弗拉迪米尔假装没在听，俯身靠向沙发，悄声跟老夫人说话。他其实听见助理处长说：

“我相信弗拉迪米尔先生很清楚这件事事关重大。”

弗拉迪米尔不禁纳闷儿，这个唐突可憎的警察到底想说什么。他的家族世世代代都受到专制暴力的迫害，无论基于种族、国家或个人因素，他都对警察有一股深刻的恐惧。那是一种遗传而来的弱点，不受他的判断力、理智和经历左右。他带着那份恐惧出生，这份非理性恐惧——类似某些人天生怕猫，并没有影响他对英国警察的极度鄙视。他结束对老夫人的谈话，坐在椅子上轻轻转动身子。

“你是指我们经常跟这些人交手。没错，确实如此，他们的行动给我们制造了很多困扰，而你们……”他欲言又止，困惑不解地笑着，“……却开心地把这些麻烦留在身边。”说到这里，他刮净胡子的脸颊露出两个酒窝。他又慎重地补了一句：“我可以这么说，因为你们确实如此。”

弗拉迪米尔说完后，助理处长视线朝下，谈话暂时中止。弗拉迪米尔几乎立刻起身告辞。

他刚转身，助理处长也站了起来。

“我以为你要留下来，跟安妮一起回家。”老夫人说。

“我发现今晚还有一件小事要办。”

“跟那件事有关？”

“嗯，可以这么说。”

“跟我说说，这个恐怖事件究竟怎么回事？”

“这很难说得清楚，不过这件事可能会闹得满城风雨。”助理处长说。

他匆匆走出去，发现弗拉迪米尔还站在门厅，仔细地用丝质大手帕围住脖子。有个男仆拿着他的大衣站在他背后等着。另一个男仆站在门口，准备帮他开门。其他男仆取来助理处长的大衣，帮他穿上，送他出门。他走下台阶后停住脚步，仿佛在考虑要往哪个方向去。弗拉迪米尔从打开的门看见这一幕，继续在门厅逗留，拿出雪茄，问男仆要火柴。有个已经换下制服的老男仆平静地帮他送来火柴。可惜火柴熄了，门口的男仆见状关上门，弗拉迪米尔从容地点燃他的哈瓦那雪茄。

等他终于走出大门，却懊恼地发现那个“讨厌的警察”还站在人行道。

“难不成在等我？”弗拉迪米尔一面纳闷儿，一面望向左右两边，寻找马车的踪迹。一辆都没有。有一两部马车在路边等候，车上的灯稳定地发出亮光，马一动也不动，像石头雕刻而成，车夫披着毛皮披风，文风不动地坐着，手里大马鞭的皮带抖都没有抖一下。弗拉迪米尔往前走，“讨厌的警察”紧跟在他身旁。他没说话，走到第 4 步时，觉得气恼又别扭：不能这样下去。

“差劲的天气。”他粗声粗气地咆哮。

“还算温和。”助理处长淡淡回应。他静默片刻，才随口说道：“我们抓到一个姓维洛克的家伙。”弗拉迪米尔的脚步没有踉跄、没有退缩，继续往前迈进，但他忍不住问道：“什么？”助理处长没有重复刚才的话，只用同样的口吻说：“你认识他。”

弗拉迪米尔停下来，说话开始夹杂喉音：“你凭什么这么说？”

“不是我说的，是维洛克。”

“只是一条谎话连篇的走狗。”弗拉迪米尔的东方语汇脱口而出。不过，他内心深处几乎要赞叹英国警方神乎其技的办案手法。他对英国警察的观感彻底翻盘，一时之间感觉有点晕眩。他扔掉雪茄，继续往前走。

“这件事让我高兴的是，”助理处长慢慢接着说，“它为一件我觉得有必要处理的事打下了完美基础。那就是，清除英国境内所有外国政治间谍、警察之类……的走狗。我个人认为这些人特别讨人厌，也是危险因子。我们没办法一个个把他们揪出来，唯一的办法就是让他们的雇主不乐意再雇用他们。这件事越来越不像话，而且对我们这里的人构成威胁。”

弗拉迪米尔再次站定：“这话什么意思？”

“起诉这个维洛克，可以让大众看见这件事的危险和卑劣。”

“没人会相信那种人说的话。”弗拉迪米尔鄙夷地说。

“他的供词够丰富、够详尽，公众自然会信。”助理处长温和地说。

“所以你们真打算那么做？”

“我们逮捕了那个人，别无选择。”

“那么你们只是鼓励这些流氓革命分子说谎。”弗拉迪米尔抗议，“你们为什么要制造这样的丑闻？基于道德观吗？或什么别的？”

弗拉迪米尔明显焦虑不安。助理处长因此确定维洛克说的话有几分真实。他漠然说道：

“也有实质上的意义。我们光是对付真正的罪犯就已经够忙的了，你可不能说我们效率不彰。不过，我们也不打算为任何捏造的骗局伤神。”

弗拉迪米尔的口气变得高傲：

“我个人不赞同你的看法，那叫自私。我对自己的国家绝对忠诚，却认为我们更应该扮演好欧洲公民的角色，包括政府和个人都不例外。”

“很对。”助理处长简单答道，“只是，你们从另一边看欧洲。然而，”他和颜悦色地说，“外国政府可不能埋怨我们英国警方的办案效率。看看这次爆炸案，像这种装神弄鬼的假案件最难追查，我们却在短短不到 12 小时就查出那个炸得粉身碎骨的人的身份，找到一手策划的人，也约略掌握了幕后指使者。我们可以更深入地追查，只是，我们的线索到了外国领土就断了。”

“那么这是在海外策动的犯罪行为。”弗拉迪米尔毫不迟疑地接腔，“你承认幕后指使者在国外。”

“理论上是，只是理论上在外国领土，不是真的在国外。”助理处长暗指外国使馆，因为大使馆的土地理论上属于该国政府所有。“不过那是细节。我会跟你聊这个，是因为贵国政府对我国警方怨言最多。你看得出来我们没那么糟，我特别想让你知道我们的办案成效。”

“非常感谢。”弗拉迪米尔咬牙切齿地说。

“这里的每一个无政府主义者都在我们的掌控之中。”助理处长像在引述西特的话，“目前当务之急就是铲除煽风点火的人，才能确保国家社会安全。”

弗拉迪米尔朝路过的马车举起手。

“你不进去？”助理处长望向一栋看似殷勤好客的华丽建筑，偌大的门厅里灯火通明，光线从玻璃门透出来，洒在宽敞台阶上。

弗拉迪米尔面无表情地坐进马车，不发一语，扬长而去。

助理处长也没走进那栋高尚建筑，那是探险家俱乐部。他心想，这家俱乐部的荣誉会员弗拉迪米尔，未来恐怕不会太常出现在这里。时间才二十二点半，这天晚上可真忙坏了。

11

西特离开后，维洛克在客厅里踱方步。

他不时隔着打开的门偷瞄妻子。现在她全知道了，他心想。他一方面同情悲伤的妻子，一方面自我庆幸。维洛克虽然没有圣洁伟大的人格，却也有一颗温柔善感的心。他原本不知道该如何向妻子说明原委，愁得焦头烂额，西特帮他解决了这个难题，也算好的开始，但他还是得面对她的伤痛。

维洛克压根没想到史蒂维会死，这种灾难性结果无法用舌灿莲花的辩论和口沫横飞的劝说轻松化解。他无意害史蒂维惨死在炸弹的威力下，他根本不希望他死。死掉的史蒂维比活着时麻烦得多。维洛克觉得自己的计划完美无缺，他靠的不是史蒂维的聪明才智，毕竟史蒂维的脑子偶尔会神来一笔，耍些古怪花招。不，他靠的是史蒂维盲目的顺从与奉献。维洛克虽然不是什么心理专家，却也看出史蒂维对他不由分说地崇拜。他期待史蒂维会依照他的教导，顺利走出天文台，到公园外跟姐夫（睿智又仁慈的维洛克先生）会合。这条路线他已经带史蒂维走过好几回，就算是最傻的傻瓜，也应该可以在 15 分钟内放好炸药走出来，何况教授保证他们会有超过 15 分钟的时间。可是，史蒂维单独行动了短短不到 5 分钟，就绊倒跌跤，把维洛克吓得六神无主。他预估了所有突发状况，就没想到这个。他预见史蒂维中途分心，迷了路，最后在某个警局或公立劳动救济所被找到。他预见史蒂维被逮捕，但他不担心。他对史蒂维的忠诚度满怀信心，因为他在无数次散步过程中循循善诱，要史蒂维一个字都别说。他像个漫游哲人，缓步走在伦敦街头，意在言外地说理论情，慢慢扭转史蒂维对警察的观感。没有哪个圣哲有幸得到这么专注聆听、这么尊师重道的弟子。史蒂维对他实在太恭顺、太仰慕，维洛克几乎有点喜欢这孩子。总而言之，他没料到警方这么快就找上门。温妮竟然把家里地址缝在史蒂维大衣内侧，维洛克怎么也想不到她会来这招。人果然很难面面俱到。难怪当初温妮要他别担心史蒂维散步会迷路，还向他保证那孩子一定会回家来。可不是，他回来报仇了！

"哎呀呀。"维洛克惊讶之余喃喃自语。她为什么这么做？好让他不必时时刻刻盯着史蒂维吗？她想必是一番好意，但她可以跟他说一声啊。

维洛克在柜台后面走来走去。他不想用尖锐话语责骂妻子，他不怨她。事件出乎意料的转折，让他不得不相信命运。一切已经成了定局。他说："我原本也不希望那孩子受到任何伤害。"

温妮听见丈夫的声音，浑身打个了冷颤。她还是蒙着脸，维洛克用沉重、迟钝的眼神盯着她好一阵子。撕碎的晚报躺在她脚边，上面应该没写什么。维洛克觉得需要跟妻子谈一谈。

"是该死的西特说的，对吧？"他说，"那家伙惹你伤心难过，真是个畜生，跟女人说话一点都不懂得婉转。我光是考虑该怎么告诉你就想破了头。我在柴郡芝士酒吧坐了好几个小时，想琢磨出最好的方式。你知道我绝不会故意伤害那孩子。"

间谍维洛克说的是实话。炸弹提早爆炸，受到最大冲击的，就是他对婚姻的珍惜。他又说："我坐在那里想着你，一点也不开心。"

他发现妻子又是微微一颤，心里一阵难受。既然她坚持要用手捂着脸，他决定让她单独静一静。于是他回到客厅，那里的煤气灯鸣呜响，像只心满意足的小猫咪。温妮贴心地把冷牛肉、刀叉和半条面包留在餐桌上，这些是维洛克的晚餐。他到这会儿才终于看见这些东西，动手切了面包和牛肉，吃了起来。

他这时候还吃得下，倒不是因为麻木不仁。那天早上他没吃东西。他本来就不是行动派，这天的任务让他紧张万分，喉咙好像被什么掐住，吞不了任何固体食物，所以吃不下妻子准备的早餐。在米凯利斯那间小房子里，食物就跟监狱牢房里一样短缺，这位假释使徒只靠一点牛奶和少量不新鲜的面包就打发了一餐。更何况，维洛克到达时，他已经吃完寒酸早餐上楼去了，而且显然沉浸在文学创作的煎熬与愉悦中，没有搭理小楼梯下维洛克的叫唤。

“我带这小子回家住个一两天。”

事实上，维洛克也没等他回答，立刻转头走出小屋，史蒂维乖巧地跟在后面。

如今行动结束，维洛克的命运以迅雷不及掩耳的速度跳脱掌握，忽然觉得肚子唱起空城计。他切了牛肉，再切面包，站在餐桌旁狼吞虎咽，偶尔瞄一瞄妻子。她始终端坐不动，害他吃得不太安心。他再度走进店铺，来到妻子身旁。她这样蒙着脸独自伤心，搞得他坐立难安。当然，他预期妻子会非常痛心，但他要她打起精神来。他的宿命论已经让他接受了这个变局，但他还需要她全力协助、情义相挺。

“没办法的事。”他用闷闷不乐的同情口吻说道，“别这样，温妮。我们要想想未来。等我被带走，你得要振作起来面对难关。”

他停下来。温妮胸口剧烈起伏，维洛克更加惶恐。他认为，这个新局面需要他们两个当事人齐心协力、冷静果断地面对，这可不是伤心欲绝、歇斯底里的时候。维洛克天性仁厚，无论妻子怎么哭怎么闹，他都愿意默默承受。

只是，他并不了解妻子对弟弟的爱有多深厚。这倒不能怪他，毕竟，要想了解妻子的内心，他必须先放下自我。他既震撼又失望，也用粗暴言语表达这份心情。

“你至少抬头看看我！”他静候片刻后说道。

温妮的回答像是从蒙住脸庞的指缝之间硬挤出来，消了音，几乎听不见。

“我这辈子不想再看到你。”

“啊？什么！”维洛克听明白了这话的字面意义，只感到无比震惊。这显然太不理性，是过度悲伤后的夸大之辞。他发挥人夫的宽容，不跟她计较。维洛克不是个有深度的人，他误以为人的价值来自个人的本质，所以无法理解史蒂维在温妮心目中的价值。他心想，她反应这么激烈，未免太离谱。都怪那个该死的西特，干吗这样惹女人伤心？再这样下去她一定会失控，为了她好，得要想办法阻止她。

“你听我说！你不能一直这样坐在店里。”他装出严厉的口气，当然他确实也有点恼火，因为他们有重要的事要谈，就算整晚不睡也在所不惜。“随时都会有人来。”他补充说，又等了一下，她仍然没反应。等待的过程中，维洛克忽然意识到死亡的不可逆，他口气变了。“别这样，人死不能复生。”他语气温柔，几乎想张开双臂拥她入怀。他心里有不耐烦，也有疼惜。只是，这番残酷的大道理并没有打动温妮，她只是微微颤动了一下。这番话打动的是维洛克自己，他无知地认为，只要宣示自己的地位，妻子态度就会软化。

“温妮，你理智点，万一你失去的是我，结果会怎样？”

他有点期待她会放声大哭，但她依然故我。她身子略微往后，平静下来，变得不可捉摸。维洛克又气又慌，心跳加速。

他伸手搭在她肩膀上，说：“温妮，别像个傻瓜似的。”

她毫无反应。跟一个看不见脸的女人说话，能谈出什么来？维洛克抓住妻子的手腕，但她的双手好像牢牢地黏在一起，被他这么一扯，整个人往前摆荡，几乎摔下椅子。维洛克发现妻子竟然毫不抵抗，连忙想扶她坐稳。就在此时，她忽然全身紧绷，挣脱他的手跑走，穿过客厅直奔厨房。一切发生得太快，仓促之间他只瞥见她的脸和眼睛，知道她没看他。

刚才那幕从结果看来倒像两人在抢椅子，因为维洛克立刻坐上妻子的椅子。他没有捂住脸，五官却像罩着一层肃穆的思绪。一场牢狱之灾看样子是逃不过了，如今他觉得这样也好。如果担心有人寻仇，监牢跟坟墓都是绝佳藏身处。待在牢里不但可以避开仇人，人生还有一线希望。他预期自己会被判刑，可以假释，之后远走他乡。他事前也设想过，万一计划失败，结果就会是如此。计划果然失败了，却不是他担心的那种失败。这次行动几乎算是成功了，他办事效率如此出色，弗拉迪米尔肯定大开眼界，从此不敢再对他冷嘲热讽。至少维洛克是这么看目前的状况的。如果……如果他妻子没有做出把地址缝在大衣里的不幸举动，那么他在大使馆的声势就会扶摇直上。维洛克不是傻瓜，他看出自己对史蒂维有莫大影响力。只是，他不知道这股影响力的源头，其实是两个焦虑的女人反复向史蒂维灌输他崇高的智慧与善心。当初维洛克推想各种可能的结果时，正确地预见了史蒂维的忠诚与守密。如今却发生料想不到的结果，作为一个仁慈的男人与疼爱妻子的丈夫，他惊愕胆寒。从其他各个角度来看，这个结果其实相当有利：还有什么比死亡更能保守秘密。维洛克不知所措又惊恐万分地坐在柴郡芝士小酒吧时，不禁想到这点。毕竟他的感性还不至于左右他的判断力，史蒂维的惨死虽然叫人心惊肉跳，却是任务成功的保证。弗拉迪米尔要的不是炸垮天文台墙壁，而是制造某种惊心动魄的场面。在维洛克苦心经营之下，这个效果总算达到了。只是，最令人意想不到的是事件余波竟然荡回布雷特街。维洛克像在噩梦里挣扎，努力想保住自己的职位，到最后也只能接受命运的打击。他的职位丢了，却不能怪罪任何人，罪魁祸首只是一件微不足道的小事。这就像走在黑暗中踩到一小块橘子皮，把腿给跌断了一样。

维洛克疲倦地吸了一口气。他不怪妻子。他心想：等他入狱以后，她还得留在这里看店。想到她一开始会有多么想念史蒂维，不免担心她的身体和精神会撑不住。她要如何忍受独自待在家里的孤单寂寞？他人在牢里，她可千万不能崩溃，否则这家店怎么办？这家店还有点价值。他虽然接受了自己再也不能当间谍的事实，却也不想落得一无所有。为了妻子，这家店无论如何都要守住。

她待在他视线看不到的厨房里，默不作声，这可吓坏他了。要是她妈妈在就好了，可是那个愚蠢的老女人……想到这里，维洛克愤怒又丧气。他必须跟妻子谈谈，他可以让她知道，男人在某些情况下也会狗急跳墙。但他忍住了，没有去向她说明一切。首先，他很清楚这天晚上不适合谈正事。他起身去关上店门，熄掉头顶上方的煤气灯。

维洛克确保不会受到不必要的打扰之后，走进客厅，往厨房探了一眼。温妮坐在史蒂维每天晚上画圈圈打发时间的位子上。他总是拿着纸笔，画着象征混乱与永恒的无数圆圈。她双臂交叠着放在桌面上，头枕着手臂。维洛克望着妻子的背影和发型沉思片刻，然后转身走开。温妮向来对任何事都不好奇，淡定得近乎鄙视它们加上他们平时的相处模式，导致他几乎无法跟她沟通。偏偏这会儿他又非得跟她好好谈谈，他急得像热锅上的蚂蚁，绕着客厅的餐桌打转，就像关在笼子里的野兽。

好奇心是自我表露的一种形式，没有好奇心的人，或多或少带点神秘感。维洛克每回经过厨房门，就会不安地瞄妻子一眼。他倒不是怕她，他相信妻子深爱着他，只是不习惯听他谈心事，而他要谈的心事涉及深奥的心理状态。他没有聊心事的习惯，又怎么能清楚地向她描述他内心隐隐约约的感受？怎么告诉她命运会捉弄人？怎么告诉她有时内心某个意念会慢慢成长茁壮，最后独立存在，有它自己的力量，甚至鼓动人做出某种行为？他没办法告诉她，一个男人可能会因为饱受某张肥胖、狡猾、没留半根胡子的脸庞的折磨，最后急中生智，想出最荒唐的对策。

维洛克的脑海浮现大使馆第一秘书的模样。他在厨房门口站定，视线往下望，面容愠怒，拳头紧握，对妻子说：“你不知道我要应付什么样的畜生。”

他继续绕着餐桌打转。等他再次走到厨房门口，就停下脚步，站在比厨房高两阶的地方七窍生烟。

“一个愚蠢、危险、开口闭口奚落人的畜生，没有一点人性……都这么多年了！我何等人物！我可是冒着生命危险在做事啊！你什么都不知道。这样也好，没必要让你知道我们结婚这7年来，我随时冒着人头落地的危险。我不是那种会让爱我的女人担惊受怕的男人，你不需要知道。”维洛克又绕了客厅一圈，余怒未消。

“恶毒的家伙。”他又站在厨房门口说，“想害我穷苦潦倒饿死街头，好看我笑话。我看得出来他觉得这是个绝佳笑料。我是何等人物！你听我说！世上某些国家领导人还有一口气在，都得感谢我。老婆，你嫁的就是这样的男人！”

他看见妻子挺直上身，手臂还是伸直搁在桌上。维洛克望着她的背影，仿佛那里可以读到他刚才那番话的效果。

“过去11年来，每一桩暗杀计划，都是我冒着生命危险化解的。我送走了几十个口袋里装着炸弹的革命人士，让他们在边境被捕。过世的男爵明白我对他的国家的贡献。现在突然跑来一头猪……一头不学无术、神气活现的猪。”

维洛克慢慢走下两级阶梯，进了厨房，从餐具柜里取出玻璃杯，拿着它走向水槽，没看妻子一眼。

“叫我上午11点去见他。过世的男爵绝不会干这种坏心眼的蠢事。某些人如果看见我走进那地方，迟早会敲我一记闷棍，伦敦城里就有两三个这样的人。平白无故害我这样的人物暴露身份，简直是要命的白痴行为。”

维洛克扭开水龙头，一口气连灌了 3 杯水，浇熄他心中的怒火。弗拉迪米尔的所作所为就像一块炽热的烙铁，在他体内引燃熊熊大火。他平息不了遭到背叛的忿恨。当初他不愿意接受社会分配给低下阶级的辛苦活，孜孜不倦地投入间谍工作，全心全意地奉献。他有他的忠诚度：忠于雇主，忠于维持社会秩序的任务，也忠于他的感情。他把杯子放进水槽，转身说了以下的话，以证实他对感情的忠贞：

“如果不是因为想到你，我当场就掐住那个恶霸的脖子，拧下他的脑袋扔进火炉。我肯定打得过那个粉红脸蛋、刮光胡子的……”

12

维洛克没把话说完，仿佛最后那个词语不言自明。他头一回对妻子交心，这种状况太特殊，他陈述时激情澎湃，以至于把史蒂维的命运抛到脑后。他一时忘了史蒂维结结巴巴地度过恐惧与愤怒的一生，又在暴力中结束生命。正因如此，当他抬头望向妻子，发现妻子的眼神不太对劲儿。那眼神不算狂野，也不像分心，有种古怪，不符合他的期待，因为它似乎投向他背后的某个定点。那种感觉太强烈，维洛克不禁转头查看。后面什么都没有，只是那片刷白的墙壁。英明的维洛克确定墙上没写字[①]，又转头看妻子，加强语气重复说道："我当真会掐他脖子，就跟我现在站在这里一样真实。如果不是想到你，我会掐得那畜生只剩半口气，才让他爬起来。你别以为他会急着去报警，他没那个胆儿。你明白原因，对吧？"

① 典故出自《圣经·但以理书》第五章第五节。在伯沙撒王盛宴上突然出现人手，在墙上书写文字。后世通常以"墙上的文字"比喻凶兆或不祥预言。

13

他意有所指地对妻子眨眨眼。

“不明白。”温妮低声答，“你到底在说什么？”

太让人泄气了，维洛克忽然感到疲惫。这天他做了很多事，神经紧绷到极点。他辗转反侧担忧了一整个月，最后以一场意外灾难收场，精神饱受摧残，现在只想好好休息。他的间谍生涯已经以出人意料的方式结束，如今他或许可以睡上一顿安稳觉了。然而，他看看妻子，不免心生怀疑。他心想，她还是没办法接受事实，一点也不像她的个性。他打起精神说：

“老婆，你要坚强起来。”他满怀同情，“事情已经成定局了。”

温妮微微一怔，苍白脸庞毫无动静。维洛克没看她，自顾自地念叨：“你先去睡吧。你现在需要的是大哭一场。”

这个提议来自人类社会的共同见解。全天下的人都知道，女人的情绪最后都会终结在泪水里，仿佛那是虚无缥缈的东西，像飘在空中的水气。即使史蒂维躺在自家床铺，在她绝望目光的注视下死在她怀里，温妮的悲伤也可以用纯净、哀恸的涟涟珠泪冲刷干净。温妮跟绝大多数人一样，对于人生的变量，不知不觉中会选择听天由命。她不需要“伤那种脑筋”，因为事情往往“经不起细看”。可是，史蒂维的死在维洛克看来虽然只是一段插曲，是悲剧的一部分，却让她欲哭无泪，就像热烫的熨斗压过她的眼睛。与此同时，她冷却凝固的心脏让她内在战栗不已，五官因而冻结，像对着没有文字的墙壁沉思冥想。温妮面对紧急状况时，一旦失去理性矜持，就会转化成激烈的母爱，连串思绪不由自主地在她一动不动的脑袋里流转。这些思绪多半以画面呈现，不是用话语描述。温妮话很少，不管对别人或对自己都一样。她遭到背叛，愤怒又错愕，开始回顾自己生命历程中的种种影像，那些影像多半围绕着史蒂维从小到大的困顿人生。就像那些为数不多的在人类思想与情感上留下印记的生命，她的生命只有一个目标，只有一个高贵的理想。但温妮脑海中的画面既不高贵也不辉煌，她看见自己在某个“营业场所”人迹罕至的顶楼，靠一根蜡烛照明，哄着史蒂维入睡。这个营业场所一楼的雕花玻璃窗里明亮耀眼，像童话故事里的宫殿，屋顶下的这个区域却黯淡无光。她只能在想象中看见那炫目华丽的景象。她记得自己帮那孩子梳头发，帮他系围兜，在她自己也还在系围兜的年纪；也记得一个年纪不大、受到轻微惊吓的孩子，安慰着另一个年纪相去不远、吓得手足无措的孩子。她看见中途被拦截的拳头（多半用她的脑袋）；把男人的愤怒挡在外头的紧闭门板（通常撑不了多久）；凌空而起的火钳（飞得不远）暂时震慑住那阵狂风，随之而来的却是轰隆巨雷。这些狂暴画面浮现又消失，伴随着某种杂音，那是尊严受创的父亲低沉的叫骂声，说他自己受到诅咒，因为他的孩子一个是“流着口水的白痴，另一个是女恶魔”，那是多年以前父亲对她的评语。

温妮再次听见那些话，那些话像挥之不去的鬼魅。贝尔格莱维亚大宅的阴郁暗影笼罩着她的肩膀，那是酸楚的回忆。捧着无数早餐托盘，来来回回上楼又下楼；为 1 便士讨价还价争执不休；扫地，掸灰尘，整理，从地下室到阁楼，没完没了的苦役。那位无能的母亲拖着肿胀双腿，在油腻污秽的厨房烹煮料理，她们如此辛苦操劳都是为了史蒂维，他却浑然不觉，在厨房洗涤区擦着房客的靴子。不过，这幕景象中夹带了一抹伦敦的夏日气息，其中的主角是个年轻人，穿着最好的主日衣服，深色头发上戴着草帽，嘴边叼着木头烟斗。这个深情开朗的年轻人是她的完美伴侣，可以共同航行在波光潋滟的生命溪流。只可惜他的船太小，只够搭载一名女桨手，容不下其他任何乘客。温妮别开婆娑泪眼，任由他漂离贝尔格莱维亚大宅门槛。那人不是房客。房客是维洛克先生，他生性懒散，昼伏夜出，早晨会在被窝里睡眼惺忪地跟她调笑，厚厚的眼皮闪着痴迷的眼神，口袋里永远不缺钱。他懒散的生命河流没有亮点，河水流向神秘处所。但他的三桅帆船好像蛮宽敞，他沉默的宽容理所当然地接纳了乘客。

温妮继续回想史蒂维 7 年来的安稳生活，由她忠实地付着代价。那份安稳提升为信心，再转化为家的感觉，像宁静水池那般深沉、那般迟滞。在她细心呵护下，池水表面几乎不曾为偶然掠过的奥斯朋颤动。结实健壮的无政府主义者奥斯朋挑逗的眼神肆无忌惮，任何女人只要不是脑残智障，都明白他打着什么鬼主意。

维洛克说完话才短短几秒，温妮已经召唤出不到两星期前的一幕景象。她用放大到极限的瞳孔盯着丈夫和可怜的史蒂维并肩走出店铺踏上布雷特街。那是温妮的大脑创造的最后一幕画面，这幅画面既不优雅也不迷人，不好看，几乎称不上体面，却有值得称道的情感与不懈的坚持。那一幕有着造作的宽慰、仿真的样貌与精准的细节，迫使温妮发出痛苦而虚弱的呢喃。那是惊愕的呢喃，重新召唤出她生命的极致幻象，而后消失在她死白的双唇之间。

“真像一对父子。”

维洛克停下脚步，仰起忧思不解的脸庞。

“啊？你说什么？”

妻子没有回应，他继续恶狠狠地踱步。接着，他抡起肥厚的拳头，大声嚷嚷：

“没错，大使馆那些人。一群差劲的家伙，对吧！不出一个星期，我就会让他们之中的某些人恨不得自己藏身在地底深处。咦？什么？”

他低下头，瞥了瞥左右两侧。温妮注视着刷白的墙壁：一堵空无一物的墙壁，完全空白，可以冲过去把头撞破的空白。温妮继续坐着，不动如山。她静止不动，就像备受信任的上苍突然背信忘义，熄灭夏日晴朗天空中的艳阳，地球上的半数人口震惊或失望得无法动弹一样。

“大使馆……”维洛克像野狼般露出利牙，“真希望可以带着棍棒冲进去半小时。我会没命地打，直到他们全身上下没有一根完整的骨头。不过无所谓，我会让他们知道，害我这样的人流落街头会有什么下场。我知道的可多了。全世界都该知道我帮他们干了些什么龌龊事。我不怕，也不在乎。所有事都会曝光，所有肮脏事。叫他们小心点！”

维洛克用这些话宣示他的复仇心切。这种复仇方式十分恰当，正好发挥他的才干。另一个好处是那是他能力所及，符合他的职业特性，毕竟他一直以来的谋生方式，正是揭露同志的非法秘密行动。在他看来，无政府主义者和外交官没有差别，他对所有人一视同仁。对于工作上接触的所有人，他的鄙视毫无二致。不过，他无疑是个改革派无产阶级，所以相当不满阶级差距的存在。

“现在我没有顾忌了。”他补了一句，停顿下来，定定地看着妻子，温妮则是定定地望着空荡荡的墙壁。

气氛持续沉默，维洛克有点失望。他原以为妻子会说点什么，但她的嘴唇还是维持平时的模样，只是一动不动，就像她脸上的其他部位。维洛克觉得失望，但他又发现，他刚才的话并没有要她回应，何况她本来话就不多。基于某些心理因素，维洛克习惯相信任何对他以身相许的女人，因此他相信妻子。他们相处得非常和谐，却是一种有欠明确的和谐。那是自由心证的和谐，呼应温妮的漠然与维洛克懒散又隐秘的心理特质：他们不习惯探究行为与动机背后的真相。

某种程度上，这种态度上的保留显示他们对彼此的高度信心，也为他们的亲密关系注入些许模糊空间。天底下没有完美的婚姻关系，维洛克认定妻子信任他，但他更希望这时候她能说出内心的想法，这对他会是一大安慰。

至于他为什么得不到这点安慰，原因不一而足。首先是生理上的障碍：温妮暂时无法控制她的声音。她只剩两种模式——尖叫或静默，她本能地选择静默，因为她天性沉默寡言。再者，她脑子里有个挥之不去的残酷念头，让她动弹不得。她双颊煞白，唇色死灰，全身肌肉僵硬。她没看维洛克，只在心里想着：这男人把那孩子带出去谋杀，他把那孩子带出家门杀掉，他把那孩子从我身边带走杀死了！

这个念头翻来覆去，叫人抓狂，彻底击垮了她的身心。它在她血液里，在她骨头里，在她发根里。她在心里采行《圣经》式的哀悼：蒙住脸庞，撕裂外衣[①]，号哭与悲叹的声音充塞她的大脑。但她牙关紧扣，干涸的眼睛喷出怒火，因为她不是逆来顺受的人。她当初挺身而出保护弟弟，就是出于一股强烈的义愤。她对他的爱必须激进，她为他战斗，包括对抗她自己。失去了他，就像吃了败仗那么难以忍受，像受阻的激情，痛苦难耐。更何况，夺走史蒂维的并不是死亡，是维洛克。她看见了，她眼睁睁地看着他带走那孩子，没有出手阻止。她就这样让他走了，像……像个呆瓜，瞎了眼的呆瓜。他害死那孩子之后就回家来，像天底下所有男人回到妻子身边……

① 《圣经·创世记》第三十七章第三十四节记载，雅各撕裂外衣，腰束粗布，为儿子哀恸多日。

14

温妮咬着牙对那片白墙说：“我还以为他受了风寒。”

维洛克听见这句话，站在自己的角度理解。

“没事。”他没好气地说，“我只是心烦，为你心烦。”

温妮缓缓转头，目光从墙面转移到丈夫身上。维洛克的指尖塞在双唇之间咬着，视线往下盯着地板。

“没办法了。”他咕哝道，手放了下来。“你一定要打起精神，你要应付很多事。是你把警察引来的，不过没关系，这事我不会再提了。”他宽宏大量地说，“你不是故意的。”

“我不是。”温妮轻声说，听起来像尸体在说话。

维洛克接续自己的话题，“我不怪你。我会让那些人坐立不安。等我安全进了监牢，就可以放心说……你明白我的意思。我必须暂时离开你两年。”他用关切的语气说，“你的日子会比我好过，你有事可做，而我……温妮，你要让这家店再撑两年，这你办得到，你够聪明。等转让的时机到了，我会通知你。你一定要特别小心，那些革命分子会持续监视你。你要非常机灵，非常低调，不能让任何人察觉你的行动。我出狱时可不想被人从背后捅一刀或敲后脑勺。”

维洛克用他通权达变的先见之明考量未来的问题，他语调肃穆，因为他能正确判断当前局势。他不乐见的事都发生了，未来变得危机重重。他或许一度因弗拉迪米尔的愚蠢威胁吓得失去判断力，但他情有可原。再怎么说，男人活到 40 多岁，突然面临失业危机，难免乱了阵脚。尤其当这个男人是秘密警察的间谍，向来以自己不可替代的价值为荣，也自信深受高层赞赏，一时失常也是在所难免。

如今事情以灾难收场，他冷静面对，却一点也不开心。间谍为了报复，把一切摊在阳光下，向公众披露他过去的丰功伟业，就会变成众矢之的，变成愤怒的亡命之徒追杀的目标。他没有过度渲染或夸大其词，只是清楚地描述，让妻子明白其中的危险性。他再度重申，他一点都不想死在那些革命分子手里。

他直视妻子的眼睛。温妮放大的瞳孔像两个无底洞，吸纳了他的目光。

“我太爱你，不想就这样死掉。”他神经质地笑了笑。

温妮惨白僵硬的脸孔泛起一抹红晕。她的回忆已经结束，所以她不但听见了丈夫的话，也明白他的意思。这些话跟她当时的心理状态极端不协调，让她觉得有点呼吸困难。温妮此时的心思很简单，却并不健全，因为内容只有某个固定念头。她大脑中每个细胞、每个角落，都填满一个念头，那就是眼前这个跟她心平气共同生活 7 年的男人，把那“可怜的孩子”从她身边带走，只为了杀死他。这个她的肉体与心灵已经渐渐适应了的男人，这个她信任的男人，把那孩子带出去杀掉！这个念头的形式、内涵与其普遍而广泛的效应，连无生物的外观都能改变，让人可以永远端坐原处反复咀嚼。温妮端坐原处，维洛克的身影往返穿梭过那个念头（不是穿梭过厨房）：穿着熟悉的大衣，用他的靴子重重踩踏她的大脑。他或许边踩踏边说话，只是，温妮的思绪掩蔽了大多数的声音。

然而，偶尔那声音会突围而出，几个相连的字眼会突然涌现，多半充满希望。每回她听见丈夫的声音，扩散的瞳孔就不再定焦在远处，会忧愁而不明所以地追踪丈夫的行踪。维洛克对自己间谍生涯的一切知之甚详，认为自己的计划与谋略前景乐观。他真心觉得自己轻而易举就能避开愤怒的革命分子的追杀。过去他太常夸大那些人的怒火与本事（基于工作需求），不至于对那些人有太多幻想。因为人若要夸大自己的判断，事先要能精准评估。他也知道两年的时间——漫长的两年——可以让人淡忘许多美好与丑恶。他第一次跟妻子说出这些机密，他的乐观是有根据的。他也觉得自己最好在妻子面前表现得信心十足，这样她才能受到激励。他重获自由时也要保密，这跟他的人生有异曲同工之妙。他们会刻不容缓地一起消失。至于如何避免仇家追踪，他要妻子别担心，这方面他很在行，就算是魔鬼本尊……

他挥了挥手，像在吹牛。他只是一番好意，想给妻子打打气。可惜他运气不好，跟谈话对象不同调。

温妮听见丈夫自信的语调越来越高亢，但她的耳朵放过了大多数字眼，毕竟，如今，话语对她有什么意义？她现在脑子里只有那个无法撼摇的念头，任何话语不管好坏，都影响不了她。她黑暗的眼神跟着那男人转来转去，那男人口口声声为自己辩白。就是那男人把可怜的史蒂维带到某个地方杀掉。温妮记不得那个地点，但她的心跳开始加速。

维洛克此时用人夫的温柔语调说着，他深信他们俩还能过上好几年平静日子。他没谈到生活要怎么维持。必须是平静日子，要隐居乡野，藏身市井小民之间；要低调行事，像不起眼的紫罗兰。维洛克的用语是："避避风头"。当然要远离英格兰，维洛克没有说他想去西班牙或南美洲，总之一定得避居海外。

他说的最后两个字飘进温妮耳中，产生了明确概念。这男人说要出国，这是个独立概念，温妮基于惯性，不假思索地问自己："那史蒂维怎么办？"

那算是一种健忘。她马上又意识到，在这点上已经没有任何担心的理由了，永远不会再有。那可怜的孩子已经被带出去谋杀了，那可怜的孩子死了。

刚才的健忘刺激了温妮的理智，她开始思索接下来的可能发展，维洛克如果知道她在想什么，只怕要吃一大惊。既然那孩子永远回不来，她也不需要继续留在那里，在那个厨房、那间屋子、那男人身边。没有任何必要。想到这里，温妮像弹簧似的跳起来。然而，她也不知道自己还有什么理由留在世上，只好无能为力地站在原地。维洛克怀着为人夫的关切望着她。

“你总算正常点了。”他不安地说。妻子眼神里的那抹阴沉让他开心不起来。就在那个当下，温妮意识到自己已经摆脱了世间的一切束缚。

她找回自由了。她的人生契约结束了，跟眼前这个代表那份契约的男人之间已经没有任何关系。她是个自由的女人。维洛克如果知道妻子此时此刻的心思，肯定极端震撼。感情世界里的维洛克总是宽厚得少根筋，总以为女人爱的是他的人。他的伦理观与他的虚荣自负等量齐观，面对爱情时简直无可救药，不管爱情或婚姻，他都十分确定自己无条件被爱着。他放任自己变老、变胖、体重增加，主要是因为他自认魅力十足，女人爱的就是他最真实的模样。妻子二话不说转身往外走，他难掩失望之情。

“你上哪儿去？”他口气有点严厉，“上楼吗？”

温妮走到厨房门口听见丈夫的声音，停下脚步。温妮非常害怕那男人靠近她、碰触她，因而生起一种本能的谨慎，站在高两阶的客厅地板上对那男人轻轻点头，嘴唇微动。维洛克怀着作为丈夫的自信，将她的表情解读为似有若无的疲惫笑容。

“那就对了。”他生硬地表示赞同，“你现在需要的就是安静休息。去吧，我随后就来。”

刚得到自由却不知何去何从的温妮全身僵硬地听从丈夫的建议。

维洛克望着她的身影消失在楼梯上，难掩失望之情。他其实有点期待妻子会激动地扑进他怀里，但他为人宽容敦厚，知道妻子向来沉默寡言，不擅长表达情感，何况他自己也不是谈情说爱的高手。然而，这不是寻常夜晚，在这样的夜晚，男人需要妻子明确表现出体贴与爱慕。维洛克叹一口气，熄了厨房的灯。他对妻子的体贴之情真诚又强烈，此时的他站在客厅里，想到妻子心里会有多么孤单，几乎难过得落泪。在这样的心情下，他异常想念史蒂维。他为史蒂维的死感到哀伤，可叹那孩子竟然蠢得害死自己！

他再次感到饥火烧肠，即使是体格比他健壮的探险家，经历过重重难关考验，精神放松后都会觉得腹中空虚。餐桌上的那块冷牛肉俨然是史蒂维葬礼告别宴上的烤肉，这时映入他眼帘。他又吃了起来，狼吞虎咽，没有节制，也顾不得吃相，用锐利的切肉刀切下大块大块的牛肉，没夹面包直接塞进嘴里。他大快朵颐之际，忽然意识到楼上的妻子异乎寻常地毫无动静。想到妻子或许独自坐在床边，连灯都没点，他不但胃口尽失，也不想太早上楼。他放下切肉刀，忧心忡忡地专注聆听。

终于听见妻子的脚步声，他总算安心下来。妻子突然横越房间，猛力推开窗子。接着是一段沉寂，他猜想妻子把头探出窗外。之后窗子慢慢关上，她走了几步，坐下来。维洛克是个彻头彻尾的居家男人，家里任何声响他都一清二楚。等他再次听见妻子的脚步声，他知道她在穿外出鞋，就像亲眼看见那么肯定。听见这不祥预兆，他双肩微微扭动，离开餐桌走向壁炉，背对炉火站定，歪着脑袋，困惑地咬着指甲。他继续聆听妻子的一举一动：她快步走来走去，偶尔骤然停步，一会儿在五斗柜前，一会儿在衣柜前。维洛克经历了一整天的震撼与惊讶，一股沉重的倦怠感压得他浑身乏力。直到听见妻子下楼，他才抬起头。果然如他所料，她打扮整齐，准备出门了。

温妮已经自由了。她在房间里推开窗子，可能是想大喊“杀人了！”“救命啊！”或者想把自己扔出去，因为她不知道该怎么运用这份自由。她好像被撕裂成两半，两边大脑各自为政，有欠协调。她厌恶底下静悄悄又空荡荡的街道，因为它显然站在那个自认无罪的男人那边。她不敢大叫，怕没人来。显然不会有人来。她本能地想自我保护，不愿意摔进那条潮湿泥泞的深沟。她关上窗子，开始换装，决定用另一种方式出门踏上底下那条街。她自由了。她打扮得整整齐齐，甚至戴了黑色面纱。当她站在客厅灯光下，维洛克发现她还带了小手提包，就挂在她左手腕上……一定急着去找她妈妈。

他疲乏的脑袋冒出一个念头：女人都是麻烦的动物。不过他为人太宽厚，不会让那样的念头逗留太久。他的自尊严重受创，行为还是宽宏大量，不允许自己露出一丝苦笑，或做出不屑的表情。他本着宽大为怀的崇高精神，瞥了瞥墙上的木头时钟，用冷静却强硬的口气说：

“温妮，已经 8 点 25 分了。这么晚去一点意义都没有，你今晚赶不回来。”

他伸手拦阻，温妮停在那只手前面。他又沉重地说：“你还没到那里，你妈就已经睡了。这种事不必急着告诉她。”

温妮压根儿没想到要去找妈妈，光是想到这个主意，她就心生畏惧。她摸到背后有张椅子，顺势坐了下来。她只是想从此离开这个家，如果这份心情正确无误，那么它呈现在她脑海的模样倒是符合她的出身与身份。她心想：我宁可下半辈子都在街上走着。可是她的心灵遭受到重大打击，相较于这份打击的实质威力，人类史上最强烈的地震也会显得虚弱无力。也由于这样的打击，随便一个玩笑或不经意的接触，她都无法抗拒。她戴着帽子、罩着面纱，看上去像个访客，只是顺道进来探望维洛克。维洛克见妻子乖乖顺从，觉得勇气倍增。但她沉默不语，似乎只是暂时听从，这样又惹他恼火。

“温妮，”他用命令口气说，“你今晚哪儿也别去。该死！是你把警察引上门的。我不怪你，但这件事终究是你的错。你最好摘掉这讨人厌的帽子，我不能让你出去。”

温妮的脑子紧抓住丈夫最后那句话不放。那个男人从她眼皮子底下带走史蒂维，去到某个她一时想不起来的地方杀掉，现在又不许她出门。他当然不许。

他已经杀了史蒂维，绝不会放她走。他会要她无偿留下。温妮混乱的大脑循着这种疯狂逻辑，开始务实地思索。她可以从他身边溜过去，打开门跑出去。可是他会追上来，抱住她，把她拖进店里。她可以抓他、踢他、咬他，也可以捅他。只是，要捅的话她得要有刀。温妮戴着面纱端坐椅子上，在自己家里，像个意图不明、戴面具的神秘访客。

维洛克的宽容还不至于超凡入圣，他终于被妻子激怒了。

“你就不能说说话吗？你惹男人生气的本事可真不是盖的。没错！我知道你在装聋作哑，今天不是第一次领教，不过这回没用。还有，把这鬼东西摘掉。我根本搞不清楚是在跟木偶说话，还是跟活人说话。”

他往前跨步，伸手扯掉她的面纱，揭露一张毫无表情、难以捉摸的脸庞。看见这样的面容，维洛克不安的怒气登时碎了一地，像玻璃球砸在石头上。“这样好多了。”他说这话来掩饰自己一时的不安。他重新回到壁炉旁的位置。他始终不认为妻子会有离开他的念头。他自觉惭愧，因为他疼老婆又宽宏大量。他能怎么办？该说的话都说了。他激动地抗议：

“我的天！你不知道我到处找人。我为了找人来做那件事，冒着身份暴露的危险。我再说一次，我确实找不到任何够疯狂或够缺钱的人。你把我看成什么人了？杀人犯吗？或什么别的？那孩子死了。你以为我希望他把自己给炸死吗？他死了，他的烦恼结束了。我坦白告诉你，我们的烦恼才刚要开始，就是因为他把自己给炸死了。我不怪你，不过你一定要明白，那真的是意外，就像他过马路时撞上公共马车一样，纯属意外。”

他的包容不是没有限度，因为他是个凡人，而且不是温妮认定的那个怪物。他停下来，龇牙咧嘴地扬起八字胡，露出底下的洁白牙齿，活像一只沉思的野兽，不算凶猛，是一只脑门油亮的迟缓野兽，比海豹更忧郁，嗓音沙哑。

“真要说起来，你也有责任。事实就是这样，你爱瞪就瞪吧，我知道你那双眼睛很会瞪人。我打死都没想过要让那孩子去做那件事，当初我心烦意乱，整天想着该怎么解决我们的问题，是你一直把那孩子推给我。你怎么会突然那么做？不知情的人还以为你故意的，我也以为你是故意的。你成天都是那副什么都不在乎的可恶模样，什么也不看，什么也不说，天晓得你暗地里知道多少事……”

他沙哑的居家嗓音停顿片刻。温妮没有回应。面对妻子的沉默，他为自己刚刚那番话感到羞愧。不过，就如所有爱家男人跟伴侣发生口角时常有的反应，他恼羞成怒地说下去。

“有时候你什么都不说。”他用同样的音调接着说，“那模样会把某些男人气得暴跳如雷。算你走运，我不像其他人那么容易被女人的装聋作哑生闷气惹火。我喜欢你，但你也别得寸进尺，现在不是闹别扭的时刻，我们要想想接下来该怎么做。今晚我不能让你出去，大老远跑去跟你妈告些有的没的状，我不允许。你可别搞错了，如果你认为是我害死了那孩子，那么你也要负一半责任。”

这个家靠贩售隐秘商品赚取微薄利润维生，而这个秘密营生又是某个平凡男人为了守护一个不完美社会——使它免于道德与实质的堕落（这两种堕落也都见不得光）——想出来的三流权宜之计。维洛克刚才那番话说得真情流露又开诚布公，比在这个家里说过的任何话都实在。他会说出这些话，是因为他真的生气了。只是，在这个隐身巷弄、藏在阳光照射不到的店铺后面的家里，沉默的规则显然没有被打破。温妮规规矩矩地听完他的话，站了起来，依然戴着帽子穿着外套，像结束拜访的客人。她走向她丈夫，一只手往前伸出，像要跟他握手道别。她的面纱垂挂在脸庞左边，让她严谨的正式礼仪显得有点失序。等她走到壁炉地毯，维洛克已经不在那里了。他没有抬头查看妻子对刚才那番话的反应，直接往沙发走去。他累了，不想再跟妻子争辩，脆弱的内心很受伤。如果她要继续冷战生闷气，那就随她去吧，她是这方面的专家。维洛克“咚”的一声倒在沙发上，照样不理会帽子的下落。他的帽子似乎也习惯了自己照顾自己，在桌子底下找到了安全的避风港。

他累了。过去一个月来，他在筹划与失眠的无边烦恼中度过，最后却以出乎意料的惨剧终结，震惊与苦恼耗尽他最后一丝紧张不安的力气。他累了，男人也不是铁打的，去他的！他照平时习惯和衣躺下，敞开的大衣半截垂落在地板。他舒适地仰躺着，渴望更酣畅的歇息，想好好睡一觉，享受几小时的平静，把什么都忘掉。但他还不能睡，只能暂时先闭闭眼。他心想：“但愿她别再瞎闹了，实在很气人。”

温妮重新得到的自由想必有某种情感上的缺陷，她没有趁这时候离开，反而往后靠，肩膀抵着壁炉架的隔板，像徒步旅人倚着围篱歇歇脚。她看上去有点疯狂，一来是因为那块面纱还像破布似的挂在她脸颊旁，二来她黑色的眼眸定定地凝视前方，吸纳屋子里的光线，没有反射出一丝光泽。这女人勇敢地做了一笔交易，维洛克光是猜想她的交易内容，他的爱情世界可能就会天崩地裂。此时她显得优柔寡断，像是知道她必须再做点什么，才能正式了结这笔交易。

沙发上的维洛克动了动肩膀，找到最舒适的姿势，然后他发自肺腑地说出内心的期盼，这话当然就跟任何从他肺腑里说出来的话一样真诚。

“我真心希望，”他沙哑地吼道，“我从来没去过格林尼治公园和附近任何地方。”

他沙哑的噪音不高不低，充塞小小客厅，跟这句话所传达的小小心愿格外协调。那段长度合宜的声波配合正确的演算公式而拉长，围绕着屋里所有的无生物打转，也轻轻拍打温妮的头，仿佛她的头是石头雕刻出来的。听起来虽然不可思议，但温妮的眼睛好像睁得更大了。从维洛克满溢的胸怀泛滥出来的那个心愿，流进了温妮空无一物的记忆之海。格林尼治公园。公园！那孩子就是在公园被杀的，是公园。碎裂的树枝，残破的叶子，砾石，弟弟粉碎的尸骨，全都像烟火似的喷发出来。她想起她听见的消息了，那记忆以图像呈现。他们不得不拿铁锹帮他收尸。她浑身颤抖，止也止不住。她看见那把铁锹，看见它从地上铲起的那堆恐怖物事。温妮急忙闭起眼睛，用她眼皮的夜幕罩住那幅画面。她看见断裂的四肢像雨点般落下，而史蒂维的脑袋单独悬在空中，慢慢消逝，像烟火表演的最后一点火花。温妮睁开眼睛。

她的面容不再僵硬，任谁都看得出她五官和眼神的微妙变化，那是一种全新的、吃惊的表情。那变化太微妙，任何神智健全的人，即使有能力安心而从容地深入分析，通常也看不出。但那个表情所代表的含义却一目了然。温妮不再认为交易还没结束，她的大脑不再混乱，现在由她的意志力操控。可惜维洛克什么都没看见，他还在休息，心情处于一种极度疲乏而导致的可悲乐观。他不想再为任何人心烦，包括妻子。他一点错都没有，妻子爱的是他这个人。妻子此刻的静默显然是个好现象，该跟她和解了。沉默的时间够久了，他用一声轻唤打破了它。

“温妮。”

“嗯。”重获自由的温妮顺从地回应。现在她能够操控大脑和发声器官，也异乎寻常地竟然百分之百掌控了全身上下每一条神经。她的身体完全属于她了，因为那笔交易结束了。她看得一清二楚，心眼也灵巧了。她之所以立刻回应，是因为她另有打算。那男人目前躺在沙发上，这个姿势正合她意，她不希望他改变。她如愿了，男人没有动。不过，她应了一声以后，继续像个歇脚的旅人，无所谓地倚着壁炉架。她不赶时间，也没有皱眉蹙额。维洛克的头和肩膀被沙发椅背挡住，她看不见，只能紧盯他的脚。

她依然保持这种神秘的静止与突然的镇定状态，直到维洛克用丈夫的威权口吻下了指令，并且在沙发上蠕动身子，挪出空间给她。

“过来。”他的口气十分特别，听起来有点野蛮，但温妮很清楚，那是他求爱的语调。

她立刻走上前去，仿佛她还是那个温驯的妻子，仍然因为一纸有效契约，被那男人束缚。她右手轻轻滑过餐桌边缘，等她越过餐桌走向沙发，餐盘旁的切肉刀无声无息地消失了。维洛克听见地板嘎吱嘎吱响，心满意足。妻子过来了，他等待着。史蒂维无家可归的魂魄似乎直接飞进姐姐——监护人兼守护天使的胸膛，寻求庇护。她每走一步，容貌就更像弟弟，连下唇都往下掉，眼睛甚至略微斗鸡眼。可是维洛克没看见，他仰躺着，视线向上。他在天花板和墙壁上看见一只晃动手臂的影子，那只手握着切肉刀，影子上下摇曳，动作慢条斯理。那动作如此缓慢，维洛克因此认得出那只手和那把刀。

因为影子慢条斯理，维洛克得以充分理解了它背后的含义，也尝到了从喉咙涌上来的死亡滋味。他妻子彻底疯了，疯得想杀人。那影子太慢条斯理，所以维洛克看见后的第一波麻木感有时间消退，还能确定自己徒手跟那个持刀的疯子激烈打斗后，能够全身而退。那影子如此慢条斯理，维洛克有时间构思防御计划，打算先冲到餐桌后面，再用沉重的木椅打倒那女人。只是，那影子不够慢，维洛克来不及伸手或抬脚，刀子已经戳进他心窝。刀子刺进去时通畅无阻，大胆之举总是无比精准。温妮隔着沙发椅背刺的那一刀，用尽了她得自于遗传、远古而隐晦的洪荒之力：从穴居时代的野蛮残暴，到酒铺时期失衡的紧张愤怒。那一刀力道过猛，间谍维洛克的身子被震得微微侧翻，登时毙命，只来得及发出一声抗议：“别……”

温妮放开刀子，脸孔恢复平时模样，不再神似她过世的弟弟。她深吸一口气。自从西特拿出史蒂维的大衣上缝了地址的那块布以来，她第一次放松地呼吸。她前臂交叠搁在沙发椅背上，俯身向前。她摆出这么悠哉的姿态，不是为了看着维洛克的尸体幸灾乐祸，而是因为整间客厅都在波动摇晃，宛如处在惊涛骇浪的大海上。她头有点晕，心却很平静。她得到了完整的自由，不再有所渴求，也无事可做，因为史蒂维已经不需要她牺牲奉献。习惯以画面思考的温妮不再受影像困扰，因为她已经停止思考。她也没有动作。她享受这份无牵无挂与逍遥自在，几乎像一具死尸。她没有动，也不思考。摊在沙发上的那具已故的维洛克的必死躯壳也不动、不思考。唯一的差别在于，温妮还在呼吸，否则他们俩可算琴瑟和鸣：谨慎地有所保留，没有多余话语，没有手势或暗号，就像他们循规蹈矩的家庭生活。他们的确过得循规蹈矩，用合宜的沉默掩盖神秘职业与暧昧生意可能衍生的问题。直到最后一刻，仍然没有不得体的尖叫或其他误用的真诚举动来搅乱这池宁静。在那致命一击之后，这份体面依然静止而沉寂地维持着。

客厅里没有一丝动静，直到温妮慢慢转头面向时钟，一脸困惑与质疑。她意识到客厅里有嘀嗒声，越来越响亮，偏偏她清楚地记得，墙上的挂钟没有声音，不会嘀嗒响。它为什么突然发出这么嘈杂的嘀嗒声呢？时钟显示 8 点 50 分。温妮不在乎时间，嘀嗒声持续着。她确认那不是时钟的声音，愠怒的目光开始沿着墙壁挪移。她竖起耳朵想找出声音来源，眼神变得游移、涣散。嗒，嗒，嗒。

聆听片刻后，她视线往下，看着丈夫的遗体。他休息的模样是那么自在、那么熟悉，没有任何令她尴尬的明显异常。他只是像平时一样在放松，看起来很舒适。

维洛克侧躺着，遗孀温妮看不见他的脸。她惺忪的美丽眼眸往下看，追踪那声音，若有所思地看着微微凸出沙发边缘的扁平物品。那是切肉刀的刀柄，看起来毫无异状，只除了它跟维洛克的背心呈直角，而且有某种东西沿着它往下滴。深色液体一滴接一滴地落在地板的油布上，嘀嗒声越来越快，越来越愤怒，像发狂的时钟。当速度到达极限，嘀嗒声变成持续的流淌声。温妮目睹它的流速变快，脸上闪过一抹焦虑神色。那是一道涓涓细流，黯沉、快速又细小……是血！

看到这意料之外的一幕，温妮不再逍遥自在，不再无牵无挂。

她霍地撩起裙摆，轻声惊呼，奔向客厅门，仿佛那涓涓细流是洪水泛滥的前兆。奔跑时她碰上餐桌，顺手一推，仿佛桌子是活的。她力道过猛，桌子用它的 4 条腿滑行了一段距离，发出嘈杂的刮擦声，盛装带骨牛肉的大餐盘重重地摔碎在地板上。

而后一切重归寂静。温妮跑到门口时停住脚步。桌子移开后，地板中央出现一顶圆帽，被她奔跑时的气流带动，晃动了几下。

15

维洛克的遗孀、忠实的史蒂维（以为自己参与人道主义行动，却无辜地被炸成碎片）的姐姐温妮并没有跑出客厅。她确实被流淌的鲜血吓得跑了一段距离，但那只是本能的嫌恶反应所致。她在客厅门口停下来，瞪大了双眼，低下头。站在门边的温妮像是花了几年漫长时光才跑到这里，因为现在的她，跟刚才俯身沙发上方、有点晕眩却无比平静地享受着无牵无挂、逍遥自在的那个她已经大不相同。她现在不晕了，脑袋非常沉稳。话说回来，她的心不再平静，她在害怕。

她没有看躺在沙发上的丈夫，不是因为她怕他。沙发上的维洛克一点都不可怕，他看起来很安详，更何况他已经死了。温妮对死人没有不必要的幻想。没有任何东西能让死人复活，爱或恨都不能。死人对你没有威胁，他们什么都不是。那男人这么轻易就被人杀死，她对他隐约生起一股淡淡的鄙视。那男人生前是这个家的主人，是她丈夫，也是杀害史蒂维的凶手。现在他什么都不是，比他身上的衣物都没用，比他的大衣、他的靴子和躺在地上的帽子还不实用。他什么都不是，不值得看一眼。他现在甚至不是杀死可怜的史蒂维的凶手。如果有人来找维洛克，他们在这间客厅里只会发现一个杀人犯，那就是——她自己！

她双手抖得太厉害，连试两次都系不好面纱。温妮已经不再无牵无挂、逍遥自在，她像惊弓之鸟。刺死维洛克的那一刀单纯只是她的反击，释放了卡在她喉头那股想尖叫的愤怒，宣泄了她炽热眼眶里的泪水，也抒发了那股叫人抓狂的怒气，因为那男人残暴地从她身边夺走那孩子，而那男人现在什么都不是了。

她的反击来自一股莫名的冲动，而沿着刀柄流向地板的鲜血，让她这一击变成显而易见的谋杀案。温妮向来不喜欢追根究底，现在她不得不仔细推敲这整件事。她没看见阴魂不散的脸孔，没看见责备的鬼魂，没有懊悔自责，没有不切实际的概念。她只看见一件东西，那就是绞刑架，她害怕绞刑架。

她的害怕只属于概念层次。除了某些故事的木刻插画，她从没亲眼见过这种伸张世间正义的凭借。最早她在图画中看见它们伫立在狂风暴雨的黑夜中，挂着铁链与人骨，飞鸟在附近盘旋，啄食死尸的眼珠子。那画面格外惊悚。然而，温妮虽然称不上见多识广，对自己国家的制度多少也有点认识，知道绞刑架已经不像过去浪漫地竖立在阴郁的河岸或多风的岬角，它们如今都建在监狱庭院里。在那以四面高墙围起的巨坑里，杀人犯会在黎明时分被带出来处死。那时四周静得吓人，而且像报纸描述的，“由执法人员在场监督”。她视线盯着地板，鼻翼因痛苦与羞愧不住地颤抖。她想象自己孤零零的，周遭那群头戴丝帽的绅士冷静地执行绞断她脖子的程序。那……绝不！绝不！行刑过程又是如何？她没办法想象这种秘密行刑的具体细节，因此被那份抽象的恐惧感逼得几乎发狂。报纸从没报道过细节，只除了一点，而那一点讯息又总是刻意突显在内容贫乏的报道末尾。温妮想起了那点讯息，脑子忽然感到一阵残酷的灼热疼痛，仿佛有人用烧红的针尖把“坠落深度五米”这句话刻写在她大脑里。

“坠落深度五米。”

这句话甚至引发实质反应：她喉咙阵阵抽搐，像要抵抗绞扼。她太惧怕绳子断裂的那一刹那，连忙伸出双手捧住脑袋，仿佛想避免它被扯离肩膀。“坠落深度五米。”不！绝对不行。她受不了那样，光是想想都难以承受。她不敢去想，因此她下定决心，要找座桥跳河自尽。

这回她总算绑好了面纱。她脸上像戴了面具，除了头上的几朵花，全身上下都是黑色。她机械地抬头看看墙上的钟，钟一定是停了，因为她无法相信距离上一次看它才两分钟，当然不止，时钟根本没在走。事实上，从她刺了那一刀、轻松地吸进第一口气，到她决定跳泰晤士河自杀，总共才过了三分钟。但温妮不肯相信，她依稀在哪儿听过或读过，命案发生时，时钟或手表都会停止，就为了逼疯凶手。她不在乎。“到桥上去……我就往下跳。”但她动作迟缓。

她拖着痛苦步伐走过店铺，却提不起力气开门，只好握住门把。她畏惧外面的街道，因为它只会带她走向绞刑架，或泰晤士河。她头朝前、双臂伸直，费力地跨出店门，像翻过桥梁栏杆坠河的人。走到户外的这一步，让她领略到溺水的滋味：一股黏腻的湿气将她团团围住，窜进她的鼻孔，依附在她的发丝。天空并没有真的下雨，可是每一盏街灯都围着雾气形成的昏黄光圈。马车和马不见了，在漆黑街道上，车夫小馆遮了窗帘的窗子像一块脏污的方形血红色灯光，在贴近人行道的高度放出微光。温妮拖着脚步往那灯光走去，她觉得自己连个朋友都没有。确实如此，她真的没有朋友。现在她突然有一股强烈渴望，想见到友善的脸孔，却只想得到清洁工尼尔太太。她没有自己的朋友，除了家人，不会有人想到她。她并没有忘记她母亲，不会的，她一直是个乖女儿，因为她是个好姐姐。母亲凡事依赖她，她没办法在母亲身上找到安慰或忠告。如今史蒂维死了，她跟妈妈之间的联结好像跟着断了。她没办法去向母亲说这件事，何况母亲住得太远。她此刻的目标是泰晤士河，她决定忘掉妈妈。

每跨出一步都异常费力，仿佛都耗掉她最后一点力气。她举步维艰地走过小馆散发红光的窗子。“走到桥上……我就往下跳。”她顽固地再告诉自己一次。她伸出手，及时扶着灯柱，稳住摇晃的身子。天亮前我绝对走不到，她心想。对死亡的恐惧吓得她全身瘫软，无力逃离绞刑架。她觉得自己已经蹒跚走了几小时。我肯定到不了，她想，他们会发现我在街上到处乱闯。桥太远了。她扶着灯柱，在面纱底下气喘吁吁。

“坠落深度五米。”

她猛力推开灯柱，发现自己再次迈开脚步。可是，另一波晕眩像大浪般赶上来，冲走她的心脏，胸膛空荡荡的。“我永远到不了。”她突然停下来，喃喃自语，身子在原地微微摆荡。

“不可能。”她认为自己连距离最近的桥都走不到，转而考虑逃到国外。

这算是灵光乍现。杀人犯会逃亡，逃到外国去——西班牙或加州。那些只是地名，这个为男人的荣耀而创造的辽阔世界，对她而言只是一大片空白，她不知道该往哪个方向去。杀人犯有朋友、亲戚、帮手，他们还有知识，她什么都没有，算是天底下最孤单的杀人犯。她在伦敦孤身一人，而这座充满惊奇与泥浆的大城市，有迷魂阵似的街道和无边无际的灯海，此刻却沉入无助的黑夜，在漆黑的无底深渊里安歇。一个形单影只的落难女人，绝不可能逃得出去。

她歪歪倒倒地向前移动，盲目地重新出发，非常害怕自己会摔倒。不过，走了几步之后，她意外地察觉到一种支持感、一份安全感。她抬起头，看见一张男人的脸贴近她的面纱端详着。奥斯朋从不害怕陌生女人，再怎么装优雅扮高尚，他都不会放弃跟看起来醉醺醺的女人打交道的机会。奥斯朋喜欢女人，他用两只大手扶起眼前这个女人，正经八百地探看她的脸，直到听见她轻声叫：“奥斯朋先生！”他惊得险些松手让她摔在地上。

“维洛克太太！”他惊呼，“你在这里！”

他觉得她不太可能喝酒，但世事难料。他没有追问她喝酒的事，幸运之神好心地把维洛克的寡妇送到他手里，奥斯朋可不能泼他一盆冷水。他把她拉进怀里，令他惊奇的是她竟然完全顺从，甚至在他臂弯里停留片刻才挣脱开来。奥斯朋不想操之过急冒犯幸运之神，不着痕迹地收回手臂。

“你认出我了。”她结巴地说。这时她站在他面前，双脚相当稳定。

“我当然认出你了。”奥斯朋顺口答道，“我担心你会跌倒。我最近太常想到你，不论何时何地，我都能认得你。自从我第一次见到你，就一直想着你。”

温妮好像没听见。“你要去店里吗？”她紧张地问。

“是啊。”奥斯朋说，“我看到晚报，马上就出发了。”

事实上，奥斯朋已经偷偷在布雷特街附近徘徊了整整两小时，始终下不了决心放胆行动。他虽然长得魁梧健壮，却不是大胆的征服者。他记得温妮从来不理会他挑逗的眼神，没有给过他一丝一毫暗示。再者，他认为维洛克的店应该已经被警方监视，他不希望警方对他的革命热情做出错误的夸大评估。即使到了现在，他也不知该如何是好。相较于他平时的猎艳偷香，这次行动非同小可。他不去想其中有多少好处，也不去想如果有机会的话，他必须付出多少心血才能享受成果。这些难题收敛了他的得意神色，也让他的语调多了一分符合当时情境的慎重。

“可以告诉我你打算上哪儿去吗？”他低声问。

“别问我！”温妮浑身颤抖，强自压抑地喊道，她充沛的生命力格外畏惧死亡这个概念，“别管我刚才要去哪里……”

奥斯朋这才看明白，她只是情绪极端激动，不是酒醉。她沉默半晌，之后做出他始料未及的举动——挽起他手臂。令他惊讶的除了这个动作本身，还有她那份明显的果决。不过，这处境毕竟微妙，奥斯朋也用微妙的方式回应。他只是把她的手轻轻压向他强壮的胸肋，没有进一步行动。与此同时，他意识到自己被拉着往前走。他没有抗拒。

街角的水果摊贩已经熄掉柳橙和柠檬的耀眼光芒，布雷特广场四下漆黑，只除了几盏零散街灯以朦胧的光圈呈现广场的三角造形，其中三盏聚在正中央一根灯柱上。他们的幽暗身影手挽着手沿着墙壁缓缓滑行，在这悲凄的夜色里，像一对无家可归的恋人。

“如果我告诉你我本来打算去找你，你会怎么说？”温妮的手用力抓住他胳膊。

“我会说你再也找不到比我更愿意帮你解决困难的人。”他用言语示好，拉近彼此关系。事实上，这桩微妙恋情进展之快速，几乎令他窒息。

“帮我解决困难！”温妮慢慢重复他的话。

“没错。”

“那么你知道我碰到了什么困难吗？”她悄声说，语气异常强烈。

“我看过晚报的 10 分钟后……”奥斯朋激情澎湃，“遇见一个你可能在店里见过一两次的人，跟他聊了一下就全都知道了。所以我急忙赶过来，我不知道你……从我看见你的那一天起，就一直喜欢你。”他情不自禁地喊出来，仿佛无法克制自己的情感。

奥斯朋猜得没错，天底下没有哪个女人听见这番话不会被打动。但他不知道温妮如饥如渴地接纳这句话，就像溺水的人发挥自救本能。在她心目中，体格健壮的奥斯朋就像光芒四射的生命使者。

他们步伐一致地慢慢向前走。“我也猜到了。”温妮轻声说。

“你从我的眼神看出来了。”奥斯朋自信满满地说。

“没错。”她在他低头凑过来的耳畔柔声回应。

“我真挚的爱情，躲不过你这样敏锐的女人的眼睛。”他一面说，一面撇开脑海里的务实盘算，比如那家店价值多少，维洛克有多少银行存款，心思专注在情感方面。事情进展得如此顺利，他内心深处不免有点震惊。维洛克人还不坏，表面上看起来也是个标准丈夫。只不过，奥斯朋不会为一个死人跟自己的好运过不去。他坚定地驱走对维洛克在天之灵的同情，又说：“我没办法隐藏，我满脑子都是你。我敢说你一定看到我眼里的爱意了。可是我猜不透，你一直那么冷淡……”

“我还能怎样？”温妮打断他的话，“我又不是不三不四的女人……”

她停下来，又补了一句：“是他害我变成这样。”口气愤愤不平，像在自言自语。

奥斯朋没有深究这话的含意，自顾自地说：“我始终觉得他配不上你。”朋友间的义气随风而逝，“你值得过更好的日子。”

温妮咬牙切齿地抢话：“更好的日子！他骗走我7年的青春。”

“你跟他在一起好像蛮幸福的。”奥斯朋为自己过去表现得不够积极开脱，“所以我不敢造次。你好像很爱他，我很讶异……也很嫉妒。”

“爱他！”温妮低声嚷嚷，满是不屑与愤怒，“爱他！我扮演他的好老婆，我是个端庄的女人。你以为我爱他！真是的！汤姆，你……”

奥斯朋听她喊出这个名字，内心无比骄傲。他本名叫亚历山大，只有最亲近的人会喊他汤姆，这个名字代表友谊，代表他的荣耀。他不知道她竟然也听过这个名字。显然她不但听到了，也珍藏在记忆里，或心里。

“汤姆，你听我说！当时我年纪还小，我精疲力竭，又倦又累，有两个人要依靠我，我觉得自己撑不下去了。两个人——我妈和那孩子。那孩子其实就像我自己的孩子，很多很多个夜晚我们单独在楼上，我把他抱在怀里哄他睡觉，当时我还不到8岁。然后……他是我的孩子……你不明白的，谁也不会明白。我能怎么办？当时有个年轻人……”

跟年轻屠夫的那段往事依然留存在记忆里，挥之不去，像是她畏惧绞刑架、厌恶死亡的心湖闪现的一抹不切实际的空想。

“那是我当时的爱人。”温妮接着说，“我猜他也从我眼神里看出来了。他一星期赚25先令。他爸爸威胁他，如果他坚持要娶个带着跛脚妈妈和白痴弟弟的女人，就把他赶出家门。但他不愿意离开我，直到某天晚上，我终于鼓起勇敢跟他分手。我必须这么做，我太爱他了。周薪25先令！当时有另一个男人，是个好房客。一个单身女孩又有什么选择？我总不能去卖身。那人好像挺善良。总之，他要我。我得照顾妈妈和那可怜的孩子呀。对吧！我答应他。他个性好像不错，慷慨大方，不缺钱用，从没说过什么。7年，我服侍他7年，服侍那个善良、大方的……而且他爱我。没错，他真的爱我，所以我自己有时候……7年，我照顾他7年。你知道你这个好朋友是什么样的人吗？他是个魔鬼！”

她这句低语夹带超乎寻常的怒气，奥斯朋惊呆了。温妮转身面对他，抓住他双臂。布雷特广场黑黢黢的，没半个人影，薄雾一波波飘下来。在这个沥青与砖块组成的三角形深井，周遭只有盲目的屋舍与冷漠的石头，所有的人声仿佛都消失了。

“不，我不知道。”他用傻里傻气的口吻说，可惜温妮满脑子都是对绞刑架的恐惧，没有察觉他幽默的语气。“现在我知道了，我……我明白。”他说得支支吾吾，心里不禁纳闷儿，维洛克在家里总是昏昏欲睡、平静温和的模样，究竟做得出什么残暴行为？肯定非常糟糕。“我懂。”他重复声明。然后灵机一动，感叹道：“不幸的女人！”传达由衷的怜惜，有别于他平日里常用的“可怜的人儿！”今天情况特殊。他始终没有忘记那诱人的利益，却也意识到事情很不单纯。“勇敢、不幸的女人。”他很高兴自己又加了“勇敢”这两个字，可惜接下来又词穷了。

“啊，可是他已经死了。”他只想到这句话，说得小心谨慎，没忘记添加一点同仇敌忾。温妮抓住他手臂，显得有点激动。

“你猜到他已经死了。”她嘟嘟囔囔的，像情绪失控，“你！你猜到我不得不这么做。我不得不！”

她说这些话的口气难以捉摸，有欢欣，有慰藉，有感激，奥斯朋听得入神，没仔细体会她话里的意思。他好奇她究竟怎么了，为什么突然这么慷慨激昂。他不禁怀疑，格林尼治公园爆炸案的导火线，会不会就是维洛克不美满的婚姻。他甚至突发奇想，觉得维洛克会不会选择用这种特别的方式自杀。天哪！那就足以说明这件案子的无厘头与荒唐本质。当前的现况根本不需要做什么无政府主义示威，甚至恰恰相反。对于这点，维洛克跟其他任何革命分子一样清楚。如果维洛克当真愚弄了整个欧洲，愚弄了警方和媒体，甚至愚弄了自以为是的教授，这会是多大的笑话啊。奥斯朋震惊地认为，事情看来确实是这样没错！可怜的家伙！他忽然想到，在维洛克家里，魔鬼未必是维洛克。

绰号“医生”的奥斯朋自然而然地偏袒自己的同性友人。他瞄一眼挽着他手臂的温妮。他用特别的眼光看待他的女性朋友。温妮听见他知道维洛克已经死了这个事实时为什么大声惊呼，他并没有太在意，女人说起话来本来就像疯子。他倒是有点好奇她又是怎么知道的，晚报只是描述实际状况：在公园被炸得粉身碎骨的那个男人依然身份不明。不管维洛克有什么意图，无论如何都不可能向她透露。奥斯朋对这个问题非常感兴趣，他突然原地站定。这时他们已经绕了布雷特广场一圈，又来到布雷特街尽头。

“你是怎么知道这件事的？”他设法用跟温妮一样的口气提问。

她全身抖得厉害，片刻后才有气无力地说：

“警察告诉我的。有个督察长到家里，他说他姓西特。他让我看……”

她哽咽了：“哦，汤姆，他们用铁锹才能把他铲起来。”

她没掉泪，只是抽噎，胸口剧烈起伏。奥斯朋呆了一阵子，才说：“警察！你是说警察已经找上门？西特督察长亲自来告诉你？”

“嗯，”她依然无精打采，“他就这样找上门来。他来了，而我什么都不知道。他拿一块大衣碎片给我看，就这样。他问我，‘你认得这个吗？’”

“西特！是西特！然后他做了什么？”

温妮低头。“没有。他什么都没做就走了。警察也站在那男人那边。”她悲惨地呢喃，“还有另一个人也来了。”

“另一个……你是说警探吗？”奥斯朋非常震撼，像饱受惊吓的孩子。

“不知道。他来了，看起来像外国人，也许是大使馆的人。”

奥斯朋又吃了一惊，几乎腿软崩溃。

“大使馆！你知道自己在说什么吗？什么大使馆？你说大使馆到底是什么意思？”

“就是在切舍姆广场那个，他恶狠狠地咒骂那些人。我不知道，谁在乎那些事！”

“那个人做了什么？跟你说了什么？”

“不记得了……没有……我不在乎，别问我。”她疲倦地哀求。

“好，我不问。”奥斯朋温柔地说。他真的不想再问了，不是因为他听见温妮恳求的语调而心软，而是因为他发现这件事盘根错节，搞得他晕头转向。警察！大使馆！哇！他生怕自己的智力不足以走出这思考的迷宫，因此果决地把所有假想、臆测和理论全都逐出大脑。至少这女人在他身边，几乎是主动投怀送抱，没什么比这更重要。听过刚才那些话以后，再也没有什么事能吓到他了。所以当温妮宛如从安全的梦境中惊醒，狂野地告诉他她必须马上逃到欧陆，他没有一点惊讶表情。他只是用遗憾的口气坦白告诉她，天亮以后才有火车，说完，默默注视她面纱底下的脸庞。街灯光线也像披着薄纱，从上方洒落下来。

她站在他身边，幽暗的身影被夜色吞没，像以黑石镌刻的半完工雕像。看不出来她知道多少内情，跟警察与大使馆又有多熟悉。如果她想逃走，他没什么好反对的，他自己也急着想离开。维洛克那家店轻易就有警察和外国使节上门，恐怕不是他能待的地方，只好放弃了。至少还有其他的：他的存款，那些钱！

“那么天亮以前你得找个地方把我藏起来。”她气馁地说。

“亲爱的，我没办法带你回我住的地方，因为我跟朋友合租。”

他自己也有点灰心。等天一亮，所有车站就会布满敬爱的警察大人。万一他们基于某种原因拘留她，那么他就真的失去她了。

“可是你必须帮我找个地方。你不在乎我吗？是吗？你在想什么？”

她语气非常激烈，与此同时却又松开他手臂。雾气持续笼罩下来，两人沉默不语，漆黑的布雷特广场没有一丝动静。没有人靠近面对面站着的这一男一女，连漂泊游荡、横行霸道、处处留情的野猫都没有。

“找个安全住处应该不难。”奥斯朋终于开口，“亲爱的，问题在于我没那么多钱。我身上只有几便士，我们这些革命分子的口袋都不深。”

他口袋里其实还有 15 先令。

“我们还得要有车资，一早就需要。”

她没有动，没有出声，奥斯朋的心往下沉。显然她也没办法。但她忽然紧抓胸口，像是突然一阵剧痛。

“我有钱。”她喘一口大气，“我有旅费，够用的。汤姆！我们走吧。”

“你有多少钱？”他没被她拉着走，因为他个性谨慎。

“我说了我有钱，全都在我这儿。”

“这话什么意思？银行里的全部存款，是吗？”他不可思议地问，却相信好运会再度来敲门。

“对，对！”她紧张地说，“全部，都在我这儿。”

“你怎么这么快就拿到了钱？”他啧啧称奇。

“他给我的。”她低声说，突然软弱得发抖。奥斯朋压抑住他逐渐升高的好奇心。

“哦，那么我们得救了。”他慢慢说道。

她倾身向前，靠在他怀里。他张开双臂欢迎她。钱都在她身上。他情不自禁，可惜她的帽子挡了路，面纱也是。他适度表露自己的情感，不多不少。她没有抗拒，没有狂热，被动地接受，仿佛神志不清。她轻易挣脱了他松散的拥抱。

“汤姆，你要救我。”她畏惧地说，两手还抓着他潮湿外套的翻领，“救我，把我藏起来，别让他们抓我。你要先杀了我，我自己下不了手，我办不到。即使为了逃避我最害怕的，也办不到。”

他心想，她未免太古怪。他开始惴惴不安，一面思考重要事项，一面粗声粗气地说：

“你到底在怕什么鬼东西？”

“你不是猜到我被迫做了什么吗！”温妮叫道。明确的惊悚、忧虑令她思绪纷乱，强有力的字眼在她脑子里嗡嗡作响，除了自己的恐怖处境，她什么都想不到。她以为自己乱无头绪的话语条理分明，一点都不知道那些只存在她脑海里的破碎字句，说出口后其实语无伦次。她觉得自己把事情都说出来了，放下了心中的大石头。对于奥斯朋说的每一句话，她都自行解读，其实奥斯朋根本一无所知。“你不是猜到我被迫做了什么吗！”她声音变小，“那么你很快就可以猜到我在怕什么。”她痛苦抑郁地低语，“我不接受。我不要，我不要，我不要。你一定要答应先杀了我。”她又摇又扯他外套的翻领，“绝对不可以！”

他不耐烦地告诉她，他不需要做什么保证，却也小心翼翼，不敢用斩钉截铁的字眼反驳她。他对付情绪激动的女人很有经验，通常选择以经验为师，而不是运用自己的智慧去处理个别状况。以目前这个情况来说，他的智慧正往其他方向忙着。女人的话船过水无痕，但火车时刻表的缺失永远都在。他嫌恶地想起大不列颠的岛国特质：根本就像每天晚上被关进牢里。他气恼地想。他觉得自己陷入困境，仿佛必须背着那女人翻过一道墙。他猛拍自己额头，这一拍把脑子给拍醒了，他想到南安普顿往法国圣马洛的渡轮，大约午夜出航。十点半有一班火车。他心情好转，急着想出发。

“在滑铁卢车站，时间够充裕。我们终究不会有事了……又怎么了？不是这个方向。”他出声抗议。

温妮钩住他手臂，拉着他重新走回布雷特街。

“我出门时忘了关店门。”她悄声说，情态异常焦虑。

奥斯朋已经对那家店和里面的一切失去兴趣，他懂得控制野心。他正要说“那又怎样？随它去吧。”却及时打住，他不喜欢为小事起争执。想到她也许把钱忘在店铺抽屉里，连忙又加快脚步。只是，他的心甘情愿显然赶不上她的焦躁不安。

乍看之下店铺里黑漆漆的，店门半掩。温妮斜倚在店铺前，喘着气说：“没人进去过。你看！灯，客厅的灯。”

奥斯朋探头一看，昏暗的店铺里确实透出微光。

“没错。”他说。

“我忘了熄灭。”温妮微弱的话声从面纱后面传出来。他站在原地，等她先进去，却听见她抬高嗓门说：“进去把灯熄了，否则我会疯掉。”

她要他关灯的理由未免奇怪，但他不急着反对，只问：“钱在哪里？”

“在我这！汤姆，快去！把灯关了……进去！”她从背后抓住他双肩，大声叫嚷。

奥斯朋没料到温妮会使蛮力推他，踉踉跄跄地冲进店铺深处。他很惊讶那女人竟然有这么大力气，对她的行为也有点火大。他没有回过头跟她当街理论，对她的荒诞行径却越来越不满意。然而，眼下正是讨好她的最佳时机。他轻松绕过柜台，气定神闲地走向客厅玻璃门。玻璃门的帘子翻开一角，他正要转动门把时，自然而然地往里面瞄了一眼。这是不经意的一眼，没有意图，不带任何好奇。他会往里面看，是因为他视线刚好飘进去。总之他看了，也发现维洛克好端端地躺在沙发上睡觉。

一声呐喊从他胸腹最深处发出，中途却销声匿迹，转化成嘴唇上某种油腻恶心的感觉。与此同时，奥斯朋内心的那个自我慌乱地往后跳一大步，他的躯壳因为少了理智的引导，仍然本能地、无意识地抓住门把。体格健壮的他稳稳地站在原地，脸贴近玻璃，专注地凝视，看得眼珠子都凸出来了。他愿意不惜一切代价离开这里，然而，他渐渐恢复的理智告诉他，不可以放开门把。这是怎么回事？他精神错乱、做噩梦，或被邪恶诡计引入陷阱？为什么？原因何在？他不清楚。他坦荡荡，自认跟维洛克夫妇没有过节，不太相信他们基于某种神秘理由想谋杀他，却依然担心得胃抽筋，只觉恶心反胃，浑身乏力。有那么一段时间，他觉得身子不知怎么特别难受，难受了很久。但他还是盯着看。维洛克一动不动地躺着，基于某种私人理由在装睡，而他那个野蛮老婆在门外把风，静静站在他看不见、漆黑无人的街道上。莫非这一切都是警方特地为他设下的恐怖圈套？不，他没那么重要，这点自知之明他还有。

眼前这一幕景象的真相来自地上的那顶帽子。他盯着帽子，思索着。它似乎不太寻常，有点不祥，是个征兆。那顶黑帽的帽缘朝上躺在沙发前的地板，像是准备接受任何前来观赏维洛克如何躺卧自家沙发休息的人的打赏。奥斯朋的目光从帽子游走到移位的餐桌，在餐盘碎片上停留片刻，又无比震惊地瞥见沙发上的维洛克半睁半闭的眼睛露出眼白。这样一来，维洛克不像在睡觉，倒像躺在沙发上，歪着头固执地盯着自己的左胸。奥斯朋看见那把刀柄，倏地转身，胃里阵阵翻搅。

临街的店门“砰”的一声响，吓得他魂飞魄散。这屋里的住户虽然已经无害，房子本身却还是可能变成陷阱，叫人毛骨悚然的陷阱。现在奥斯朋完全不清楚自己陷入了何种处境，他的大腿碰到柜台末端，猛地转身，疼得嗷嗷叫。在门铃狂乱的叮当声中，他意识到自己的双臂被人用力抱紧，贴在身体左右两侧，有个女人的冰冷嘴唇在他耳边惊悚地蠕动：“警察！他看见我了！”

他不再挣扎，她也始终没松手。她十根手指在他背后紧紧交扣，拉也拉不开。外面的脚步声步步进逼，他们的呼吸也越来越急促。他们上身紧贴在一起，呼吸又喘又费力，像要拼个你死我活。事实上，他们吓得心脏都要停了，偏偏时间过得特别慢。

巡逻警察其实不知道自己看见了什么。他刚从布雷特街另一头明亮的大马路进来，隐约只看见黑暗中依稀有点什么。他甚至不确定自己是不是当真看见了，自然没有理由加快脚步。经过维洛克的店时，他发现今天提早打烊了。这也没什么奇怪的。他收到特别指示，这家店除非发生严重治安事件，否则不必干涉，如果发现任何异常，就要通报。目前看来没有任何异常，只是，基于职责所在，加上为求自己心安，也因为刚才黑暗中那奇怪的动静，他从对街走过来，转了转门把。店门的钥匙已经长眠在已故的维洛克的背心口袋，从此不再出勤，门上的弹簧横闩跟以往一样坚守阵地。尽忠职守的警员扭动门把时，奥斯朋意识到那女人的冰冷嘴唇再次惊悚地在他耳畔蠕动：

“如果他闯进来，杀了我。汤姆，杀了我。”

警探走了，临走时举起他的遮光提灯，例行公事地照了照橱窗。屋里那对胸贴胸、气喘吁吁的男女动也不动地多站了一会儿，然后女人的手指松开来，双臂缓缓垂落。奥斯朋靠向柜台，他已经双腿无力。这实在糟透了，他简直厌恶到说不出话来。但他总算哀怨地挤出几句话，显示他至少明白自己的处境。

“只要再晚个两分钟，我就会慌慌张张地撞上那个拿着提灯在门外探头探脑的家伙。”

温妮站在店铺中央，执拗地说：“汤姆，进去把灯熄了。否则我会疯掉。”

她隐约看见他挥手拒绝。奥斯朋死也不愿意走进那间客厅，他不迷信，只是地板上有太多血，在帽子周围蓄积出吓死人的一大摊。他觉得自己已经太靠近那具尸体，内心会不得安宁，脑袋瓜恐怕也不保，有此可能！

“那就关煤气表！在那里，你看，那个墙角。”

奥斯朋魁梧的幽暗身躯突然大步迈出去，顺从地蹲在墙角，只是有点不情愿。他紧张地摸索，然后，在一声含糊的咒骂之后，玻璃门里的灯光熄了，紧接着是女人歇斯底里的叹息。夜晚——世间的人们踏实劳动一天后的必然酬劳——已经降临在维洛克身上。这位身经百战的“前辈”革命分子，社会的谦卑守护者，无可取代的间谍“Δ”，斯图特·沃滕海姆男爵的得力干员，为治安做出奉献，忠诚，可靠，准确，杰出，或许只有一个无伤大雅的弱点：不切实际地以为女人爱的是他的人。

奥斯朋摸索着横越店铺漆黑有如墨水的窒闷空间，回到柜台旁。站在店铺中央的温妮发出绝望的宣言，声音在他背后的黑暗中震荡。

“汤姆，我不要被吊死，我不要……”

她突然打住。柜台旁的奥斯朋对她发出警告：“别这么大声嚷嚷。”之后似乎陷入沉思。“你自己做的？”他的嗓音有点空洞，听起来却一派冷静，温妮感到十分安心，觉得他有能力保护她。

“嗯。”她在黑暗中悄声回答。

“没亲眼看见还真难相信。”他嘀咕着，“谁也不会信。”她听见他在走动，然后客厅门锁“喀”的一响。奥斯朋把沉睡中的维洛克锁在门里，倒不是为了表示对死者的尊重，或其他不为人知的情感考量，他只是担心屋子里还躲着其他人。他不相信那女人，或者该说，对于这个惊奇连连的世界，此时的他没办法判断真相是什么，情况会是怎样，甚至不敢做任何猜测。在这桩扑朔迷离的事件里，他吓坏了，因而失去相信或不相信的能力。这件事已经扯上警方和大使馆，天晓得会发展到哪里，也许有人会被送上绞刑架。想到他找不出这天晚上7点以后的不在场证明，他吓坏了，因为那段时间他鬼鬼祟祟地在布雷特街附近徘徊。他也被带他来这里的那野蛮女人吓坏了，如果不小心应付，说不定会诬陷他跟她共谋。想到自己在这么短时间就遭人引诱、身陷险境，他惊恐万分。他遇见她才不过短短20分钟前的事。

温妮压低的嗓音在黑暗中传过来，苦苦哀求："汤姆，别让他们吊死我！带我到国外去。我会为你工作，我会当你的奴隶，我会爱你，我没别的人可以依靠了……如果你不理我，还有谁会理我！"她停顿片刻。鲜血沿着刀柄往下流的画面带给她一种深深的孤寂感，她的脑海闪现了一个恐怖念头。她——当年贝尔格莱维亚大宅的端庄女孩，维洛克忠实贤惠的妻子羞愧地说："我不会要求你娶我。"

她在黑暗中上前一步。奥斯朋很怕她，就算她突然亮出另一把刀，刺向他胸膛，他也不会惊讶，更无法抗拒。但他真的没有勇气叫她别过来，只是用古怪的空洞声音问道："当时他在睡觉吗？"

"没有。"她大叫一声，连忙接着说，"他没睡，没有。当时他告诉我谁也奈何不了他。他当着我的面带那孩子出去，杀掉，我那可爱、无辜、从不害人的孩子。他就像我的孩子。他杀了我的孩子之后，轻松自在地躺在沙发上。我原本要离开，从此消失在他眼前。可是他说我是杀死那孩子的帮凶，又对我说：'过来。'汤姆，你听见了吗？他把我的心跟那孩子一起带走，踩烂在地上，还对我说：'过来。'"

她停顿一下，又恍恍惚惚地重复两次："鲜血和泥土。鲜血和泥土。"奥斯朋恍然大悟。在公园被炸死的是那个低能的孩子。这个骗局更大了，所有人都被耍得团团转。他专业而震撼地惊呼："天哪！

是那个弱智。”

“过来。”温妮的声音又传来，“他以为我没血没泪吗？汤姆，你说说。‘过来！’我！就像这样！当时我看着那把刀，心里想着，如果他这么希望我过去，我就过去。没错！我去了。最后一次……带着刀。”

他被她吓得心惊肉跳，那个低能孩子的姐姐，本身也是低能，有杀人倾向的那种……或者是会骗人的那种。任何学术用语都不足以形容奥斯朋此时的惊吓程度。他的恐惧不可计量、复杂多变。因为太惊恐，黑暗中的他显得格外冷静，像在沉思默想。他其实动弹不得，口不能言，意志与大脑似乎都处于半冻结状态，谁也看不见他苍白的脸色。他吓得只剩半条命。

他凌空跃起，离地足足30厘米。温妮突然惊声尖叫，亵渎了她家那份含蓄的庄严。

“汤姆，救救我！我不要被吊死！”

他冲上前去，摸索着想捂住她嘴巴。尖叫声消失了，因为他匆忙之际撞倒了她。现在他发现她抱住了他的双腿，内心的恐惧飙到最高点，变成某种癫狂的欢乐幻觉，像酒精中毒引发的震颤性谵妄。现在他千真万确地看见了蛇，看见那女人像条蛇似的缠绕他，甩也甩不掉。她没有致命危险，她本身就是死亡，是生命如影随形的伙伴。

那一声尖叫似乎释放了温妮的压力，她现在一点都不吵闹，变得楚楚可怜。

“汤姆，你不能丢下我。”她在地板上喃喃念叨，“除非你一脚踩扁我脑袋[①]。我不会离开你。”

---

① 延续奥斯朋把温妮看成蛇的比喻，温妮这番话的典故出自《圣经》。《圣经·创世记》第三章第十四、十五节记载，蛇引诱夏娃吃伊甸园的果子，上帝处罚蛇从此以腹部行走，头会被女人的后代打碎。

“站起来。”他说。

他脸色异常惨白，在伸手不见五指的黑暗中几乎清晰可见。相较之下，蒙着面纱的温妮没有脸，几乎连身体都看不到。某种颤抖的小小白色物体透露了她所在位置和她的动作，那是她帽子上的一朵花。

那朵花在黑暗中往上升：她从地板上站起来了。奥斯朋后悔没有趁机夺门而出。但他不难看出那不是办法，不成，她会出去追他，会一路鬼吼鬼叫，把附近所有警察都引过来跟着追，接下来天晓得她会怎么跟他们说。他实在怕极了，脑海竟然闪过在黑暗中掐死她的念头，因而更害怕了！她缠上他了！他幻想自己在西班牙或意大利某个偏远小村庄，生活在悲惨的恐惧中，直到某个美好早晨，人们发现他也死了，胸口插着一把刀，就像维洛克。他一声长叹，动都不敢动。温妮静静等候护花使者的善意，他的沉思令她心安。

他结束沉思，突然用若无其事的语气说话。

“我们出去吧，免得赶不上火车。”

“汤姆，我们上哪儿去？”她怯懦地问。她又失去了自由。

“我们先去巴黎，那是最好的办法……你先出去，看看外面有没有人。”

她乖乖听从。她压低的话声从悄悄打开的店门传进来。

“没人。”

奥斯朋走出去。

虽然他尽量轻手轻脚，那个破铃铛还是在关上门的店铺里当啷大响，仿佛多此一举地提醒沉睡中的维洛克，他的妻子即将由他的朋友陪同，永远离开这个家。

他们拦了一辆双座小马车，奥斯朋上车后话变多了。他脸上还是没有血色，眼珠子仿佛陷进紧绷的脸庞整整两厘米，但他好像什么都考虑到了。

“等我们到了车站。”他用古怪的单调语气说着，“你先进去，假装我们不认识。我去买车票，经过你身边时偷偷把票递给你。之后你去头等车厢的女士候车室，在那里坐到火车离站前10分钟，这时你就出来，我会在外面。你先进月台，假装不认识我。车站可能会有认识我的人。你单独行动，看起来只是个独自搭车的乘客。很多人认识我，你跟我走在一起，别人可能会猜到你是逃亡的维洛克太太。你听明白了吗，亲爱的？”他强迫自己补了最后那三个字。

“明白。”温妮紧贴他坐着，对绞刑架和死亡的恐惧令她浑身僵直。“我明白，汤姆。”她忍不住对自己说，“坠落深度五米。”

奥斯朋没看她。他的脸像大病初愈时制作的石膏模子。

“对了，钱先给我，我要买车票。”

温妮解开紧身马甲的几个扣子，把装钱的那个全新猪皮皮夹递给他，两眼始终盯着马车挡泥板前方。奥斯朋默默接过来，塞进前胸某处，而后拍拍那个部位的外套。

在此过程中他们看都没看对方一眼，两人仿佛都密切留意前方的目的地。等马车拐了个弯，往桥上驶去，奥斯朋才又开口。

“你知道那里面有多少钱吗？”他问，像是对着某个坐在马的两耳间的小精灵慢慢说话。

“不知道。”温妮说，“他直接拿给我，我没数。当时我想都没想这件事。后来……”

她的右手轻轻比了一下，那动作太写实，奥斯朋看着那只不到一小时前才持刀刺入男人心脏的右手模拟那个小动作，忍不住一阵哆嗦，只好夸张地颤抖，然后说道：

“我好冷，全身冷透了。”

温妮两眼直视前方，看着顺遂的逃亡路。每隔一段时间，“坠落深度五米”这句话就像被风吹过马路另一边的阴暗条幅，阻挡她专注的视线。她大眼睛的眼白闪烁微光，隔着面纱透了出来，像蒙面女人的眼睛。

奥斯朋僵硬的脸庞正经严肃，一种公事公办的古怪表情。他的声音突然又传出来，像是解开某种锁扣才能说话。

“你知不知道他银行账户用的是本名，还是别的名字？”

温妮蒙着面纱的脸和闪着白色微光的眼睛转过来面对他。

“别的名字？”她思索道。

“你一定要很确定。”马车继续向前奔驰，奥斯朋不厌其烦地向她解说，“这件事非常重要，我来跟你解释。银行知道这些钞票的号码，如果他用本名提取这些钱，那么等他的……他的死讯传出来，警方就可以根据那些钞票追踪我们，因为我们没有别的钱可用。你身上没有其他的钱了吗？”

她摇头否认。

“一点都没有？”他持续追问。

“有几个铜板。”

“那就危险了。我们要小心处理这些钱，用特别的办法处理。我知道巴黎有个换钱的地方，很可靠，只是我们可能会损失一半以上。不过，如果他用别的名字开户，也用那个名字提款，比方说史密斯，那么我们就可以放心用这些钱。听懂了吗？银行不会知道史密斯跟维洛克是同一个人。你现在知道为什么你给我的答案必须千真万确了吧？这个问题你答得出来吗？也许不行，是吧？”

她平静地说：“我想起来了，他用别的名字开的户。他告诉过我，银行账户是用普罗佐尔这个名字。”

“你确定？”

“确定。”

“银行会不会知道他的真实姓名？或者银行里某个人……”

她耸耸肩：“我怎么会知道。银行会知道吗？”

“不，应该不会。确认一下比较安心……到了。你先下车，直接走进去。机灵点。”

他多逗留了一会儿，用自己的钱付钱给车夫。一切都依照他高瞻远瞩的计划进行。温妮拿到了去往圣马洛的票，进了女士候车室；奥斯朋则是走向酒吧，7 分钟里连灌 3 杯热白兰地加水。

“驱驱寒。”他对酒吧女招待和善地点点头，苦笑着说。他结束痛快的豪饮走出酒吧，脸孔看起来却像刚喝过悲伤之泉。他抬眼看看时钟。时间到了，他等着。

温妮准时出来，面纱放了下来，从头到脚都是黑的，黑得像死亡本身，头顶上别着几朵廉价淡色花朵。她走过一群说说笑笑的男人，只要一句话，他们的笑声就会骤然停止。她步履缓慢，背脊挺直，奥斯朋惊恐地望着她的背影，才慢慢跟上去。

火车靠站了，一整排车门敞开候客，月台上却几乎没有人。由于季节与恶劣天气的关系，车站异常冷清。温妮走过一扇扇车厢门，直到奥斯朋从后面碰触她的手肘。

“上车。”

她上了车，他继续留在月台东张西望。她俯身向前，悄声问：“怎么了？有危险吗？等等，警卫来了。”

她看见他主动上前跟穿制服的警卫说话，两人聊了一会儿，他听见警卫说，“没问题，先生。”还伸手碰碰帽檐。之后奥斯朋走回来，对她说：“我请他别让任何人上我们这节车厢。”

她坐在位子上，上身前倾：“你想得真周到……汤姆，你会带我离开吧？”她忽然掀开面纱看着救命恩人，苦恼万分地追问。

她露出金刚石似的脸庞，一双干枯的大眼睛黯淡无光、了无生气，像晶亮白球上的两个黑洞。

“没有危险。”他用近乎痴狂的急切眼神望着那对眼眸，在逐渐远离绞架刑的温妮看来，他的眼神似乎温柔又有力。这种真诚的奉献深深打动了她，那张坚硬脸庞不再因惊恐而冰冷严峻。奥斯朋凝视那张脸，眼神比任何男人注视情人时都更深情。绰号“医生”的无政府主义者奥斯朋，某份不入流医学手册的主笔，曾经在工人俱乐部主讲卫生保健的社会议题，不受传统道德束缚，只服膺科学法则。他凡事讲究科学，此时也用科学眼光打量眼前那女人——某个低能男子的姐姐，本身也是低能，有杀人倾向的那种。他注视她，想到了龙勃罗梭，就像意大利农夫乞求最钟爱的圣人眷顾。他用学术眼光凝视着她，审视她的脸颊、鼻子、眼睛、耳朵……凶恶！……致命！温妮双唇微启，在他热情而专注的目光下，略略放松了些。他也看她的牙齿……毫无疑问……杀人犯类型……奥斯朋之所以没有乞求龙勃罗梭保护他的灵魂，只是因为他不相信自己有所谓的灵魂。他只有科学精神，这份科学精神迫使他站在火车站月台上，用紧张急躁的语气说："你那个弟弟，是很特别的孩子。很值得观察，某种方面来说是完美典型。无懈可击！"

他压抑内心的恐惧，从学术角度分析着。温妮听见有人这么信誓旦旦赞扬死去的弟弟，身子往前晃，严肃的双眸闪过一抹亮光，像骤雨来袭前的一道阳光。

"他确实是。"她用颤抖的双唇轻声说，"汤姆，你以前经常关心他，所以我才爱你。"

"你们长得太像，简直不可思议。"奥斯朋用这番话表达内心的畏惧，也借此掩饰自己那份巴不得火车赶快启动的焦虑不安的作呕感，"没错，他长得很像你。"

这句话其实不算太令人感动，也不带同情。然而，光是强调他们姐弟的相似度，就足以引爆她的情感。她低声呐喊，张开双臂，泪水终于决堤。

奥斯朋连忙上车，关上车门，转头看了一眼车站时钟。还有 8 分钟。最初 3 分钟温妮号啕大哭，奔流的泪水止也止不住。而后她收敛了些，低声啜泣，却依然泪流满面。她边哭边对救命恩人说话，对那个生命使者说话。

“汤姆！他就这么在我眼前被人残酷地带走，而我竟然怕死！我怎么可以！我怎么可以这么懦弱！”

她大声哀叹自己对生命的热爱。那生命既不美也不迷人，几乎沦于卑微，甚至坚守目标与意图，连杀人都是。正如所有对可悲人性的感叹往往欠缺足够的词语来形容过多的苦难，真相——对真相的追求——多半是以某些虚情假意的词汇呈现的疲乏虚伪的面貌。

“我怎么可以这么怕死！汤姆，我试过，可是我害怕。我试过自我了结，却下不了手。我铁石心肠吗？我猜我的恐惧还没达到顶点吧。然后你出现了……”

她停下来，忽然信心百倍、感激涕零。“汤姆，以后我什么都听你的。”她啜泣着说。

“坐到车厢那边角落去，离月台远点。”奥斯朋热心地说。他扶她过去坐下，冷眼旁观她卷土重来的泪水，这回比前一波更剧烈。他用医学角度观看着，像在计时。他终于听见警卫的哨音，意识到火车开始启动，上唇不自主地噘起，露出牙齿，展现出残酷的决心。温妮什么也没听见，什么也没察觉。她的救命恩人定定地站着，他感觉火车速度加快了些，轰隆隆地为温妮的号哭声伴奏。他猛地跨出两大步横越车厢，拉开车门跳了出去。

他落在月台末端。他是如此坚定地执行每一步逃脱计划，因而奇迹一般的几乎是在空中关上车门。之后才连翻带滚地落地，像只中枪的野兔。他上气不接下气地站起来，伤痕累累，颤抖不已，面无血色。但他心情平静，完全有能力应付迅速围过来察看的站务人员。他用令人信服的温和语气说，他太太刚接到消息，她住在布列塔尼的妈妈病危，心情非常焦急。他很担心，留在车厢里安慰她，没听见哨音，也没发现火车已经启动。围观的人嚷嚷道：“先生，那你为什么不干脆陪她到南安普顿？”他的理由是家里只剩涉世未深的小姨子独力照顾 3 个小孩，如果他没回去，她一定会担心。更何况，电报局已经关了，他一时冲动就跳下车了。“我以后再也不会这么做了。”他笑着对大家说，再给些小费，就若无其事地走出火车站。

出了车站后，他怀里兜着一辈子从没有过的可以放心使用的大把钞票，回绝了出租马车的招揽。

“我可以走路。”他对车夫友善地笑了笑。

他可以走路，一路往前走。他过了桥，不久后，西敏寺庞然矗立的尖塔群目睹他那头黄发从路灯下经过。维多利亚车站的灯光也看见他了，还有斯隆广场和公园的栏杆。奥斯朋发现自己又走上一座桥，底下的河流吸引了他的目光。静止的暗影与流动的微光在黝黑的静夜中混杂交融，形成惊奇诡谲的组合。他站在栏杆旁俯瞰良久，钟楼在他下垂的头顶上方发出如雷巨响。他抬头仰望指针……英吉利海峡疯狂午夜的十二点半。

奥斯朋继续往前走。那天晚上，当这座大城披着薄纱般的雾气沉睡在泥泞地毯上，他健壮的身躯踽踽行过各处相距遥远的路段。那身影横越没有生命、没有声响的街头，或渐渐消失在远处阴暗屋舍之间，那些屋子鳞次栉比地立在以连串街灯标示出的空荡马路旁。他走过方形广场、多边广场、椭圆广场、公共区域，穿过单调无趣、名不见经传的街道，在那里，红尘是非脱离了生命之河，迟滞而无望地堆积。他走着走着，突然转进一处杂草丛生的狭长形前院，从口袋里拿出钥匙开了门，走进一栋处处脏污的小屋子。

他和衣倒卧床铺上，就这么一动不动地躺了整整 15 分钟，而后又猛地坐起来，屈起膝盖，双手抱住腿。清晨的第一道曙光照了进来，他还是同一个坐姿，没有阖眼。这个男人可以走那么久、那么远、那么漫无目标，没有一丝倦容，同样可以端坐数小时，不需要动动四肢或眼皮。然而，等近午阳光照进他房间，他松开双手，倒卧在枕头上。他两眼盯着天花板，又突然闭起来，在阳光下入睡了。

16

在这个乏善可陈的房间里，也只有壁橱门上那把巨大铁挂锁比较不碍眼。这座壁橱因为体积过于庞大，销售困难，所以教授只花了几便士就向伦敦东区一名船商买到了。这房间又大又干净，还算体面，却家徒四壁，显示住在里面的人只能勉强填饱肚子，其余生活物资一概付之阙如。墙壁上除了壁纸，什么都没有。一大片的砷绿①壁纸，处处可见无法清除的斑点与污渍，像标示荒漠陆地的褪色地图。

奥斯朋坐在靠窗的松木桌旁，两手握拳托着腮帮子。教授穿着他唯一的一套劣质花呢西装，趿着一双破旧不堪的拖鞋“啪嗒啪嗒”地在木地板上走来走去，两手插在外套口袋里，把口袋绷得死紧。他正在描述他最近探望米凯利斯的经过，心情好像放松了些。

“那家伙完全不知道维洛克死了。那是当然！他从不看报，因为报纸会惹他伤心难过。不过无所谓。我走进他的小屋，到处看不到人影，喊了五六声他才回答。我以为他还在睡觉，结果不是那么回事，他已经写了 4 个小时。他坐在那个小笼子里，手稿扔得到处都是。旁边的桌子上有吃剩一半的生胡萝卜，那是他的早餐。现在他只吃胡萝

---

① 砷绿：十八、十九世纪广泛采用名为巴黎绿的醋酸亚砷铜盐制造颜料，这种物质含有剧毒砷，潮湿后会挥发到空气中。

卜配一点牛奶。”

“他看起来如何？”奥斯朋无精打采地问。

“好得很……我从地板上捡起五六张手稿，内容简直语无伦次。他没有逻辑，思路不连贯。那没什么。他把他的自传分成3部，分别题为：《信》《望》《爱》。他把这个世界规划成一家仁慈的超大医院，有花园和鲜花，在那个世界里，强者要奉献心力去照顾弱者。”

教授停顿了一下。

“奥斯朋，你听过这种蠢话吗？弱者！他们就是地球上所有罪恶的根源。”他继续发表他的冷酷见解，“我告诉他我梦想中的世界就像一片废墟，弱者就得全部抓起来彻底消灭。”

“奥斯朋，你明白吗？一切罪恶的根源！他们是我们凶狠的主人，那些意志不坚、弱不禁风、愚蠢糊涂、懦弱胆怯、优柔寡断、卑躬屈膝之辈。他们握有权力，因为他们人数众多，地球被他们掌控。消灭，铲除！那是通往进步的唯一途径。确实是！奥斯朋，加入我的阵容。要先消除绝大多数的弱者，之后再消灭相对强壮的人。懂吗？先铲除瞎的、聋的和哑的，然后是瘸子和跛子，以此类推。所有腐败、所有罪恶、所有偏见和所有习俗都得连根拔除。”

“那还剩什么？”奥斯朋闷闷地说。

“还剩下我。如果我够强大。”脸色蜡黄、个子矮小的教授斩钉截铁地说。他那一对招风大耳薄如蝉翼，远远凸出在他脆弱头骨的两侧，这时突然变成深红色。

“我被弱者压迫得还不够久吗？”他铿锵有力地说，又敲敲他外套的前胸口袋。“但我就是力量。”接着又说，“可是时间！时间！给我时间！啊！那些大众，蠢得无法感受悲哀或恐惧。有时候我觉得所有一切都站在他们那边，一切的一切，包括我自己的武器——死亡。”

接下来是一阵沉默，房里只有教授脚上的拖鞋快速地啪嗒响。最后奥斯朋说：“跟我去西勒诺斯喝杯啤酒。”教授欣然同意，这天他不知为何显得特别开心。他拍了一下奥斯朋的肩膀。

“啤酒！好吧！我们开开心心喝一杯，因为我们是强者，总有一天会死去。”

他连忙穿上靴子，边穿边用简单扼要又果断的口气说话。

“奥斯朋，你怎么回事？竟然郁闷到跑来找我。听说你最近经常出没于那些男人们大口喝酒、满口废话的地方。为什么？你抛弃你那些情人了吗？她们都是喂养强者的弱者，对吧？”

他一只脚踏下地，再拿起另一只绑好鞋带的靴子。那靴子沉甸甸的，鞋跟粗厚，没上鞋油，修补很多次了。他对自己冷冷一笑。

“奥斯朋，你这差劲男人，你说说，有没有傻女人为你自杀？或者你的胜利还不够完整，因为只有鲜血能够成就伟大。鲜血，死亡。看看历史就知道了。”

“你下地狱吧。”奥斯朋头也不回地说。

“怎么了？那是弱者的希望，因为他们的神学观念为强者发明了地狱。奥斯朋，我对你抱有一种友善的鄙视，因为你连只苍蝇都不敢杀。”

搭上驶往酒吧的公共马车后，教授忽然像泄了气的皮球。看见人行道上熙熙攘攘的人潮，他内心又生起一股疑虑与不安，浇熄了他的乐观。那股疑虑与不安，只有回到自己房间，看着那个挂着大锁的壁橱，独处一段时间后，才能消除。

“那么……”坐在后座的奥斯朋在他背后说，“米凯利斯把世界幻想成美好欢乐的医院。”

“没错，专门治疗弱者的超大慈善机构。”教授嘲弄地说。

“真傻。”奥斯朋说，“虚弱根本无药可救。话说回来，米凯利斯或许没有错得太离谱。未来 200 年内，医生会统治世界。科学已经掌权了，也许表面上看不出来，但它确实已经掌控一切。而所有的科学最后都会归结于疗愈的科学，但疗愈的不是弱者，而是强者。人类想要活下去，永远活下去。”

“人类……”教授的铁框眼镜闪现自信的光芒，“根本不知道自己要什么。”

“可是你知道。”奥斯朋大声说，“你刚才还嚷嚷着需要时间。如果你表现良好，医生们可以提供你时间。你自认是强者的一员，因为你口袋里带着可以让你自己和周围20个人永垂不朽的东西。可是永恒是个该死的黑洞，你需要的是时间。如果你碰到某个可以给你10年的人，你就愿意奉他为主人。”

“我的原则是：不要上帝，不要主人。”说着，教授起身走下马车。

奥斯朋跟着下车。“等你走到生命的最后一刻，只剩一口气时再说。”他一面回嘴，一面跟着跳下踏脚板，“你那卑鄙下流、肮脏破烂的渺小生命。”他大步横越马路，跳上对街路边石。

“奥斯朋，我觉得你是个骗子。”说着，教授熟练地推开名闻遐迩的西勒诺斯酒吧大门。等他们找到一张小桌子坐定，他又接续刚才的话。“你自己也不是医生，却说些古怪的话。你认为有朝一日全世界的人都会听从几个板着脸的小丑的指示，乖乖伸出舌头吞下药片，简直够格当先知了。预言有屁用！猜测未来会是怎样又有什么好处！”他举起酒杯冷静地说，“敬现今的毁灭。”

他把酒干了，再次陷入自我封闭的沉默。想到人类多得像海边的细沙，无法毁灭，难以掌控，他就心情沉重。就连炸弹的爆炸声也会消失在他们无动于衷的庞大数量里，连个回音都没有。比如维洛克这件事，如今还有谁会想起？

奥斯朋似乎突然受到某种神秘力量的驱使，从口袋里掏出一份折了又折的报纸。教授听见声音，抬起头来。

“那是什么报纸？里面有什么消息吗？”他问。

奥斯朋愣了一下，像梦游的人受到惊吓。

“没，没什么特别的。10天前的旧报纸，应该是忘在口袋里了。”

但他没有马上把旧报纸扔了。他把报纸送回口袋前，瞄了一眼其中某段文字的最后一句。内容是："这个出于疯狂或绝望的举动，似乎是个永远解不开的谜团。"

这个句子总结了一则新闻，它的标题是——《海峡渡轮女乘客跳海自杀》。对于这种优美的报道文字，奥斯朋并不陌生。"……永远解不开的谜团。"每一个字他都背得滚瓜烂熟，"……解不开的谜团。"

奥斯朋低着头，久久不发一语。

这则新闻威胁到他的生存。他没办法再去见他的众多猎物，那些他在肯辛顿花园长椅上勾搭或在各处扶手栏杆邂逅的女人。他害怕自己会跟她们谈起某个谜团……他深深担心自己总有一天会被这些句子逼疯。"永远解不开。"那是一种执迷，一种折磨。最近他爽了几次约，那些女人百分之百相信他的浪漫言语和温柔举动。这种来自各阶层女性的信赖，满足了他的自恋，也填满了他的荷包。他靠那些信赖维持生活。那些信赖还在，但如果他没办法再加以运用，他的精神和肚子都会挨饿…… "疯狂或绝望的举动。"

在人类的世界里，"谜团……" 肯定 "……永远解不开"。那又如何，万一全世界只有他摆脱不了那该死的内情呢？而奥斯朋所知的内情就跟记者猜测的一样精准，几乎碰触到那个"永远解不开的谜团"。

奥斯朋什么都知道。他知道渡轮舷梯值班人员看见的那一幕："一名身穿黑洋装、戴着黑色面纱的女士午夜在码头漫步。'女士，您要搭船吗？'他殷勤地询问，'往这边走。'她显得不知所措。他扶她上船，她好像很虚弱。"

他也知道女服务员看到了什么：一名身穿黑衣、脸色苍白的女士站在空荡荡的女士船舱里，服务员劝她躺下来休息。那位女士好像不愿意说话，像是碰到了天大的麻烦。等女服务员再次进入船舱，那位女士已经不见了。女服务员到甲板上去找。奥斯朋从新闻里得知，好心的服务员发现那位女士躺在遮阳椅上，睁着双眼，却不回答任何问题。她好像病得很重，女服务员找来领班，两个人站在遮阳椅旁讨论该如何处理这位面容哀戚的特殊乘客。他们用正常音量（因为那位女士好像什么都听不见）商量着要通知圣马洛的领事馆，也要想办法联络她英国的家人。然后他们离开甲板，去安排送这位女士下船，因为从她的脸色看来，她好像生命垂危。但奥斯朋知道，在那张绝望的惨白面具底下藏着努力抵抗恐惧与绝望的生命力，藏着对生命的热爱。那股热爱足以承受致命的愤怒，也承受得住恐惧，对绞刑架的盲目恐惧。他知道。可是女服务员和领班什么都不知道，只知道不到5分钟后他们回去找她，黑衣女士已经不在遮阳椅上。他们到处找不着她，她不见了。当时是清晨5点，她的失踪不是意外。一小时后，有个船员在那张遮阳椅上发现一枚结婚戒指，戒指有点湿，黏在椅子上，是它的光泽吸引了船员的目光。戒指内侧刻有日期：1879年6月24日。“永远解不开的谜团。”

奥斯朋抬起头来。他茂密的头发充满阳光气息，像极了太阳神阿波罗，备受这个岛国形形色色的卑微女性的喜爱。

教授已经不耐烦，站了起来。

“别走。”奥斯朋赶紧说，“你对疯狂或绝望有什么看法？”

教授用舌尖舔了一下干燥的薄唇，以饱学之士的口吻说：“没有这样的东西，如今所有激情都消失了，整个世界都庸庸碌碌，没有生气，没有力量。疯狂和绝望就是力量。在愚人、弱者和傻子眼中，力量就是一种罪，因为世界由他们掌控。你也庸庸碌碌。还有维洛克，警方巧妙地遮掩了他的案子，他也庸庸碌碌。还有谋杀他的那个警察，他也庸庸碌碌。所有人都庸庸碌碌。疯狂和绝望！我可以拿它们当杠杆，移动整个世界。奥斯朋，我对你有种友善的轻蔑，你甚至没办法犯下那些脑满肠肥的人所谓的罪行，你没有力量。”他停下来，闪闪发亮的厚镜片底下是嘲讽的笑容。

“大家都说你得到了一小笔遗产，我要告诉你，这笔钱没有让你变聪明。你像个傻瓜一样对着啤酒发呆。再见。”

“你要吗？”奥斯朋抬头露出傻笑。

“要什么？”

“那笔遗产，全部。”

清高的教授只是笑了笑。他的衣服破得几乎穿不住，靴子已经修得不成鞋样，重得像铅块，下雨天还会进水。他说：

“明天我会订一批化学材料，改天把账单寄给你。我很需要那些材料。你明白吗？”

奥斯朋慢慢低下头。教授走了。“永远解不开的谜团。”他好像看见自己的大脑飘浮在眼前，随着解不开的谜团的节奏搏动。那大脑明显病了……“这个疯狂或绝望的举动。”

门口附近的机械钢琴愉快地演奏了圆舞曲，然后冷不防地安静下来，像在闹脾气。

绰号“医生”的奥斯朋走出西勒诺斯酒吧。他在门口迟疑了一下，对着不算耀眼的阳光眨眨眼，报道自杀案件的报纸在他口袋里，紧贴他搏动的心脏。自杀的女乘客……这个疯狂或绝望的举动。

他失魂落魄地在街上走着。他没有走向另一位女士（那是一名上了年纪的女家庭教师，信赖他那太阳神似的头发）约他见面的地点。他走的是相反方向。他没法再面对女人，那会毁了他。他也没法思考、工作、睡觉，没法吃饭。他开始喝酒，怀着喜悦、期待与希望喝酒。那会毁了他。他的革命事业向来靠许多女人的爱情和信赖支持，如今几乎被一个解不开的谜团摧毁：人类大脑不知为何随着新闻词句而搏动的谜团。“永远解不开……”他的革命事业即将终结于“……疯狂或绝望”。

“我病得很厉害。”他以科学洞见对自己说。他健壮的体格，带着口袋里的大使馆间谍费（维洛克留下的遗产），一步步走向贫穷，像是在训练某种不可避免的未来任务。他宽阔的肩膀已经颓然下垂，仿佛准备套上广告招牌的皮制系带。就像一个多星期前那个晚上，他失魂落魄地走着，不觉得累，没有感觉，什么都没看见，什么都没听见。“解不开的谜团。”他无所谓地走着，“这个疯狂或绝望的举动。”

拒绝诱惑的教授也走着，视线避开满街的可憎人类。他没有未来，他鄙视未来。他是一股力量，他脑海里幻想着毁灭与破坏的画面。他走得疲弱、渺小、寒酸、悲惨，最糟的是他单纯地以为疯狂和绝望可以改造这个世界。没有人看他一眼。他带着致命武器无人知晓地走下去，像络绎不绝的人潮中的一只害虫。